Mirjam Pressler

Wer morgens lacht

Für Petra,
in Erinnerung an den Sommer 2012
in San Miniato

Mirjam Pressler

Wer morgens lacht

Roman

BELTZ
& Gelberg

Personen und Handlung dieses Romans sind fiktiv. Übereinstimmungen mit Personen oder Begebenheiten der realen Welt sind zufällig.

Dieses Buch ist auch als E-Book erhältlich
(ISBN 978-407-74412-8)

MIX
Papier aus verantwortungsvollen Quellen
FSC® C008492

www.beltz.de

Lektorat: Frank Griesheimer
Neue Rechtschreibung
Einbandgestaltung: Rothfos & Gabler, Hamburg
unter Verwendung eines Fotos von neuebildanstalt/Lang
Satz und Bindung: Beltz Bad Langensalza GmbH, Bad Langensalza
Druck: Beltz Druckpartner GmbH & Co. KG, Hemsbach
Printed in Germany
ISBN 978-3-407-81143-1
1 2 3 4 5 6 7   16 15 14 13

Und wir gingen auseinander, ohne einander verstanden zu haben. Wie denn auf dieser Welt keiner leicht den anderen versteht.

Johann Wolfgang von Goethe
(*Die Leiden des jungen Werther,* Brief vom 12. August)

Eins

Ich muss sie loswerden, unbedingt. Ich halte es nicht länger aus, dass sie sich in mein Leben einmischt und mir die Luft zum Atmen nimmt. Ich muss sie loswerden, das ist meine einzige Chance, wieder nur ich zu sein oder endlich nur ich, so genau weiß ich das nicht, woher soll ich es auch wissen, es gab mich nie ohne sie, von Anfang an. Bis heute sitzt sie mir im Genick, und wenn es mir mal gelingt, sie ein paar Tage zu verdrängen, taucht sie in meinen Träumen auf. Sie ist im Hintergrund immer da.

Erinnerungen haben die lästige Eigenschaft, gerade dann aufzutauchen, wenn man sie am wenigsten brauchen kann, so wie es mir letzte Woche passiert ist, mitten in einem Referat über Wildkräuter und ihre Verwendung in der Naturheilkunde früher und heute. Ich kam bis zur Gemeinen Schafgarbe, eigentlich ein Feld- und Wiesenkraut, dem man aber schon in der Antike wahre Wunderkräfte zugeschrieben hat, unter anderem bei der Wundheilung und dem Stillen von Blutungen, zum Beispiel soll der griechische Sagenheld Achilles mit Schafgarben die eiternden Wunden des Königs Telephos geheilt haben, ein Umstand, dem die Pflanze ihren botanischen Namen verdankt, *Achillea millefolium*.

Davon sprach ich gerade im Seminar, da tauchte auf einmal ein Bild vor mir auf, Marie, da war sie wieder, sie saß im Wohnzimmer, und vor ihr auf dem Tisch lag neben einer ausgebreiteten weißen Serviette eines der esoterischen Bücher, die sie damals aus der Bücherei anschleppte. In der linken Hand, ihrer Herzhand, hielt sie ihre selbst gesammelten und getrockneten Schafgarbenstängel. Ich sah, wie sie die Hand hob und über die Serviette hielt, wie sie langsam die Finger löste und die Stängel auf das weiße Tuch fallen ließ. Dann verglich sie das Muster, das die Stängel bildeten, mit den Abbildungen im Buch, und wenn sie sich über die Seiten beugte, fielen ihre Haare, die damals noch so lang waren wie meine, nach vorn und verdeckten ihr Gesicht. Plötzlich klappte sie das Buch mit einem wütenden Knall zu und schrie mich an, als wäre alles meine Schuld: Ich werde kein Glück haben, nie, ich bin unter keinem guten Stern geboren.

Ich war erschrocken, wollte etwas sagen, irgendetwas wie »Ist doch nur ein Spiel« oder »Versuch's halt noch mal«, da rannte sie aber schon hinaus, und ich sah durch die offene Tür, wie sie ihr Fahrrad schnappte und losfuhr, und während ich das Buch und die Schafgarbenstängel hinauftrug in ihr Zimmer und auf ihren Schreibtisch legte, dachte ich nur an den Streit, den es geben würde. Wieder mal.

Dieses Bild war schlagartig da, es war so klar und deutlich, dass ich mich fragte, wie ich eine so wichtige Szene hatte vergessen können, warum sie mir damals nicht eingefallen war, als ich gefragt wurde, ob ich mich an etwas Besonderes erinnern könne, da hätte ich es erzählen müssen. Stattdessen habe ich getan, als hätte ich es nicht mit eigenen Augen gesehen und mit eigenen Ohren gehört.

Mein Erschrecken war so unvermittelt und heftig, dass ich anfing zu stottern, und als der Professor mich anschaute und erstaunt die Augenbrauen hochzog, verstummte ich völlig, ich bekam einfach kein Wort mehr heraus, ich sah nur Marie mit den Schafgarben vor mir, und seine ungeduldige Handbewegung, mit der er mich aufforderte, endlich fortzufahren, wurde zu ihrer, mit der sie mich aufforderte, endlich den Mund zu halten.

Ich lief rot an und rannte hinaus.

Später habe ich mich bei dem Professor mit einem plötzlichen Unwohlsein entschuldigt, und er hat scheinbar verständnisvoll gesagt, das sei doch nicht so schlimm, so etwas könne ja mal passieren. Aber sein betont väterlicher Ton konnte mich nicht täuschen, und tatsächlich bekommt er seither immer, wenn er mich sieht, eine Falte über der Nasenwurzel, und ihm ist anzusehen, dass er denkt, da ist sie ja wieder, diese hysterische Ziege. Auch dieses peinliche Erlebnis habe ich ihr zu verdanken, und mir wird ganz schlecht bei dem Gedanken, mir könnte etwas Ähnliches bei der Prüfung passieren.

Seit diesem Ereignis taucht sie wieder häufiger auf und stört mein seelisches Gleichgewicht, das sowieso alles andere als stabil ist. Vorletzte Nacht hat sie mich geweckt, ich konnte sie zwar nicht sehen, denn ich lag auf dem Bauch und sie hockte mit gespreizten Beinen auf meinem Rücken und legte die Hände um meinen Hals, aber ich erkannte sie natürlich an ihrer Stimme und dem Geruch nach Räucherstäbchen, die sie auch nach dem Ende ihrer esoterischen Phase nicht aufgegeben hatte. Sie saß auf mir und sagte, du, immer nur du, sonst nichts, aber mehr war auch nicht nötig, ich wusste, dass sie eigentlich meinte, du bist schuld.

Dabei stimmt das nicht, ich bin nicht schuld, was kann ich dafür, dass sie unter keinem guten Stern geboren wurde, was geht mich ihr Stern an, wie kommt sie überhaupt auf die Idee, mein Stern wäre besser gewesen als ihrer, ich bin mir da jedenfalls gar nicht sicher. Schuld war ich vielleicht an etwas anderem, obwohl ich das Ganze heute für ein albernes Theater halte, für kindische Spinnerei, zumindest tagsüber, wenn ich mich ablenke, wenn ich sie längere Zeit nicht gesehen habe, aber in meinen Träumen ist das ganz anders, in meinen Träumen spielt sie Katz und Maus mit mir und gewinnt immer. Außerdem bleibt sie nie lange weg, nur ein paar Tage, eine Woche oder zwei, höchstens drei, dann taucht sie aus heiterem Himmel wieder auf und ist präsenter als je zuvor.

Heute Morgen, beim Laufen am Mainufer, lief sie plötzlich vor mir her, schmal, hochbeinig und ein bisschen staksig, genau so, wie ich selbst laufe, und ich erkannte sie sofort an ihren kurzen, knallroten und gegelten Stachelhaaren.

Ich erinnere mich genau, es war vier Tage nach ihrem sechzehnten Geburtstag, als sie plötzlich mit diesen kurzen, roten Igelhaaren nach Hause kam. Unsere Mutter schimpfte, weil sie sowieso immer schimpfte und vermutlich froh war, endlich einen Grund für ihren angestauten Ärger zu haben, und als Marie nicht reagierte und ihr Gesicht nur diesen trotzigen, herausfordernden Ausdruck zeigte, als würde sie sagen, ihr könnt mich alle mal, wurde sie noch wütender. Doch dann war ihre Wut plötzlich verpufft, und sie fing an zu jammern, deine schönen Haare, und Marie zuckte nur mit den Schultern und sagte, über Geschmack lässt sich nicht streiten. Unser Vater war der Einzige, der zu ihr hielt, er sagte, ich finde es gar nicht so schlecht, soll sie sich doch die Haare färben, wenn sie will, sie muss sich schließlich selbst gefallen, nicht uns.

Mich hat keiner nach meiner Meinung gefragt, ich hätte auch nicht gewusst, was ich antworten sollte, denn ich war neidisch, nur neidisch, weil sie sich so etwas getraut hatte und damit durchkam, wie sie immer mit allem durchkam, und ich war wütend, weil sie es wieder mal geschafft hatte, die vorher einigermaßen friedliche Stimmung zu zerstören.

Auch heute Morgen am Mainufer packte mich die alte Wut, und ich fragte mich, warum ist sie hier, was hat sie am helllichten Tag am Mainufer verloren, sie gehört nicht hierher, schließlich habe ich mich nicht grundlos dazu entschieden, in Frankfurt zu studieren und nicht in München. Ich wollte weg von zu Hause, klar, das wollen viele, wenn sie neunzehn sind und ihr Abitur in der Tasche haben, aber das war nicht der einzige Grund, ich sehnte mich nach räumlicher Distanz von ihr, Marie, die damals schon nicht mehr da war, doch was heißt das schon, da oder nicht da, sie hat nie aufgehört, da zu sein. Aber vierhundert Kilometer waren nicht genug, wie ich bald merkte, viertausend oder mehr wären mir, ehrlich gesagt, auch lieber gewesen. Ich hätte zum Beispiel gern in den USA studiert, das war jedoch zu teuer, mit so etwas brauchte ich gar nicht erst anzufangen und natürlich tat ich es auch nicht.

Sie lief vor mir her und ich beschleunigte automatisch mein Tempo, trotzdem wurde der Abstand zwischen uns nicht geringer, und ich verstand, dass ich sie nicht einholen würde. Und dann dachte ich, ich will sie ja gar nicht einholen, und blieb stehen, um ihr einen größeren Vorsprung zu geben. Erst als sie weit genug entfernt war, lief ich wieder los. Ich wickelte mich fester in meine Jacke, stemmte mich gegen den Wind, der plötzlich aufgekommen war, und rannte schneller, nicht um näher an sie heranzukommen, obwohl sie sich, wie ich feststellte, auf einmal gar nicht mehr so ähnlich sah, ich rannte, um meinen Gedanken, meinen Erinnerungen davonzulaufen, ich rannte, bis ich sie aus den Augen verloren hatte und stehen bleiben und keuchend nach Luft schnappen musste, bis nichts mehr da war, nur noch der Wind in den Ohren, der Schmerz in den Lungen und das Stechen in den Seiten.

Das war der Moment, in dem ich beschloss, etwas zu unternehmen, so geht es nicht weiter, dachte ich, offenbar gelingt es mir nicht, sie zu vergessen, welche anderen Möglichkeiten bleiben mir noch? Und als ich mir überlegte, was mir immer geholfen hatte, den Kopf über Wasser zu halten, fand ich nur eine Antwort: Geschichten. Im Geschichtenerfinden waren wir immer gut, beide, ich Anne, sie Marie. Geschichten sind keine Lügen, auch keine Ausreden, man braucht sie, um mit der Realität fertig zu werden, um sich eine andere, eigene Wirklichkeit aufzubauen. Und ich werde das, was ich zu sagen habe, nicht einfach erzählen, beschloss ich, Worte sind flüchtig, man kann sich leicht verhören, und wenn sie ausgesprochen sind, fliegen sie mit dem kleinsten Windhauch davon, nein, ich werde alles aufschreiben, nachvollziehbar und, bis zu einem gewissen Grad, auch nachprüfbar. Vielleicht gelingt es mir ja, Marie aufs Papier zu bannen und dadurch aus meinem Leben zu vertreiben.

Auf dem Weg nach Hause überlegte ich, was ich alles brauche, um meinen Plan auszuführen, und beschloss, Block und Bleistift zu benutzen, erstens schreibe ich gern mit der Hand, der etwas langsamere Rhythmus zwingt mich zu langsameren Gedanken, und zweitens ist mit der Hand zu schreiben persönlicher, intimer und deshalb vielleicht auch ehrlicher, zumindest aufschlussreicher. Der Computer, dachte ich, gehört zum Studium, zu Seminararbeiten und zur Vorbereitung der Bachelorarbeit, mit der ich endlich anfangen sollte, das Schreiben mit der Hand passt besser für Privates.

Als ich die Wohnungstür aufschloss, schob Kevin, unser jüngster Mitbewohner, den Kopf aus der Küche und fragte, wer auf die blöde Idee gekommen sei, diesen ekelhaften Billigschinken zu kaufen, ob derjenige uns etwa vergiften wolle, weißt du eigentlich, wie dieses Zeug hergestellt wird? Man nimmt Fleischfasern von irgendwelchen Abfällen und klebt sie zusammen, bis sie aussehen wie Schinken, pfui Teufel, kann ich da nur sagen.

Ich ging wortlos an ihm vorbei und machte meine Zimmertür auf.

Danke für die erschöpfende Auskunft, rief er mir hinterher, es geht doch nichts über eine gepflegte Konversation.

Ich zog meine verschwitzten Klamotten aus, duschte, suchte mir etwas Frisches zum Anziehen und steckte mein Handy ein, dann schnappte ich meine große Schultertasche, in der sich mühelos ein DIN-A4-Block verstauen lässt, und machte mich auf den Weg. Im Vorbeigehen rief ich in die Küche: Ricki!

Was?, fragte Kevin.

Ricki hat beim Discounter eingekauft, sagte ich, das Haushaltsgeld ist mal wieder knapp.

Das ist doch echt das Letzte, als Medizinstudentin sollte sie es eigentlich besser wissen, maulte Kevin, verzog angewidert das Gesicht und biss in sein Brot.

Ich gehe zu *McPaper,* soll ich dir was mitbringen?, fragte ich, obwohl ich wusste, dass es ein ziemlich schwacher Versuch war, freundlich und interessiert zu erscheinen, aber immerhin war es einer.

Kevin schien es auch so zu sehen, er hob die Schultern, ließ sie wieder fallen und sagte, da fällt mir gerade nichts ein.

Dann eben nicht, sagte ich, erleichtert, weil es mir erspart blieb, mich um etwas anderes kümmern zu müssen als um meinen eigenen Kram.

Bei *McPaper* betrachtete ich unschlüssig die verschiedenen Blöcke, bis ich mich für das Modell mit den aufgedruckten Monstern entschied, das schien mir angemessen. Lächerlich natürlich, ich bin ja kein Kind mehr, ich bin zweiundzwanzig, zu alt für solche Albernheiten, aber manche Verhaltensmuster schleifen sich einfach zu tief ein. Dann wählte ich drei Bleistifte, blaue, weil Blau immer ihre Lieblingsfarbe war, jahrelang lief sie mit blau lackierten Finger- und Fußnägeln herum, und schließlich suchte ich mir noch einen Radiergummi und einen Spitzer aus, alles musste neu sein, als wäre neues Schreibmaterial eine Garantie für neue Gedanken, für neue Erkenntnisse, für ein neues Leben. Auch solche absurden, abergläubischen Gewohnheiten scheinen sich einzuschleifen.

Zu Hause fing mich Kevin ab und sagte, er habe einen Hunni in die Kasse gelegt, als Dreingabe. Dreingabe, dachte ich, was für seltsame Wörter er manchmal benutzt. Ich lobte ihn nicht für seine Großzügigkeit, ich hatte keine Lust auf eine Unterhaltung, und außerdem erwartete er auch nicht, für seine Spende besonders gelobt zu werden. Unser hübscher Welpe ist zwar manchmal ein kleiner Angeber, aber hinter seinem Reicherleutesöhnchengetue verbirgt sich ein freundlicher, gutmütiger Mensch, er muss einfach noch ein bisschen nachreifen, wie ein zu früh gepflückter Pfirsich.

In meinem Zimmer räumte ich den Tisch ab, stapelte alle Papiere, alle Exzerpte und Fotokopien, die zur Vorbereitung meiner Arbeit gehören, links unter den Tisch auf den Boden, um sie außer Sichtweite zu haben, schob meinen Laptop in ein Regalfach, drapierte meine Einkäufe auf die Schreibplatte vor dem Fenster und hängte das Schild *Bitte nicht stören,* das ich mal aus einem Hotel mitgenommen hatte, außen an meine Tür. Ich spitzte erst den einen Bleistift, dann die beiden anderen und legte sie griffbereit neben den Block, darüber den Spitzer und den Radiergummi, und bevor ich mich endlich hinsetzte, wischte ich noch mit der Hand die Fuseln und den Staub von der Resopalplatte, erst dann klappte ich den Block auf.

Leichte Panik ergriff mich, als die linierte Seite vor mir lag, nackt und unbeschrieben. Das schaffst du nie, dachte ich, doch dann beruhigte ich mich, denn mir fiel ein, dass ich über dieses Phänomen schon mal was gelesen hatte, vermutlich war es nichts anderes als die Angst des Autors vor dem weißen Blatt.

Und nun sitze ich da, mit aufgestützten Ellenbogen, und überlege, womit ich anfangen könnte. Im Haus gegenüber, im ersten Stock, gießt Freddy, einer der beiden schwulen Bewohner, gerade die Blumen auf dem Balkon, Kästen mit Geranien, Margariten und Begonien, und in einem Kübel wächst irgendwelches Grünzeug, was genau, das kann ich von hier aus nicht erkennen, nur ein Lorbeerbäumchen, daher nehme ich an, dass es sich wohl um Küchenkräuter handelt. Über uns spielt jemand Klavier, die Töne trudeln durch das gekippte Fenster in mein Zimmer. Das ist Isabel, die einzige Tochter der Rosenfelds aus dem zweiten Stock, ein mageres Ding, das scheu und hastig grüßt, wenn sie einen auf der Treppe oder vor dem Haus trifft. Sie spielt etwas Klassisches, eine Sonate oder so was, keine Ahnung, ich weiß fast nichts von Musik, konnte noch nie viel damit anfangen, ich ziehe Stille vor, vielleicht weil ich in einer Nacht geboren wurde, als es so kalt und still war, dass man die Schneeflocken auf die Erde fallen hörte. Jedenfalls war ich in dieser Hinsicht schon immer anders als Marie, sie und das Radio, sie und ihr CD-Player, sie und ihr MP3-Player, sie hat mich fast in den Wahnsinn getrieben, immer wenn ich es mir im Wohnzimmer bequem gemacht hatte und lesen wollte, kam sie an und ließ irgendwelche laute Musik laufen, nur um mich zu provozieren. Ich steckte mir Ohropax in die Ohren und versuchte, mich zu konzentrieren, aber das ist fast unmöglich, wenn sich gedämpfte, verzerrte Geräusche durch die Ohrwindungen schlängeln und im Gehirn festsetzen.

Irgendwann hielt ich es nicht mehr aus und fauchte, verdammt, Marie, kannst du das blöde Ding nicht mal für eine Stunde ausmachen?

Ich sage dir ja auch nicht, dass du deine blöden Bücher mal für eine Stunde weglegen sollst, sagte sie.

Ich lese leise, das kannst du nicht hören.

Na und? Ich sehe dich doch, ich sehe dir am Gesicht an, was du denkst, du kannst es ruhig laut sagen, du hältst mich für eine blöde Kuh, die sich immer nur alberne Musik anhört und höchstens kitschige Liebesromane liest.

Es endete regelmäßig damit, dass ich das Buch zuklappte und hinüberlief zum Allacher Forst, dort rannte ich so lange, bis ich müde war und meinen Zorn totgetrampelt hatte, Laufen hat mir schon immer geholfen, es hilft mir bis heute.

Aber ihr ewiges Gedudel und die daraus folgenden Auseinandersetzungen waren nicht der Anfang, das war einfach normal, nichts Außergewöhnliches. Wenn ich nur wüsste, womit ich am besten anfange. Mit ihrer Krankheit? Nein, noch nicht, die hebe ich mir für später auf. Mit den ständigen Streitereien zwischen ihr und mir, zwischen meiner Mutter und meiner Großmutter, zwischen meiner Mutter und uns? Nein, die waren so alltäglich, dass wir uns darüber nicht weiter aufregten, Marie nicht und ich auch nicht. Mit der Szene, die sie machte, als unsere Eltern sich weigerten, ihr zu ihrem sechzehnten Geburtstag einen Roller und den entsprechenden Führerschein zu finanzieren, mit der Begründung, das können wir uns nicht leisten und außerdem ist es zu gefährlich? Das war, soweit ich mich erinnere, das einzige Mal, dass sie nicht das bekam, was sie wollte. Sie hat dann zwar noch versucht, unsere Eltern auszutricksen, sie zu erpressen, aber es ist ihr nicht gelungen. Nein, auch das war nicht der Anfang, es war eine Eskalation, das ja, aber nicht die einzige, und außerdem hat die Sache nicht lange gedauert. Marie hat die nächsten drei Tage nicht mit uns gesprochen, aber das war's dann auch, schließlich hatte sie ja den MP3-Player und hat am Schluss sogar noch ein neues Fahrrad rausgeschlagen. Ich habe damals übrigens ihr altes geerbt, weil meines wirklich zu klein geworden war, ich habe es geerbt, wie ich immer alles nur geerbt habe.

Oder soll ich mit dem Krach anfangen, den es gab, als sie einmal zwei Nächte lang weggeblieben war, ohne dass wir wussten, wo sie steckte, weil sie auch nicht an ihr Handy ging, und unser Vater vor lauter Sorge schon zur Polizei gelaufen war? Dort haben sie nur gesagt, bei Teenagern kommt so etwas schon mal vor, und Sie haben ja selbst gesagt, dass es nicht das erste Mal ist, warten Sie noch ein paar Stunden ab. Als sie endlich heimkam, nicht bereit, irgendetwas zu erklären, hat unsere Mutter getobt und sie angeschrien, lass dir ja kein Kind anhängen, du bist noch minderjährig, vergiss das nicht. Das war immer ihre größte Sorge, als hätte es nichts anderes gegeben. Marie hat ihr nur einen kalten Blick zugeworfen und verächtlich gesagt, dass du gleich an so etwas denken musst, ich weiß wirklich nicht, was du im Kopf hast. Oder soll ich mit den getrockneten Schafgarbenstängeln anfangen? Aber die Esoterik hat nicht lange gedauert, wie bei ihr nie etwas lange gedauert hat, ein paar Wochen, höchstens ein paar Monate, vermutlich hätte ich die Sache längst vergessen, wenn sie mit dem Esoterikkram auch die Räucherstäbchen aufgegeben hätte.

Vielleicht mit meiner Geburt? Auch eine Möglichkeit, zumindest für mich hat damit alles angefangen.

Es war in einer besonders kalten Nacht im Januar 1990, der einzigen wirklich kalten Nacht in jenem Winter, der Frost war so stark, dass die Vögel tot vom Himmel fielen, und es stürmte und schneite und die Schneeflocken waren so dick wie Wattebäusche. Als die Frau vor dem Schlafengehen die Haustür abschließen wollte und noch einmal hinausschaute, sah sie im Vorgarten eine tote Taube liegen, erfroren, weil es so kalt war. Sie spürte ein leichtes Ziehen in der Seite, dachte sich aber nichts dabei, es war noch gut drei Wochen vor der Zeit und bei ihrer ersten Schwangerschaft hatte sie vierzehn Tage übertragen. Gegen drei Uhr nachts wurde sie von Wehen geweckt, Wehen, die allerdings erst alle zehn, fünfzehn Minuten kamen. Eine Stunde später hatten sich die Abstände deutlich verringert. Sie stand auf, weckte ihren Mann, sagte ihrer Mutter Bescheid und bat sie, die Kleine am nächsten Morgen pünktlich um acht in den Kindergarten zu bringen, sonst gäbe es wieder Krach mit der Kindergärtnerin. *Jessas na,* rief ihre Mutter und fuhr so erschrocken hoch, dass sich ihr Nachthemd verschob und ihr die halbe Brust rausrutschte, und die Frau wandte schnell den Blick ab, weil es ihr peinlich war. Ich bete zum heiligen Josef, dass es nicht so schwer wird wie bei mir, sagte ihre Mutter, damit alles gut geht. Und dann wird sie wohl nach ihrem Rosenkranz mit den abgewetzten Perlen gegriffen haben, den sie abends immer auf ihren Nachttisch legte, Abend für Abend, ihr Leben lang.

Doch ihre Gebete haben so schnell nicht geholfen, auch mein Schutzengel, von dem sie später immer geredet hat, tauchte noch nicht auf, um zu helfen, das Auto, ein alter Renault, wollte einfach nicht anspringen. Ich hätte eine neue Batterie kaufen sollen, sagte der Mann und versuchte es immer wieder, doch jedes Mal jaulte der Motor nur auf, röhrte kurz und schwieg dann hartnäckig, während die Frau neben dem Auto stand und versuchte, sich mit Mantel und Schal gegen die Schneeflocken und den Wind zu schützen. Es war bitterkalt, erzählte sie später immer, so kalt, dass die Vögel tot vom Himmel fielen, und es hörte nicht auf zu schneien, auch die tote Taube im Vorgarten war schon unter einer dicken Schneedecke verschwunden. Schließlich stieg der Mann aus und sagte mit einem entschuldigenden Schulterzucken, jetzt ist der Motor endgültig abgesoffen, komm ins Haus, wir müssen noch ein bisschen warten.

Ich kann nicht mehr warten, rief die Frau wütend oder verzweifelt, da kann ich mich nie entscheiden, mal stelle ich es mir so vor, mal anders, aber das mit dem Nicht-mehr-warten-Können stimmt, das hat sie gesagt, ich kann nicht mehr warten, wir müssen sofort los, sonst kommt das Kind noch auf der Straße, ich hätte es wissen können, diese Schwangerschaft hat mir von Anfang an nichts als Schwierigkeiten gemacht. Geh und weck Otto, aber schnell, beeil dich, ich glaube, es ist sogar zu spät für einen Krankenwagen.

Otto Stegmüller, unser Nachbar, ein Riese oder, wie Omi sagte, ein *Muglmann,* war jahrelang Mitglied bei der Freiwilligen Feuerwehr gewesen, er war an Alarmsituationen gewöhnt und sofort zur Stelle. Neben ihm her lief seine Frau Friedel, sie wünschte der Frau, die Geburt möge unter einem guten Stern verlaufen, und half ihr in Ottos Mercedes, der, wie erwartet, sofort ansprang. Später würde er mich immer wieder in die Wange kneifen und sagen, du warst mein dringendster Einsatz, Anne, darauf kannst du dir was einbilden.

Wie dringend der Einsatz tatsächlich gewesen war, stellte sich erst heraus, als die Frau im Krankenhaus angekommen war und die Hebamme sie an einen Wehenschreiber angeschlossen hatte. Sofort wurden Vorbereitungen für einen Notkaiserschnitt getroffen, denn ich hatte die Nabelschnur um den Hals und meine Herztöne setzten bereits aus. Zehn Minuten später, sagte der Arzt, wäre es möglicherweise zu spät gewesen. Es kann also sein, dass ich es wirklich Otto Stegmüller zu verdanken habe, dass ich lebendig auf die Welt gekommen bin, Otto Stegmüller und dem guten Stern oder Omis Gebeten oder auch dem Schutzengel, der vielleicht doch noch rechtzeitig eingetroffen war. Auch wenn ich leider nicht der ersehnte Junge war, aber das hatten sie schon vor meiner Geburt gewusst.

Der Frau, die jahrelang *unsere* Mutter war, bevor sie nur zu *meiner* Mutter wurde, wäre es anders vielleicht ganz recht gewesen, sie hatte schon das erste Kind nicht gewollt, geschweige denn mich, das zweite. Es war ihr einfach passiert, weil sie wegen ihrer Neigung zu Krampfadern die Pille nicht nehmen durfte, das war zu gefährlich, und wenn man sich auf die fruchtbaren und unfruchtbaren Tage verlässt, ist man verratzt, merkt euch das. Sie war einfach keine Frau, die Kinder wollte. Oft genug hat sie zu uns gesagt, Kinder sind eine Last, und die Schmerzen bei der Geburt, das kann sich niemand vorstellen, der es nicht mitgemacht hat. Die Natur habe es nicht umsonst so eingerichtet, dass nicht die Männer Kinder kriegen, sondern die Frauen, nur die seien dumm genug dazu.

Nun, immerhin sind ihr bei meiner Geburt diese Schmerzen erspart geblieben, zumindest weitgehend.

Jesus, Maria, ein Kind mit einer Nabelschnur um den Hals, das ist kein gutes Zeichen, sagte ihre Mutter, als sie nachmittags kam, früher hat man gesagt, solche Kinder haben schon von Anfang an kein Glück, und dann schlug sie schnell ein Kreuz, als könnte sie damit ihre Worte ungesagt machen.

Die andere Tochter, die ihren Status als »die Kleine« an mich verloren hatte und von nun an nur noch Marie oder bestenfalls Mariechen hieß, hatte sie zu Hause gelassen, in der Obhut von Friedel Stegmüller, Ottos Frau. Diese sagte, als sie mich auf der Frühchenstation sah, wo ich die ersten Tage wegen einer Herzrhythmusstörung lag, ach Gott, ist das Würmchen winzig und dünn, die hat ja Arme und Beine wie Streichhölzer. So hat sie es mir später jedenfalls erzählt, ein

Würmchen warst du, mit Armen und Beinen wie Streichhölzer.

Was meine Großmutter und mein Großvater aus dem Bayerischen Wald sagten, als sie am Tag darauf mit Schinken und Speck, mit getrockneten Pilzen und selbstgekochter Marmelade zu Besuch kamen, weiß ich nicht, die Bodenmais-Oma hat vermutlich gesagt, ich werde für das arme Dingelchen beten, und der Bodenmais-Opa hat wohl geschwiegen, wie er immer geschwiegen hat. Erst später, nach ihrem Tod, hat er angefangen, ständig vor sich hin zu murmeln. Bei einem unserer Besuche bei ihnen hatte ich das Gefühl, er würde mit seiner toten Frau sprechen, aber Tante Lisbeth, Onkel Karls Frau, hatte nur geseufzt und gesagt, er wird langsam wirr im Kopf, es ist ein Kreuz mit ihm.

Da war ich nun also auf die Welt gekommen, auch wenn ich auf der Frühchenstation lag und nicht im Körbchen neben ihrem Bett. Aber das wird sie nicht gestört haben, sie war erschöpft, sie hatte eine Operation hinter sich und war bestimmt froh, dass sie in Ruhe schlafen konnte, ohne sich um einen kleinen Schreihals kümmern zu müssen. Und vermutlich war sie erleichtert, dass sie vor ihrem Mann und ihrer Mutter den Kaiserschnitt als Ausrede für ihre Entscheidung benutzen konnte, das Kind nicht zu stillen, schließlich wollte sie sich nicht dem Vorwurf aussetzen, eine Rabenmutter zu sein. Ich bin fix und fertig von der Operation, wird sie gesagt haben, da will ich mir nicht auch noch das Stillen antun.

Den Schwestern und Ärzten gegenüber hatte sie, obwohl diese gar nicht versuchten, sie umzustimmen, vielleicht behauptet, beim ersten Kind eine extrem schmerzhafte

Brustentzündung gehabt zu haben, das wolle sie auf keinen Fall noch mal erleben, deshalb habe sie beschlossen, das Kind nicht zu stillen. Der wirkliche Grund wird jedoch gewesen sein, dass sie auf diese Art schon nach sechs Wochen zur Bank zurückkehren konnte. Sie ist immer lieber in der Bank gewesen als zu Hause, zumindest früher war das so, und ein Baby, das nicht gestillt werden musste, konnte man getrost der Fürsorge seiner Großmutter überlassen, einem Kind das Fläschchen geben und seine Windeln wechseln kann schließlich jeder. So hatte sich der Kaiserschnitt nachträglich noch als Wohltat erwiesen.

Und ich lag, stelle ich mir vor, in meinem Bettchen und war vollauf damit beschäftigt, die Luft an meiner Haut zu spüren, das ungewohnte Schaben der Hemdchen und Jäckchen, die feuchte Wärme der Windeln. Ich hatte genug damit zu tun, Atem in meine Lungen zu saugen und wieder auszustoßen, die unbekannten Gerüche einzuatmen, die mich in den Nasenlöchern kitzelten, und gegen das neue Licht zu blinzeln, das manchmal durch die Schatten vorbeihuschender Krankenschwestern unterbrochen wurde. Ich nehme an, dass Neugeborene am Anfang nichts anderes tun, als Gerüche und Farben und Empfindungen wie warm und kalt, feucht und trocken, weich und rau zu sammeln, um sie sich für ihr späteres Leben einzuprägen, jeder Lufthauch muss wie ein Tornado sein, jeder Sonnenstrahl grell wie eine lodernde Flamme, jeder Geruch eine verwirrende Sensation.

Ich glaube nicht, dass ich mich nach ihr gesehnt habe, warum hätte ich das auch tun sollen? Die Schwestern versorgten mich mit allem, was ich brauchte, mit Wärme, mit Pflege, mit Nahrung, es fehlte mir an nichts, und bestimmt hatte ich in den gut acht Monaten meiner vorgeburtlichen Existenz bereits durch die Nabelschnur ihren Unwillen mitbekommen, jedenfalls kann ich mir nicht vorstellen, dass ich mich nach ihr sehnte, ich sehne mich auch heute nicht nach ihr.

Ich halte die berühmte Mutterliebe für ein Märchen, für eine sentimentale Wunschvorstellung, ich glaube nicht, dass jede Mutter ihr Kind liebt und jedes Kind seine Mutter. Auch in der Natur ist es nicht so, dass alle Muttertiere jeden einzelnen ihrer Nachkommen automatisch annehmen und gut versorgen, auch in der Natur wird die Mutterrolle zuweilen verweigert, und nicht nur im Zoo passiert es, dass Jungtiere von ihren Müttern im Stich gelassen werden und sterben, wenn sie nicht von Menschen gefunden und aufgezogen werden. Obwohl man, was den Zoo betrifft, natürlich argumentieren könnte, dass Tiere in der Gefangenschaft ungewöhnliche und unnatürliche Verhaltensweisen entwickeln. Aber wer kann schon sicher wissen, welche Verhaltensweisen Menschen unter bestimmten Lebensumständen entwickeln?

Nein, ich glaube nicht, dass ich mich nach ihr gesehnt habe. Vielleicht nach Omi, obwohl ich sie noch nicht kannte, ich hatte ihr Gesicht ja höchstens durch die Scheibe gesehen und konnte zu diesem Zeitpunkt noch nicht ahnen, welche Rolle sie für mich spielen würde. Natürlich weiß ich, dass Neugeborene noch nicht fixieren können, trotzdem bin ich überzeugt, dass sich, als wir uns zum ersten Mal sahen, unsere Blicke trafen und ich sofort spürte, dass ich für sie bestimmt war. Was sie empfand, werde ich wohl nie erfahren, denn natürlich habe ich sie kein einziges Mal danach gefragt, vielleicht weil ich nicht auf die Idee gekommen bin, vielleicht aber auch, weil ich Angst vor ihrer Antwort hatte. Trotzdem bin ich überzeugt davon, dass ich gleich beim ersten Sehen ihr Bild gierig in mich aufsog. Ich halte es sogar für möglich, dass mir, trotz der Glasscheibe, schon ihr Geruch nach Kampfer und Franzbranntwein in die Nase stieg und ich sie später, als sie mich das erste Mal auf dem Arm hielt, daran erkannte.

Jedenfalls gehörte ich vom ersten Moment an ihr. Ich liebte sie und wollte von ihr geliebt werden. Doch da gab es ja noch Marie. Marie hatte einen Vorsprung von drei Jahren, den konnte ich nicht aufholen, nie, sosehr ich es auch versucht habe. Dafür war Marie zu schön, zu besonders und zu willensstark.

Zwei

Die Geschichte von Marie und mir hätte natürlich auch ganz anders anfangen können, vermutlich gibt es Hunderte verschiedener Anfänge für die gleiche Geschichte, es kommt darauf an, von welchem Gesichtspunkt aus man die Sache betrachtet und welchen Moment des Einstiegs man wählt. Marie würde vielleicht mit einer ganz anderen Geschichte anfangen, mit der von der Goldmarie.

Sie war siebzehn, bald achtzehn, als sie eines Abends durch die Straßen lief, die roten Haare unter der Kapuze ihres Sweatshirts verborgen, die Hände tief in den Hosentaschen. Es war dunkel, obwohl es noch gar nicht so spät war, am Bahnhof in Pasing, wo sie oft ihre Zeit verbrachte, hatte sie noch jede Menge Leute getroffen, da war noch was los gewesen, da hatten die Leute sogar um diese Uhrzeit noch etwas vor, aber hier war kaum jemand auf der Straße. Hier trieben sich die Menschen nicht mehr draußen herum, wenn es dunkel wurde, hier zogen sie sich bei Sonnenuntergang in ihre Höhlen zurück und begnügten sich damit, gelangweilt die Knöpfe der Fernbedienung zu drücken. Hier ist der Hund begraben, dachte sie, und nicht nur der Hund, ganz Allach ist ein einziger Friedhof voller lebender Leichen und niemandem fällt es auf.

Die Laternen malten helle Lichtkreise auf das Pflaster, es regnete nicht mehr, aber die Straßen waren noch nass, in Löchern und Vertiefungen standen kleine Pfützen, in denen das Licht zu tanzen versuchte. Sie hielt den Kopf gesenkt, hatte den Blick auf den nächsten Lichtkreis gerichtet und ging mit zögernden Schritten darauf zu, immer wieder stockend, als müsste sie gegen eine unsichtbare Wand ankämpfen, als hätte sich ihr innerer Widerstand nach außen verlagert, als wollte sie nicht wirklich vorwärtskommen. Doch dann sprang sie plötzlich leichtfüßig wie ein Kind in den nächsten Lichtkreis, der aus dem Schatten auftauchte wie eine andere Welt, wie ein Versprechen auf ein anderes Leben, und einen Moment lang stand sie lichtübergossen da, eine Goldmarie im Schein der Straßenlaterne, und dabei wusste sie doch genau, dass sie keine Goldmarie war, keine verwunschene Prinzessin, die irgendwann erlöst werden konnte, und auch kein Aschenputtel, das darauf wartete, dass ihr der Prinz den Schuh hinhielt.

Wie sie sich ihren Prinzen vorgestellt haben könnte? Keine Ahnung, wir haben uns schon damals nichts mehr erzählt.

Sie stieß mit dem Fuß gegen einen Stein, stolperte und konnte sich gerade noch fangen. Unwillkürlich traten ihr Tränen in die Augen und liefen über ihre Wangen, und sie wusste nicht, warum sie weinte. Sie fuhr sich mit dem Ärmel über das Gesicht, um die Tränen abzuwischen, und schob alle Gedanken an Prinzen und an Erlösungen energisch zur Seite. Wart nur, wart nur, wirst schon sehen, sagte sie leise vor sich hin, wie ihre Großmutter das immer gesagt hatte, rhythmisch wie eine Litanei oder wie eine magische Beschwörungsformel, wart nur, wart nur, wirst schon sehen.

Was ist es, was ich sehen werde, dachte sie, was werde ich sehen, wenn ich zu Hause ankomme? Doch nur das, was ich all die Jahre gesehen habe, nichts, was ich sehen will, nichts, was mir Freude macht, nichts, wonach ich mich sehne. Alles, wirklich alles, ist schon so oft gesehen worden, ist abgenutzt und grau und unansehnlich geworden. Vielleicht, aber nur vielleicht dachte sie bereits jetzt an einen Weg, der in eine andere Richtung führte, in ein anderes Leben, in dem der Himmel blauer war und die Sonne wärmer schien, in eine Zukunft, von der man noch nicht wissen konnte, ob sie halten würde, was sie versprach. Wart nur, wart nur, wirst schon sehen.

Manchmal fuhr ein Auto an ihr vorbei. Wenn es von vorn kam, wurde sie von den Scheinwerfern geblendet, und sie hob schützend den Unterarm vor die Augen, bis das Licht gleichgültig über sie hinweggestreift war und es wieder dunkel wurde. Kam es von hinten, warf sie einen langen Schatten vor sich über den Bürgersteig, einen Schatten, der schnell kürzer wurde und sich in der Dunkelheit auflöste, sobald das Auto vorbei war und sie noch für kurze Zeit den roten Rücklichtern hinterhersah, die aber auch bald verschwanden.

Hier, am nördlichen Rand der großen Stadt, gab es keinen Durchgangsverkehr, wer hier fuhr, war Anlieger, wohnte in einem der zwei-, höchstens dreistöckigen Häuser, die unter dem dunklen Himmel ein Muster aus blassen Vierecken bildeten, manchmal eines dicht neben dem anderen, dann wieder mit viel Dunkelheit dazwischen. Das Muster erinnerte sie an früher, als sie noch in die Schule gegangen war und aus lauter Langeweile auf einem karierten Block mit einem Bleistift Kästchen ausgemalt hatte, in verschiedenen Grauschattierungen von hell bis dunkel. Sie lächelte unwillkürlich, als sie daran dachte, gut, dass diese Zeit vorbei war, dass die Schule sie rausgeschmissen hatte.

Ab und zu sprang ein Hund mit wütendem Gebell an einem

Zaun hoch, dann erschrak sie und machte ein paar schnelle Schritte, bevor sie wieder in den zögernden, stockenden Gang von einer Straßenlaterne zur nächsten zurückfiel. Einmal sah sie eine Katze am Zaun entlangstreifen, eine zweite folgte ihr und beide verschwanden in einem Gebüsch.

Sie war daran gewöhnt, auf ihrem Heimweg, wenn keine Busse mehr fuhren, diese Straßen für sich allein zu haben, tote Straßen, gleichförmige Häuser hinter gleichförmigen, gleichfarbigen Zäunen. Das Licht der Straßenlaternen reichte nicht aus, um die Vorgärten zu erhellen, mit deren Hilfe man die Grundstücke hätte unterscheiden können, minimale Unterschiede nur, hier Buchs, dort Thuja, hier Flieder, dort Forsythie.

Sie bewegte sich von einer Straßenlaterne zur anderen, wurde abwechselnd von Goldmarie zu Pechmarie, ging vorbei an den wenigen am Straßenrand geparkten Autos, die meisten Häuser hier hatten Garagen. Kaum ein paar Fenster waren erleuchtet, die Wohnzimmer lagen fast alle nach hinten, zum Garten, deshalb war auch nur selten das Geflimmer eines Fernsehers zu erkennen. Sie betrachtete die dunklen Fenster, die dunklen Vorgärten und dachte, wie kann man nur so leben, Tag für Tag, Jahr für Jahr, bis man in dieser Öde stirbt. Allein bei dieser Vorstellung sträubten sich ihre Nackenhaare, alles, nur das nicht, und langsam begann ein Gedanke, der ihr in den letzten Monaten immer mal wieder gekommen war, Gestalt anzunehmen.

Dann bog sie in die Straße ein, die womöglich noch verlassener war als die anderen, noch toter, die Straße mit dem Haus, in dem die Zeit stehengeblieben war. Man könnte es so, wie es ist, hochheben, dachte sie, und in Vierzighuben im

Schönhengstgau wieder abstellen, dem Ort, den sie nur aus den Geschichten ihrer Großmutter kannte, dort würde es nicht auffallen, das Haus, höchstens durch den frischen Verputz und das Badezimmer, das ihr Vater noch vor ihrer Geburt in die Dachkammer eingebaut hatte, und vielleicht durch die Zentralheizung. Sie spürte, wie bei dem Gedanken an dieses Haus Langeweile auf sie herunterplatschte, als hätte jemand eine Schleuse am Himmel geöffnet, eine Langeweile, die sie zäh und klebrig und lähmend einhüllte, sodass sie feststeckte wie eine Fliege in einem Spinnennetz. Und sie wusste, dass sie sich, sosehr sie auch zappelte, nie aus dieser erdrückenden, tödlichen Langeweile befreien könnte, wenn sie nicht bald etwas dagegen unternahm.

Was habe ich hier verloren, dachte sie. Sie gehörte nicht zu jenem Haus, in dem alles alt war, uralt, so alt, dass sie keine Worte dafür fand, so alt, dass allein der Gedanke sie erschauern ließ. Sie gehörte nicht zu diesen spießigen Eltern, die nie lachten und nie sangen, die Omis Drohung, wer morgens lacht und mittags singt, am Abend in die Hölle springt, tief, tief in sich trugen, auch wenn sie gar nicht mehr an die Hölle glaubten. Das war auch nicht nötig, sie hatten schon hier auf Erden ihre eigene, private Hölle aus Langeweile und zähen, grauen, eintönigen Tagen, sie lagen schon lange im Sterben, ohne es zu merken, eigentlich schon immer, vermutlich hatten sie überhaupt nie gelebt. Worüber sollten sie auch lachen, wenn es in ihrem Leben nichts zu lachen gab? Welche Lieder konnten sie singen, wenn sie nicht einmal das Gezwitscher der Vögel wahrnahmen, wenn ihre Welt nur aus Worten bestand, die an den Ohren vorbeirauschten, aus Worten, die nichts anderes bedeuteten als Schimpfen, Maulen, Meckern?

Nein, sie hatte nichts mit ihnen zu tun, sie gehörte nicht zu ihrer Mutter, die nichts anderes im Kopf hatte als ihre Arbeit als Filialleiterin einer Bank, genauer gesagt einer Raiffeisenbank, eine kleine Filiale, nur zwei Schalter. Ihre Mutter bildete sich wer weiß was darauf ein, als ob das eine besondere Leistung wäre, ein hochgestecktes Lebensziel, das zu erreichen einen Menschen mit Stolz erfüllen könnte. Auch wenn sie damit, zugegeben, den Großteil des Lebensunterhalts für die Familie verdiente.

Sie gehörte auch nicht zu ihrem Vater, der sich, nachdem er arbeitslos geworden war, nur noch für seine Hasen interessierte, Hasen, nichts als Hasen, der auf den nächsten Wurf einer Häsin wartete, weil ihm keine andere Hoffnung geblieben war, weil er keine Sehnsüchte mehr hatte, keine Erwartungen an das Leben. Sein größtes Glück waren gesunde, neugeborene Hasen, und natürlich die Whiskeyflasche. Er hatte sich in sein Schicksal gefügt, er hatte aufgegeben, auch wenn sie nicht wusste, was für Träume er gehabt hatte, als er so alt gewesen war wie sie, sie hatte ihn nie danach gefragt, und jetzt war es zu spät, jetzt war ihr Interesse an ihm nur noch eine Erinnerung.

Sie gehörte auch nicht zu ihrer Schwester, dieser farblosen, strebsamen Schülerin, die ihr so alt vorkam wie das Haus und seine Bewohner und die trotzdem viel zu jung war, um auch nur zu ahnen, was das Leben zu bieten hatte, das Leben außerhalb des Hauses, die viel zu verkrampft war, um es sich überhaupt vorstellen zu können oder das auch nur zu wollen. Spaß war für sie nur eine Vokabel, so wie *fun* oder *joie,* sie interessierte sich nur für die korrekte Schreibweise. Das Einzige, was sie von anderen unterschied, war ihre ständige Eifersucht, dieses ewige Misstrauen, sie könnte zu kurz kommen. Sie würde mich bestimmt nicht vermissen, dachte sie, niemand von ihnen würde mich vermissen.

Das könnte der Moment sein, in dem die Alternative Gestalt annahm, in dem die Sehnsucht nach einem anderen Leben übermächtig wurde.

Und dann sah sie, wie ein paar Meter vor ihr Schuhe auftauchten, Turnschuhe einer Marke, die sie selbst nie tragen würde, out, mega-out wie alles, was zu dem Haus hinter dem Zaun gehörte, vor dem diese langweilige Streberin stand, in der sie das Kind nicht mehr erkannte, das sie einmal gewesen war. Und es könnte sogar sein, dass sie sich kurz die Frage stellte, ob die Schwester auch in ihr nicht mehr das Kind erkannte, das sie einmal gewesen war. Dieser Gedanke war folgerichtig, sie erkannte sich ja selbst nicht mehr.

Komm rein, Marie, sagte die andere, komm rein.

Schon wie sie ihren Namen aussprach, mit diesem langen a und der Betonung auf der ersten Silbe, weckte ihren Zorn, es war ein Rückfall in die frühen Jahre, sie sollte inzwischen doch gelernt haben, ihren Namen richtig auszusprechen, Marie, mit einem kurzen a und der Betonung auf der zweiten Silbe, so hieß sie, Marie.

Leck mich, sagte sie, was willst du von mir?

Komm rein, sie sind sauer, sagte die andere und streckte ihr die Hand entgegen.

Was bildete sie sich ein, wollte sie sie an die Hand nehmen wie ein kleines Kind?

Verdammt, lass mich in Ruhe, sagte sie.

Du sollst reinkommen, sagte die andere, sonst kannst du was erleben.

Das war die Formulierung, die ihr noch gefehlt hatte, sie fing an zu lachen, das Lachen schüttelte sie, es war ein Ausbruch, den sie nicht mehr beherrschen konnte, sie lachte so laut, dass die Hunde in der Nachbarschaft anfingen zu bellen und ein paar Häuser weiter ein Fenster aufgerissen wurde und ein Mann Ruhe brüllte, Ruhe, was soll der Krach mitten in der Nacht?

Sie kriegte sich nicht mehr ein. Was erleben, rief sie in die Dunkelheit und spürte, wie ihr das Lachen von innen schmerzhaft gegen die Rippen und das Zwerchfell drückte und sie das Gefühl hatte zu platzen, wenn sie es nicht hinausließ. Was erleben, genau das ist es, was ich will, rief sie noch lauter und bekam Schluckauf vor Lachen. Und dann, plötzlich, stand ihr Entschluss fest, jetzt wusste sie, was sie tun würde, nicht heute, nicht sofort, aber bald, ein paar Vorbereitungen waren noch zu treffen, doch ihre Entscheidung war gefallen, ihre letzten Zweifel waren verflogen, stiegen mit dem Nachtwind in die Luft und lösten sich in den Wolken auf. Jetzt konnte sie der anderen folgen, konnte in das Haus gehen, weil sie wusste, dass es nicht mehr lange dauern würde, bald, bald würde das alles für sie vorbei sein. Wart nur, wart nur, wirst schon sehen, dachte sie, aber nicht ich werde sehen, ihr werdet sehen, ihr, ihr, ihr.

Wäre das etwa der richtige Anfang?

Nein, so nicht, das ertrage ich nicht. Ich bin verletzt, gekränkt, verwirrt. Hat sie denn die Stunden vergessen, in denen wir zusammen gelacht haben, in denen wir fröhlich waren? Die hat es doch auch gegeben, warum hat sie sich nur an das Negative erinnert? Und ich, warum fällt mir in diesem Moment nichts Fröhliches ein? Warum muss ich ausgerechnet jetzt an die toten Tiere denken, Vögel, Mäuse, Käfer, der totgeborene kleine Hund der Meiers, einmal eine überfahrene Katze und ein andermal sogar eine Eule, die wir im Allacher Forst gefunden hatten, die einfach auf dem Moos lag, mit offenen Augen und noch nicht ganz kalt. Wir haben immer gern Tiere begraben, wir haben ihnen hinten im Garten, hinter den Johannisbeersträuchern, mit unseren alten Kinderschippen Gräber gegraben, feierlich schweigend, und erst wenn wir sie mit Erde bedeckt und das Grab mit einem Stein beschwert hatten, um zu verhindern, dass ihre Seelen nachts herumgeisterten und uns im Traum erschreckten, haben wir ihnen nachträglich eine gute Sterbestunde gewünscht.

Warum fällt mir jetzt nichts anderes ein, verdammt noch mal, habe auch ich all die Freude vergessen, so wie sie sie vergessen hat? Es gab doch auch Wärme und Geborgenheit, zumindest solange unsere Omi noch gelebt hat. Gut, unsere Omi war keine strahlende Flamme, keine Festbeleuchtung, keine bunte Lichterkette, keine flackernde Neonröhre und erst recht keine Diskokugel, sie war eher wie Kerzenlicht oder wie wärmendes Herdfeuer. Oder vielleicht wie der Kachelofen, den sie früher hatten, *dahaam* in Vierzighuben. In unserem Haus gab es keinen Kachelofen, dafür hat der Platz nicht gereicht, aber es gab, neben dem Elektroherd, einen richtigen Küchenherd für Holz und Kohlen, den wir im Winter mit Holzscheiten fütterten und der eine angenehme Wärme verströmte, vor allem, wenn es draußen stürmte und schneite. Wir waren die Einzigen in der Nachbarschaft, die solch einen Herd hatten. Diesen Herd gibt es immer noch, er hat Omi überlebt, er wird meine Eltern überleben und vermutlich sogar mich.

Nein, mit diesem Anfang komme ich nicht weiter. Das Problem ist, dass ich den eigentlichen Anfang nicht weiß, vielleicht war ich dafür zu jung, ich kann ihn jedenfalls nicht erkennen, sosehr ich mich auch bemühe, er verschwindet vor meinen Augen in einem trüben Nebel, und wenn manchmal ein dunkler Schatten auftaucht und ich denke, jetzt, das ist es, wenn ich die Hand ausstrecke und hoffe, etwas Greifbares zu erwischen, ist der Schatten auch schon wieder weg.

Du musst den heiligen Antonius um Hilfe bitten, der Heilige hilft dir beim Suchen, höre ich Omi sagen. Das Echo ihrer Stimme werde ich nicht los, will es auch gar nicht, obwohl der heilige Antonius mir nichts bedeutet, er hat immer nur ihr geholfen, wenn sie etwas verlegt hatte, ich konnte ihn noch so oft anrufen, es hat mir nichts genutzt. Er war ihr Heiliger, nicht meiner, er gehörte zu jenem Teil ihrer Welt, zu dem ich keinen Zutritt hatte, diese Tür blieb mir verschlossen, und erst recht die Tür hinter der Tür, die zum verlorenen Paradies führte.

Drei

Mit unserer Großmutter anzufangen, der Mutter unserer Mutter, wäre natürlich das Einfachste, es bietet sich an, doch zugleich begebe ich mich damit auf dünnes Eis. Ich bin mir nicht mehr sicher, ob das alles so war, wie ich damals annahm, es ist möglich, aber es könnte auch anders gewesen sein. Ich weiß oft nicht, wo die Grenze zwischen Fantasie und Wirklichkeit verläuft, zwischen wahren und eingebildeten Gefühlen, manchmal sogar nicht zwischen wahren und eingebildeten Ereignissen. Wo es bei anderen Menschen eine eindeutige Trennungslinie zu geben scheint, ist diese Grenze bei mir, glaube ich, eher eine verwischte Schlangenlinie, eine Grauzone, in der ich mich rettungslos verirren könnte, wenn ich nicht aufpasse.

Unsere Omi war das Zentrum des Hauses, unsere eigentliche Bezugsperson, um die sich in unseren ersten Jahren alles gedreht hat. Wir waren immer zusammen, Omi, Marie und ich. Unsere Mutter hat sich nur für ihre Arbeit interessiert. Omi war es, die mich in den Kindergarten brachte und abholte, weil unsere Mutter auf dem Kindergarten bestand, obwohl ich jeden Tag weinte und bettelte, nicht hingehen zu müssen. Und vermutlich hatte sie vor mir auch Marie hingebracht. Sie saß an unserem Bett und machte uns Wadenwickel, wenn wir Fieber hatten. Sie hat uns alles gelehrt, was wir über Pilze wussten, sie hat uns gezeigt, wie man sät und junge Pflanzen pikiert, sie hat uns, Marie und mich, auf Käfer und Schmetterlinge aufmerksam gemacht, auf Ameisenstraßen und Schneckeneier, die wie winzige weiße Ostereier aufeinandergehäuft in einem Nest aus feuchter Erde lagen. Ich bin überzeugt, von ihr die Liebe zu allem Kleinen, Unauffälligen gelernt zu haben.

Sie hat mir das Stricken beigebracht, als ich mich im Handarbeitsunterricht so ungeschickt anstellte, dass die Lehrerin verzweifelt sagte, so ein dödeliges Mädchen sei ihr noch nie im Leben begegnet, und mich mit Marie verglich, die ebenfalls ihre Schülerin gewesen war und natürlich großartig gestrickt hatte. Ich habe letztlich stricken gelernt, aber nur so viel, wie unbedingt nötig war, keine einzige Masche zusätzlich. Omi hat mir auch in den ersten zwei Jahren bei den Hausaufgaben geholfen, weil ich es einfach nicht hinbekam, so ordentlich zu schreiben wie die anderen Kinder, und außerdem große Schwierigkeiten mit der Rechtschreibung hatte. Sie übte mit mir und tröstete mich und sagte, lass dir ja nicht einreden, dass du dumm bist, wer so etwas zu dir sagt, ist selber dumm. Seltsamerweise hatte Marie diese Anfangsschwierigkeiten in der Schule nicht, sie wurde erst später schlechter, in dem Maß, in dem ich besser wurde.

Marie und ich hatten keine Freundinnen, Omi hat uns immer vor anderen Kindern gewarnt. Sie passen nicht zu uns, hat sie gesagt, und außerdem seid ihr zu zweit, das reicht. Ja, wir waren zu zweit, wir hatten eine die andere, und mehr war nicht nötig, bis Marie mit ungefähr zwölf anfing, nachmittags stundenlang einfach zu verschwinden, bevor sie mich später ganz im Stich ließ.

Was für eine Rolle Omi für Marie gespielt hat, weiß ich nicht, Marie hat sich oft mit ihr gestritten, sie war frech zu ihr, hat sie sogar beschimpft, etwas, was ich, glaube ich, nie getan habe, trotzdem war sie Omis Lieblingsenkelin, das hat sie jedenfalls behauptet, später, und ich habe ihr geglaubt. Ich habe sogar nachträglich Bitterkeit gegen Omi empfunden, weil sie Marie mehr geliebt hatte als mich, und zu meinem ohnehin bestehenden Groll gegen Marie kam nun noch dieser neue hinzu.

Omi ist mit siebenundsechzig gestorben, aber für uns war sie immer alt, älter als alle anderen Großmütter in unserer Gegend, älter als alle Frauen, die wir kannten. Vielleicht lag das ja an ihrer Kleidung, wer sonst trug schon Tag für Tag ein Kopftuch und wadenlange Röcke unter einer Kittelschürze, mal grau, mal dunkelblau, aber immer kleingemustert. Unsere Mutter hat oft versucht, sie zu anderen Anziehsachen zu überreden, wir sind hier nicht in Vierzighuben, hat sie gesagt, kannst du dir nicht endlich mal ein paar normale Kleider anschaffen?

Als Antwort hat Omi nur den Kopf geschüttelt und gesagt, ich bin, wie ich bin, damit musst du dich abfinden, und vergiss nicht das vierte Gebot. Damit hat sie ihre Tochter, unsere Mutter, immer zum Schweigen gebracht.

Es lag aber nicht nur an ihrer Kleidung, dass Omi alt aussah, sie hatte auch viele Falten. Besonders faltig war ihr Hals, an dem sich, bis sie operiert wurde, ein dicker Kropf wölbte, wie bei einem Truthahn. Bis dahin hatte ihr das Kettchen mit der wundertätigen Medaille eine zusätzliche Rille in ihren Hals gedrückt, nur der Wollfaden, an dem das Skapulier hing, war lang genug.

Es gibt ein Foto von Omi und uns beiden. Ich bin noch sehr klein, etwa sechs, sieben Monate alt, wie meine Mutter meint, ich trage ein weißes Kleidchen über einer rosafarbenen Strampelhose, mit der rechten Hand umklammere ich Omis Zeigefinger und mit der linken zupfe ich an meinem Ohr. Omi war damals noch nicht operiert worden, auf dem Foto hängt ihr der Kropf unterm Kinn wie ein halb verschrumpelter Luftballon, und ihren geschwollenen Fingerknöcheln sieht man an, dass sie bereits damals an Rheuma litt, auch wenn ihre Hände noch nicht so verkrüppelt waren wie später, als sich die Knöchelchen unter ihrer Haut abzeichneten, rund wie die Perlen eines Rosenkranzes. Neben ihrem rechten Knie steht Marie in einem blauen Rock und einem weißen, kurzärmeligen T-Shirt und presst eine Barbiepuppe fest an die Brust. Keine von uns dreien lacht in die Kamera, ich sehe bestenfalls erstaunt aus, Omi ernst und seltsam würdevoll, und Marie hat auf diesem Bild schon jenen trotzigen, herausfordernden Ausdruck im Gesicht, der später so typisch für sie werden sollte.

Dieses Foto steht heute noch im Wohnzimmer meiner Eltern, ihm gilt immer mein erster Blick, wenn ich sie besuche, als wäre ich erst dann angekommen, wenn ich weiß, dass es noch da ist, wenn ich weiß, dass Omi nicht vergessen wurde. Und wenn ich sehe, wie fest und sicher sie mich auf dem Schoß hält, erinnere ich mich daran, wie sie mich, als ich mir das Bein gebrochen hatte und mit den Krücken nicht zurechtkam, herumgetragen hat wie ein kleines Kind, und dabei muss ich damals fünf oder sechs Jahre alt gewesen sein.

Wir hatten schon immer mit Omi zusammengewohnt, in dem kleinen, bescheidenen Siedlungshaus nicht weit vom Allacher Forst. Ihre Eltern hatten es Mitte der Fünfzigerjahre gebaut, als ihr Vater eine feste Anstellung im Schlachthof gefunden hatte und sie selbst die Hauswirtschaftsschule besuchte. Die Jahre davor, von ihrer Flucht bis zum Bau des Hauses, hatten sie auch schon in Allach gewohnt, bei einem Schneider, zu dritt in einem kleinen Zimmer mit Küchenbenutzung, das neue Haus sei ihnen damals wie ein Palast vorgekommen, hat Omi immer gesagt.

Meine Eltern leben noch heute dort, jetzt ist das Haus groß genug für sie, sie sind ja nur noch zu zweit, aber früher, als Omi noch lebte und Marie und ich Kinder waren, war es ziemlich eng. Der Keller hat nur zwei kleine Räume, einer war früher für die Lagerung von Kartoffeln und Äpfeln bestimmt gewesen, und zu Omis Zeiten stand links neben der Tür noch ein Regal mit Gläsern voller Eingewecktem. Marie hat einmal ein Glas mit Erdbeerkompott aus dem Keller geschmuggelt und wir haben es heimlich im Schuppen leergegessen. Aber dann hat Omi die Flecken auf meinem Pullover gesehen und tatsächlich das leere Glas hinter einem Hasenstall entdeckt. Sie war zornig und hat uns hart bestraft, denn ihre Vorräte waren ihr heilig, ein Haushalt ohne Vorräte war für sie unvorstellbar, ein Mensch muss schließlich wissen, was er morgen, übermorgen oder nächste Woche essen kann. In dem anderen Raum, dem ursprünglichen Kohlenkeller, haben unsere Eltern nach Omis Tod eine Zentralheizung einbauen lassen, sie hatten endgültig genug von den stinkenden Öl öfen.

Im Erdgeschoss befinden sich außer einer Küche mit einer kleinen Speisekammer noch ein Wohn- und ein Schlafzimmer, im ersten Stock zwei weitere Schlafzimmer und ein Bad. Das Bad hat unser Vater gleich im ersten Jahr nach der

Hochzeit in die frühere Dachkammer eingebaut, eigenhändig, wie er immer betonte. Omi hatte an einer Mädchenschule Kochen und Handarbeit unterrichtet, und ihr Gehalt hatte gerade gereicht, um sich und ihre Tochter durchzubringen, großartige Umbauten am Haus hatte sie sich nicht erlauben können. Dass er es war, der das Bad eingebaut hatte, war die einzige Waffe unseres Vaters, wenn Omi giftig, wie sie manchmal war, erwähnte, dass das Haus ja noch immer ihr gehörte. Nach der Hochzeit hatte sie unseren Eltern das untere Stockwerk überlassen, sie selbst bewohnte den ersten Stock, doch als Marie kam, gab sie ihnen zusätzlich das frühere Schlafzimmer ihrer Eltern, damit sie unten ein Kinderzimmer einrichten konnten. Sie selbst behielt ihr altes Zimmer, in dem sie schon als junges Mädchen gelebt hatte.

Am meisten liebten wir es, wenn uns Omi aus der Zeit erzählte, als sie selbst noch ein Kind gewesen war. Vielleicht hatten wir ihr ja auch unsere Liebe zu Geschichten zu verdanken, Geschichten aller Art, die wir dann weiterspinnen konnten. Sie war dreizehn, als sie nach Allach kam, aber richtig heimisch ist sie hier nie geworden, heimisch kann man sich an einem fremden Ort wohl nur dann fühlen, wenn man freiwillig hingezogen ist. Für sie war die *Haamet* bis zu ihrem Tod – da hatte sie immerhin vierundfünfzig Jahre hier gelebt, die meisten davon in diesem Haus – die mährische Marktgemeinde Vierzighuben bei Zwittau im Schönhengstgau, wo sie ihre Kindheit verlebt hatte. Marie und ich haben uns immer ausgemalt, wie unvorstellbar märchenhaft diese ersten dreizehn Jahre gewesen sein mussten, wenn Omi als alte Frau noch davon träumte. Oder wie schrecklich die vielen Jahre danach. Mit dreizehn war sie mit ihren Eltern, mit den Onkeln und

Tanten, den Cousins und Cousinen aus Vierzighuben vertrieben worden. Wir sind Vertriebene, betonte sie immer, wir sind Heimatvertriebene, keine Flüchtlinge, Vertriebenen hat man etwas angetan, Flüchtlinge sind von sich aus geflohen, das ist ein Unterschied.

Dieser Ort ihrer Kindheit bedeutete ihr alles, ich glaube, sie hat sich gegen jede Vernunft bis zuletzt nach einer Rückkehr in ihr persönliches Paradies gesehnt, als könnte damit alles, was in ihrem Leben schiefgelaufen war, wieder zurechtgerückt werden. *Dahaam,* die *Haamet,* das war ihr ewiger Sehnsuchtsort, ein märchenhaftes Traumland, in dem alles anders war, *dahaam* war der Himmel hoch, viel höher als hier, die Winter waren kälter und die Sommer heißer, die Wälder waren dunkler und die Bäche klarer, das Gras war grüner und die Erde dunkelbraun und fett. *Dahaam* waren die Menschen gottesfürchtig und ehrlich, die Nachbarn halfen einander und die Familien hielten zusammen. Nie hätte man seinen Nächsten im Stich gelassen, nur weil er unschuldig in Not geraten war, und auch dem, der sein Unglück selbst verschuldet hatte, hätte man nach Kräften zu helfen versucht, denn es steht geschrieben, wer ohne Sünde ist, der werfe den ersten Stein. *Dahaam* war alles besser gewesen. Marie sagte einmal, *dahaam* haben die Vögel im Chor gesungen und die Hunde und Katzen die Küche geputzt.

Wir konnten ihr stundenlang zuhören, wenn sie von *dahaam* erzählte. Wir träumten von ihren Geschichten, sie stachelten unsere Fantasie an und weckten Sehnsüchte, wie es bei anderen Kindern vielleicht Märchen tun. Wenn Omi, was sie oft und gern tat, von der Metzgerei ihres Vaters erzählte, von den Blutgraupen, ein Wort, bei dem ich immer eine Gänsehaut bekam, wenn sie vom *Geselchten* schwärmte, von den geräucherten Schinken und den *Wirschtlich,* von Leberwürsten mit Majoran, von Blutwürsten aus Schweineschwarten und Blut, gewürzt mit Thymian und schwarzem Pfeffer, von Bratwürsten mit Zwiebeln und von geräucherten Hartwürsten mit hellen Speckgrieben, die sie beharrlich *Grieven* nannte, von diesen wunderbaren Würsten, die scharf waren und nach Knoblauch rochen, wenn sie vom Bauchfleisch erzählte oder von dem Schweinebraten, den es sonntags gab, von den Suppen, die ihre Mutter aus Knochen und Fleisch gekocht hatte, wurde ihre Stimme sehnsüchtig, und ihr Blick verlor sich in einer fernen Welt, die nur für sie sichtbar war.

In meiner Vorstellung war dieses *Dahaam* eine Art Schlaraffenland, in dem einem die *Wirschtlich* in den Mund flogen und Messer und Gabeln in Schinken steckten, damit man sie gleich essen konnte. Aber Marie mochte diese Metzgereigeschichten nicht, es endete regelmäßig damit, dass sie sich die Ohren zuhielt und anfing zu schreien, hör auf, ich will das nicht, hör endlich auf. Sie aß nicht gern Fleisch und ekelte sich besonders vor Fetträndern, und bei Fettaugen auf der Suppe verzog sie angeekelt das Gesicht und tat, als müsste sie sich gleich übergeben. Wenn Marie sich so anstellte, erschrak Omi und erzählte schnell von den *Wuchteln,* die es jeden Sonntag gab, Hefetaschen, gefüllt mit Quark und Rosinen und vor allem mit viel Mohn. Auch für uns backte sie manchmal *Wuchteln,* dann stand sie lange in der Küche und schlug den Teig, auch wenn sie wusste, dass es nicht viel bringen würde, unsere Mutter machte sich nichts aus *Wuchteln,* unser Vater aß sie sowieso nicht, wegen des Mohns, denn was der Bauer nicht kennt, frisst er nicht, und Marie pickte immer die Rosinen heraus und legte sie neben ihren Teller. Nur mir schmeckten Omis *Wuchteln* so, wie sie waren. Aber vielleicht versuchte ich auch nur, ihr zu gefallen.

Omis Reich waren die Küche und der Garten. Im Wohnzimmer hielt sie sich nur auf, wenn unser Vater nicht da war, zumindest war es früher so, als wir klein waren. Kaum kam er zur Haustür herein, verschwand sie in der Küche oder im Garten, in dem sie Kartoffeln, Gemüse und Salat anbaute und in dem vor allem ihre geliebten *Beerlich* wuchsen, rote und schwarze Johannisbeeren, Stachelbeeren und Erdbeeren, die sie zu Marmeladen und Kompotten verarbeitete. Außer den Nutzpflanzen gab es auch ein paar Rabatten mit Blumen, allerdings keine stolzen Blumen wie Rosen oder Lilien, die sie hoffärtig nannte, sondern nur kleine, demütige Blumen, Stiefmütterchen, Vergissmeinnicht, Schlüsselblumen und im Herbst niedrige Astern, und wenn im Allacher Forst die ersten Veilchen blühten und später die Maiglöckchen, schickte sie uns immer los, um für sie ein Sträußchen zu pflücken, dafür bekamen wir dann ein paar *Gutslich*.

Warum sie unserem Vater aus dem Weg ging, wo sie nur konnte, haben wir, Marie und ich, nie verstanden, obwohl wir dieses Thema oft genug diskutierten. Sie mochte ihn offensichtlich, jedenfalls mehr als Mutters frühere Bekanntschaften, denn dass unser Vater nicht der Erste gewesen war, hatten wir längst aufgeschnappt. Omi war es wichtig, dass er aus einem gut katholischen Elternhaus stammte, auch wenn er sich, genau wie unsere Mutter, von der Kirche losgesagt hatte, was für Omi ein Quell ewigen Leids war, der Anlass für viele Rosenkränze. Marie meinte, Omi sei einfach nicht an Männer gewöhnt, weil sie selbst ledig geblieben war. Natürlich musste es mal einen Mann in ihrem Leben gegeben haben, schließlich hatte sie als junge Frau unsere Mutter auf die Welt gebracht, aber darüber wurde bei uns nie gesprochen, wie über vieles nicht gesprochen wurde. Auch unserer Mutter schien dieses Thema peinlich zu sein, sie vermied es einfach, und Omi verhielt sich so, als wäre ihr das Kind direkt vom Himmel in den Schoß gefallen.

Marie nannte hinter dem Rücken unserer Mutter diesen Großvater, den es gegeben haben musste und von dem wir nichts wussten, Omis Jackpot. Erst Jahre nach Omis Tod erzählte uns Friedel Stegmüller, Ottos Frau, sie habe von ihrer Schwiegermutter gehört, dass der Vater unserer Mutter einer von drei Musikanten gewesen sei, die bei einer Kirchweih aufgespielt hatten, aber welcher von den dreien es war und wie er geheißen hatte, habe ihre Schwiegermutter auch nicht gewusst. Maries Kommentar zu dieser Geschichte war, ein flotter Musikant als Großvater wäre ihr bedeutend lieber gewesen als eine fromme Großmutter, die als Buße für den einzigen Fehltritt ihres Lebens Tag für Tag beten musste.

Fromm war sie wirklich, unsere Omi. Mittags, beim Angelusgebet, waren wir selten dabei, da waren wir noch in der Schule, aber abends, wenn es langsam dämmerte, kam die Zeit für den Rosenkranz. Dann saß Omi in der Küche, ließ die Perlen durch ihre Finger gleiten und murmelte die vertrauten Worte vor sich hin: *Gegrüßet seist Du, Maria, voll der Gnade, der Herr ist mit Dir; Du bist gebenedeit unter den Frauen und gebenedeit ist die Frucht Deines Leibes, Jesus.* Bis heute weiß ich, obwohl ich nie Religionsunterricht hatte, die freudenreichen und die schmerzhaften und die glorreichen Geheimnisse auswendig, und das Wichtigste war immer der Satz: *Heilige Maria,*

Mutter Gottes, bitte für uns Sünder jetzt und in der Stunde unseres Todes. Amen.

Im Sommer spielten wir lieber draußen, Marie und ich, aber im Winter, besonders in der Vorweihnachtszeit, wenn der freudenreiche Rosenkranz gebetet wurde, saßen wir oft bei ihr in der Küche, in der es langsam dunkler wurde. Das leise Prasseln des Herdfeuers untermalte Omis Gemurmel, wir legten frische Scheite nach und ließen das Türchen offen, wir hockten uns vor unserer Omi auf den Boden und schauten, den Rücken an ihre Beine gelehnt, in die Flammen, bis das Holz verbrannt war und nur noch Glut übrig blieb. Manchmal war sie dann noch nicht fertig und wir schoben ein oder zwei Scheite nach. Es war sehr stimmungsvoll und tröstlich, ein Gemurmel gegen das Dunkel der Welt.

Auch bei Gewitter wurde der Rosenkranz gebetet, der schmerzhafte. Im Gegensatz zu Marie, die Gewitter aufregend fand und sich, trotz Omis Warnungen, ans Fenster stellte und bei jedem Blitz begeistert lachte, hatte ich schon immer Angst vor Gewitter, und noch heute ertappe ich mich manchmal dabei, dass ich, auch ohne es ernst zu meinen, bei Gewitter in Gedanken sage: *Bewahre uns vor dem Feuer der Hölle! Führe alle Seelen in den Himmel, besonders jene, die Deiner Barmherzigkeit am meisten bedürfen.*

Omi ging auch jeden Morgen in die Kirche, zur Messe um acht Uhr, ihr Stammplatz war in der vierten Reihe links, und sonntags gehörte der Kirchenbesuch sowieso dazu. Manchmal begleiteten wir sie, obwohl unsere Mutter immer maulte, hör doch auf, den Kindern mit diesem Blödsinn den Kopf zu verdrehen. Dann schlug Omi schnell drei Kreuze, um die ketzerischen Worte ihrer Tochter ungeschehen zu machen, bevor sie mit uns das Haus verließ. Ich mochte den Geruch in der Kirche, das gedämpfte Licht, den feierlichen Ernst und besonders die Lieder, die in dem hohen Raum seltsam vielstimmig widerhallten, dann schloss ich die Augen und bildete mir ein, jetzt alle Menschen auf der ganzen Welt singen zu hören. Doch obwohl ich diese geheimnisvolle Atmosphäre genoss, bin ich nicht fromm geworden und Marie schon gar nicht. Heute finde ich es erstaunlich, wie standhaft Omi an ihrem Glauben festhielt, trotz der abfälligen Bemerkungen, die sich unsere Mutter nicht immer verkneifen konnte, und ich finde es auch erstaunlich, dass diese Bemerkungen nicht häufiger kamen und nicht noch abfälliger waren. War das ein Zeichen von Toleranz oder von Gleichgültigkeit?

Im Nachhinein bin ich mir übrigens gar nicht mehr sicher, dass unsere Großmutter wirklich so gläubig war, wie wir damals meinten. Heute denke ich eher, dass die Religion für sie vor allem eine Überlebensstrategie war, ein Hilfsmittel, um die unbegreifliche und als feindlich empfundene Welt zu verstehen. Bestimmt war sie eine Betschwester, wie unsere Mutter sie zuweilen spöttisch nannte, aber sie sprach selten über Gott, daran kann ich mich nicht erinnern, es ging ihr eigentlich immer nur um die armen Seelen und um eine gute Sterbestunde, um die hat sie jeden Tag gebetet, *bitte für uns Sünder jetzt und in der Stunde unseres Todes. Amen.* Um ein gutes Leben hat sie nicht gebetet, das habe ich nie von ihr gehört. Seltsamerweise ist mir das als Kind nicht aufgefallen, dieser Gedanke ist mir erst lange nach ihrem Tod gekommen. Als Kind fand ich die Bitte um eine gute Sterbestunde so normal wie Bitten um Weihnachtsgeschenke oder Schokoladeneier zu Ostern.

Mein Handy klingelt, auf dem Display erscheint *Allach,* das ist der Name, unter dem ich sie gespeichert habe, nicht unter *Vater* oder *Mutter* oder *Zuhause,* was man eigentlich erwarten könnte. Ich weiß, dass es meine Mutter ist, mein Vater hat mich noch nie von sich aus angerufen, und drücke sie gereizt weg. Es passt zu ihr, dass sie mich gerade dann anruft, wenn ich mit meinen Gedanken bei Omi bin, unser Verhältnis hat sie immer gestört. Wenn ich früher Omi erwähnte und auch nur so etwas sagte wie: Omi hat immer Majoran in die Kartoffelsuppe getan, dann hieß es sofort, du und deine Omi. Warum klang ihre Stimme dann so gekränkt? War sie etwa eifersüchtig? Eifersüchtig auf eine Tote?

Plötzlich tut mir meine Mutter leid, ich drücke auf *Allach.* Sie hebt schnell ab, zu schnell, es ist, als hätte sie neben dem Telefon gesessen und gewartet.

Hallo, Mama, sage ich, du hast angerufen? Ist alles in Ordnung? Wie geht es euch?

Wie es alten Leuten halt so geht, sagt sie, und ich widerspreche, wie es von mir erwartet wird, du bist siebenundfünfzig, das ist doch kein Alter, eine Frau in den besten Jahren.

Aber dein Vater ist siebzig, es geht ihm nicht gut, er hat's mit dem Herzen, hat der Doktor gesagt, er sollte sich mehr schonen, aber du weißt ja, wie er ist, und trinken tut er auch zu viel, dabei müsste er doch wissen, dass es ihm nicht bekommt. Wann besuchst du uns endlich mal wieder, du warst schon über ein halbes Jahr nicht mehr hier.

Ich weiche aus, sage nicht, dass ich keine Lust habe, nach Hause zu fahren, ich schiebe alles aufs Studium, Mama, du weißt doch, dass ich an meiner Arbeit sitze.

Ach ja, sagt sie.

Ich komme bald, sage ich, auch wenn das ein leeres Versprechen ist, ich sage es nur, um mein schlechtes Gewissen zu beruhigen und um ihren Vorwürfen und Klagen zuvorzukommen, diesem »Wir haben doch nur noch dich«. »Nur noch« steht für »wenn Marie doch noch da wäre«, ich verstehe es, auch ohne dass sie es ausspricht.

Ich besuche sie selten, und wenn, muss ich mich innerlich wochenlang auf diese Besuche vorbereiten, schließlich weiß ich genau, was mich erwartet. Ich wundere mich jedes Mal aufs Neue, wie fremd sie aussehen, wie alt, und frage mich dann unwillkürlich, ob vielleicht ein Fluch über diesem Haus liegt, der seine Bewohner unnatürlich früh altern lässt. Gibt es das? Gibt es vielleicht noch unentdeckte Viren, die sich in der Wand verkriechen und jeden infizieren, der länger hier lebt? Wenn ich sie so sehe, kommt mir diese Idee gar nicht mehr so abwegig vor. Besondere Heimatgefühle, die ich eigentlich empfinden müsste, wenn ich den Ort meiner Kindheit besuche, wollen sich bei mir einfach nicht einstellen, auch wenn ich mir manchmal selbst vorwerfe, herzlos zu sein. Vielleicht bin ich das ja auch.

Was es eigentlich ist, was zwischen mir und meinen Eltern steht, weiß ich nicht genau, ich will es wohl auch nicht wissen. Früher war es Omi, danach Marie, aber reicht das als Grund? Wenn ich sie besuche, bin ich jedenfalls immer so angespannt, dass ich die ein, zwei Tage kaum aushalte.

Sie sehen auch jedes Mal kleiner aus, als ich sie in Erinnerung habe, als wären sie bei der Wäsche eingegangen. Kein Mensch käme auf die Idee, dass sie mal anders waren, und dabei ist es gar nicht so lange her, sieben Jahre, genau gesagt, dass ich mich selbst noch klein und unbedeutend gefühlt habe, wenn ich vor ihnen stand. Ich kann mir überhaupt nicht mehr vorstellen, dass ich früher Angst vor ihnen hatte, aber es ist so, ich weiß es. Wie dünn du bist, sagt meine Mutter, wenn sie mich umarmt, hölzern, wie sie es immer getan hat, du solltest mehr essen, du siehst schlecht aus, dein Vater hat einen Hasen für dich geschlachtet.

Hasen gehören auch dazu, haben schon früher dazugehört, schon immer hatte er zwei Ställe hinter dem Haus, aber als er dann seine Arbeit bei BMW verloren hatte, waren noch ein paar Ställe dazugekommen, er liebte seine Hasen, und unsere Mutter hatte oft etwas herablassend gesagt, das ist wohl sein bäuerliches Erbe, das da durchschlägt. Mir vergeht der Appetit, wenn ich Hase höre, auch in französischem Rotwein und mit Schalotten bleibt für mich jeder Hase einer der Hasen aus den Ställen hinter dem Haus, Hasen, die jeden Tag gefüttert werden mussten. Und alle paar Wochen wurden zwei oder drei geschlachtet, gehäutet, ausgenommen, zerlegt und abgepackt in der Tiefkühltruhe verstaut. Wenn Besuch zum Essen kam, zum Beispiel die Verwandten aus Bodenmais oder ein Cousin oder eine Cousine zweiten Grades – die Familie war zerstreut, aber zahlreich – oder Otto und Friedel Stegmüller, die Nachbarn, oder Mamas Kolleginnen von der Bank, dann gab es Hasenbraten und dazu die ewig gleichen Kommentare: Im Geschäft müsste man ein Vermögen für so einen Hasen bezahlen, so ganz ohne Chemie. Otto, willst du noch ein Stück? Anne isst am liebsten die Schenkel, aber Marie nicht, die kriegt man nicht dazu, Hasen zu essen, sie will einfach nicht, und zwingen kann man sie ja nicht mehr.

Vor sieben Jahren haben diese Kommentare dann aufgehört.

Ich hätte am liebsten auch keinen Hasen gegessen, aber ich tat es, ich aß diese verdammten Hasenschenkel, immer, auch wenn mich niemand dazu gezwungen hat. Das war gar nicht nötig, ich zwang mich selbst, und wenn ich sie heute besuche, zwinge ich mich noch immer, Hasenschenkel zu essen. Irgendwann werde ich ihnen sagen, dass ich keine Hasen mag, dass ich Hasen noch nie gemocht habe, und irgendwann werde ich auch aufhören, sie zu besuchen. Vielleicht. Ich werde sie vergessen und nur manchmal daran denken, dass ich früher Eltern hatte, so wie ich manchmal daran denken werde, dass ich früher eine Schwester hatte.

So könnte die Geschichte auch anfangen, es wäre durchaus eine Möglichkeit, eine von vielen.

Ich habe den Bleistift aus der Hand gelegt und starre aus dem Fenster in die Dunkelheit, erst jetzt fällt mir auf, wie spät es geworden ist. Von drüben, vom Wohnzimmer, dringen laute Stimmen herüber, sie sind zu Hause, alle drei, Ricki, Jakob und Kevin, und unterhalten sich. Wieder einmal bin ich froh, dass ich hier bin, in Frankfurt, und nicht in Allach, hier lebe ich mit Menschen zusammen, die ich mir ausgesucht habe, hier ist die Welt heller und freundlicher, hier riecht es nicht muffig, hier kann ich frei atmen. Ich stehe auf, ich werde hinübergehen, zu ihnen, vielleicht ist ja noch etwas von dem Wein da, den Kevin von seinem letzten Elternbesuch mitgebracht hat.

Von meinem Schreibtisch bis hinüber zu ihnen sind es nur wenige Meter, aber für mich wird es ein Ausflug in eine andere Welt sein, ich brauche Abstand, nicht nur von meinen Erinnerungen, ich brauche vor allem Abstand von mir selbst.

Vier

Es gibt Menschen, die gern in Gesellschaft sind, die gern lachen und diskutieren und keine Gelegenheit zum Feiern auslassen, während andere eher dazu neigen, sich zu verkriechen. Auf mich trifft der Begriff introvertiert nur unzureichend zu, manchmal könnte man mich menschenscheu nennen, zumindest früher war ich das wohl. Für Leute wie mich ist eine Wohngemeinschaft ein Segen, in einer Wohngemeinschaft entkommt man der Gefahr zu vereinsamen.

Sie haben die Deckenlampe nicht angemacht, diese Kronleuchterimitation, die ein früherer Bewohner einfach zurückgelassen hat, wie so vieles von unserer Einrichtung aus Möbelstücken besteht, die jemand nicht mehr gebraucht und einfach zurückgelassen hat. In dieser Wohnung gibt es schon seit mindestens zehn, zwanzig Jahren Wohngemeinschaften, ganze Generationen von Wohngemeinschaften haben hier gelebt, so genau weiß das keiner.

Wir sind sozusagen alter Frankfurter WG-Adel, wir sind zu einer Institution geworden, wir haben eine Tradition zu verteidigen, hat Jakob, ein Psychologiestudent, gesagt, als ich vor anderthalb Jahren hier eingezogen bin, weil ich nach der Geschichte mit Torsten nicht mehr im Studentenheim bleiben wollte. Außer ihm und Ricki hatte damals noch Katrin hier gelebt, die wie Jakob Psychologie studiert und im Frühjahr ihr Staatsexamen gemacht hat und nach Berlin gezogen ist.

Nach ihrem Auszug meldeten sich viele Bewerber für das leer gewordene Zimmer, das zwar ein bisschen laut ist, weil es, wie das Wohnzimmer und die Küche, zur Straße liegt, aber es ist groß, neben Jakobs das größte in der Wohnung. Wir haben uns nach langen Diskussionen für Kevin entschieden, der aus Hannover kommt und noch nicht weiß, was genau er machen will, deshalb hat er sich erst mal für Neuere Geschichte eingeschrieben. Er gefiel uns auf Anhieb, dieser gut aussehende, etwas tollpatschige Junge, der uns so fröhlich und begeistert entgegenkam wie ein junger Hund, der sich fast überschlägt vor Freude. Diskutiert haben wir nur, weil er nicht zu unseren politischen Prinzipien passte, seine Eltern haben genug Geld, um ihm eine ganze Dachterrassenwohnung zu bezahlen, deshalb stand ihm, wie wir fanden, eine preiswerte Unterkunft eigentlich nicht zu. Aber wir mochten ihn, und er sagte, er wolle unbedingt in eine Wohngemeinschaft ziehen, davon habe er seit Jahren geträumt. Den Ausschlag gab schließlich Jakob, der meinte, wir sollten ihn nicht für den Reichtum seines Vaters büßen lassen, er sei doch offenbar ganz anders. Geben wir ihm die Chance, sagte er. Und Kevin hat uns nicht enttäuscht, auch wenn er mir manchmal ein bisschen jung und unbedarft vorkommt.

Im Wohnzimmer brennt nur die Stehlampe in der Ecke und wirft ihr indirektes Licht auf das, was wir großspurig unsere Sitzgruppe nennen, ein abgewetztes, braunes Cordsofa und zwei vielleicht noch abgewetztere Sessel, die bei dieser Beleuchtung aber ganz passabel aussehen, auch die Flecken und die abgetretenen Stellen im Teppich werden von den sanften Schatten barmherzig gedämpft. Ricki sitzt auf dem Sofa, ein Bein unter den Körper gezogen, und knabbert an einer Salzstange, sie hat eine schwarze Jeans und den moosgrünen Pullover an, in dem sie mir besonders gut gefällt, und im sanften Licht der Stehlampe sehen auch ihre Haare sanfter aus, dunkler, fast wie eine Kastanie, die gerade aus der Schale platzt, ein Vergleich, der sich wegen der Farbe ihres Pullovers aufdrängt. Jakob in einem braunen T-Shirt und Kevin in einem dünnen, dunkelblauen Kaschmirpullover haben es sich in den beiden Sesseln bequem gemacht. Auf dem Tisch stehen nicht nur Gläser und eine Flasche Wein, sondern auch eine Schale mit Erdnüssen und eine mit Chips.

Ich bin nicht sicher, ob es immer so gut ist, Familiengeheimnisse aufzudecken, sagt Jakob gerade, als ich den Raum betrete, zumindest nicht auf diese Art und in der Öffentlichkeit, man muss ja nicht immer alles an die große Glocke hängen. Er sitzt mit dem Rücken zur Tür, aber als er sieht, dass die beiden anderen mir entgegenlachen, dreht er sich um und strahlt mich an, hi, Anne, das ist aber schön, dass du endlich aus der Versenkung auftauchst, wir haben dich schon vermisst.

Hast du mit deiner Abschlussarbeit angefangen, erkundigt sich Ricki, und Kevin fragt, willst du ein Glas Wein? Ohne meine Antwort abzuwarten, steht er auf, geht an mir vorbei in die Küche und kommt mit einem sauberen Glas und einer neuen Flasche Wein zurück.

Ich habe mich inzwischen zu Ricki gesetzt, die mich mit einem Kuss mitten auf den Mund begrüßt hat, das tut sie immer, nicht das übliche Küsschen auf die eine Wange und vielleicht ein zweites auf die andere, nein, bei ihr heißt ein Kuss Lippen auf Lippen. Ich habe mich inzwischen daran gewöhnt, genieße das Gefühl warmer Vertrautheit, obwohl es mich anfangs immer ein bisschen verunsichert hat, es war mir ungewohnt, fast peinlich, bei uns zu Hause wurde nicht viel geküsst, schon gar nicht auf den Mund, ich glaube, ein Kuss auf die Stirn war das höchste der Gefühle.

Nein, ich habe noch nicht mit meiner Arbeit angefangen, sage ich, ich bin noch immer dabei, mich durch das Material zu wühlen, ich habe noch nicht einmal ein Thema, das ich vorschlagen könnte, Pilze ist ein viel zu umfangreiches Gebiet, ich muss mir irgendetwas aus dem großen Ganzen auswählen und mich darauf beschränken und diese Entscheidung fällt mir schwer. Ich beuge mich vor, nehme mir ebenfalls ein paar Chips und frage, wie seid ihr denn auf Familiengeheimnisse gekommen?

Ricki trinkt einen Schluck, bevor sie mir erklärt, eine von Jakobs Kommilitoninnen habe heute beim Mittagessen in der Mensa von einer Familienaufstellung erzählt und auf einmal habe der ganze Tisch darüber diskutiert. Weißt du überhaupt, was das ist, eine Familienaufstellung?, fragt sie.

Nicht wirklich, sage ich.

Das ist eine Methode, bei der ein Mensch mit psychischen Problemen aus einer Gruppe bestimmte Leute aussucht und sie stellvertretend für die Mitglieder seiner Familie aufstellt, erklärt Jakob, der immer gern bereit ist, Erklärungen abzugeben, was einerseits oft ganz hilfreich ist, andererseits aber auch manchmal nervt. Der Patient arrangiert die Stellvertreter, sagt er, und je nachdem, wie sie zueinander stehen, in welcher Entfernung voneinander, ob sie sich anschauen oder einander den Rücken zukehren und in welche Richtung sie schauen, drückt sich das Beziehungsgeflecht innerhalb der Familie aus und der Patient kann plötzlich Zusammenhänge erkennen, die ihm vorher verborgen waren und die erst durch diese

Aufstellung sichtbar werden, Abhängigkeiten, Konflikte, Konkurrenzen, und so ist er in der Lage, seine eigenen Reaktionen auf die Einzelnen zu verstehen und sie besser einzuordnen. Er schweigt einen Moment, nimmt einen Schluck und fügt lasch hinzu, na ja, wenigstens so ungefähr.

Ich halte das für Blödsinn, sage ich und denke, verdammt, das mit dem Abstand, den ich mir gewünscht habe, haut wohl nicht hin, da bin ich offenbar aus dem Regen in die Traufe geraten, das habe ich mir anders vorgestellt, es gibt so viele Themen, über die man reden könnte, warum muss es ausgerechnet so etwas sein?

Ich schaue Ricki an, unsere Blicke treffen sich, sie öffnet den Mund, als wolle sie etwas sagen, doch dann lächelt sie, und ich kann gar nicht anders, als dieses Lächeln zu erwidern. Ich mag es, wenn sie lächelt, ich mag sie überhaupt, sie war der Grund dafür, dass ich so schnell und bereitwillig hier eingezogen bin. Ricki, die sich mir damals noch als Ricarda vorstellte, hat mir vom ersten Moment an gefallen, lebhaft und rund, wie sie ist, sie erinnert an einen Kreisel, bewegt sich auch wie ein Kreisel, an ihr ist nichts Eckiges, nichts Staksiges und sie hat rotblonde Haare. Ich hatte schon immer eine Schwäche für Rothaarige, meine erste und vielleicht einzige Freundin in der Schule, Katinka, war rotblond gewesen, es ist eine Haarfarbe, die einen Raum sofort heller und freundlicher erscheinen lässt, wenigstens für mich ist das so. Und Ricki hat, außer diesen Haaren, ein sehr schönes, ausdrucksvolles Gesicht mit grünen Augen, die manchmal aussehen wie die staunenden Augen eines Kindes, dann wieder wie die einer sehr weisen alten Frau.

Jetzt nickt sie mir verständnisvoll zu und legt ihre Hand

auf meine, und wieder einmal habe ich das Gefühl, ich müsste ihr nichts erklären, sie wüsste sowieso alles. Kann sie etwa Gedanken lesen? Ich ziehe meine Hand weg, nehme mein Glas und trinke es in einem Zug leer, dann halte ich es Kevin mit einer auffordernden Bewegung hin, und er gießt mir sofort nach. Mir ist schwindlig, und ich weiß nicht, ob es am Alkohol liegt, an den ich nicht gewöhnt bin, oder an etwas anderem, zum Beispiel an dieser blöden Familienaufstellung, und ich denke noch einmal, aus dem Regen in die Traufe, das ist wirklich typisch für mich.

Ich halte es nicht unbedingt für Blödsinn, sagt Ricki, es ist eine Methode unter vielen, um etwas über sich selbst zu erfahren, und alles, was einen Menschen zum Nachdenken und Reflektieren bringt, kann grundsätzlich helfen. Trotzdem glaube ich nicht, dass bei Familienaufstellungen wirklich etwas herauskommt, weil so viele Leute dabei sind, so viel Publikum. Wenn ich mich nicht irre, wird das Ganze manchmal sogar wie ein Theaterstück auf einer Bühne veranstaltet, als Massenspektakel, mit Publikum. Ich kann mir nicht vorstellen, dass die Patienten oder die Stellvertreter ihrer Familienmitglieder wirklich so offen sind, wie sie es sein sollten, wenn sie doch genau wissen, dass andere zuschauen. Meiner Meinung nach kommt es dabei leicht zu neuen Fehlinterpretationen. Ich glaube, ich wäre bei einer Therapie lieber allein mit meinem Therapeuten. Übrigens, diese Methode einer Familienaufstellung ist nicht neu, ich dachte eigentlich, sie wäre längst überholt.

Das habe ich auch gedacht, sagt Jakob, stimmt aber nicht, ich habe gegoogelt und jede Menge Angebote gefunden, nicht nur in Frankfurt, die Großveranstaltungen scheinen allerdings aufgehört zu haben, da habe ich keine entdeckt. Aber wenn du mich fragst, ich halte auch nicht viel davon, vielleicht weil die Frau, die heute in der Mensa die ganze Diskussion ausgelöst hat, eine ziemlich blöde Tussi ist, du musst sie eigentlich kennen, Ricki, sie heißt Sina, sie war letztes Jahr mit dir in einem Seminar, hat sie gesagt, erinnerst du dich?

Ricki lacht, ja, natürlich erinnere ich mich, aber ich habe damals angenommen, ihr ganzes Problem besteht einzig und allein darin, wie man sich am besten aufstylt, um Männer anzumachen. Seltsam, ich hätte nie erwartet, dass sie etwas anderes im Kopf haben könnte. Nun, da sieht man mal wieder, wie man sich irren kann.

Ich würde mich für so eine Veranstaltung nie hergeben, sage ich und weiß, dass ich jetzt nicht nur versuche, den anderen etwas vorzumachen, sondern auch mir, denn in Gedanken sehe ich meine Familienmitglieder eine Bühne betreten und ich kann gar nicht anders, ich überlege automatisch, wie ich sie aufstellen würde, falls es mir je in den Sinn käme, an einer solchen Veranstaltung teilzunehmen. Vor lauter Schreck trinke ich mein Glas leer. Kevin, aufmerksam und gut erzogen, wie er ist, greift sofort wieder nach der Flasche, um mir nachzuschenken.

Um was für Familiengeheimnisse handelt es sich dabei eigentlich?, fragt er, ich kann mir absolut nichts darunter vorstellen. Um was soll es gehen? Wenn mein Vater beispielsweise als Jugendlicher geklaut und das verheimlicht hätte, könnte mir das doch nicht solche Probleme machen, dass ich zu irgendeinem Psycho gehen muss, oder?

Jakob grinst, nur wenn er deshalb einen traumatisierenden Gefängnisaufenthalt erlebt und dir immer vorgemacht hätte, er wäre sein Leben lang ein Muster an Bravheit und Anstand gewesen und hätte noch nicht mal bei einer Mathearbeit gespickt, dann könnte es passieren, dass du ein gestörtes Verhältnis zur Realität entwickelst und den Boden unter den Füßen verlierst. Er grinst, aber keine Angst, Kevin, das ist wohl eher unwahrscheinlich.

Quatsch, sagt Kevin, was sollte es mir jetzt noch ausmachen, was mein Vater in seiner Jugend vielleicht angestellt hat?

Es ist viel komplizierter, sagt Ricki, es geht um Dinge, die man sein Leben lang verschwiegen hat, weil man sich für sie schämt und die man nie auszusprechen wagt, und so etwas gibt es in vielen Familien, glaube ich, vielleicht sogar in allen.

Bei uns nicht, sagt Kevin, bei uns gibt es nichts, wofür wir uns schämen, meinem Vater ist höchstens mal sein dickes Bankkonto ein bisschen peinlich, zum Beispiel wenn seine Schwester und ihr Mann zu Besuch kommen, da zeigt er auf einmal echt englisches Understatement.

Ricki schaut Kevin mit einem Blick an, der irgendetwas zwischen Neugier und Mitleid ausdrückt, vielleicht das, was Jakob immer Rickis notorische Empathie nennt, und sagt: Ich kann mir nicht vorstellen, dass es bei euch in der Familie wirklich nichts gab, was du nicht verstanden hast, nichts, was dir Angst gemacht hat.

Nein, sagt Kevin, bei uns ist alles ganz einfach, mein Vater liebt seine Arbeit und sein Geld, und meine Mutter liebt es, sein Geld auszugeben, was wäre daran unverständlich oder gar beängstigend?

Er kommt mir vor wie ein Alien, eine solche Familie kann ich mir nicht vorstellen, er stammt aus einer anderen Welt, denke ich, eine, auf die kein Schatten aus Vierzighuben im

Schönhengstgau fällt, vermutlich weiß er gar nicht, dass es solche Orte wie Vierzighuben überhaupt gibt beziehungsweise gab, denn heute heißt der Ort Lány und ist zu einem Stadtteil von Svitavy, ehemals Zwittau, geworden.

Da höre ich Ricki fragen, und dich liebt deine Mutter nicht?

Mich? Kevin lacht, aber sein Gesicht wird plötzlich ausdruckslos, sein Lachen hat nichts mehr von seiner üblichen Unbekümmertheit und plötzlich sieht er älter aus. Ich bin ihr Lebensinhalt, sagt sie immer, sie würde alles für mich tun, allerdings frage ich mich manchmal, ob sie mit diesem Allestun meint, dass sie mir alles kaufen würde, was ich mir wünsche.

Na ja, sagt Ricki, gießt sich noch mal Wein ein und hebt das Glas, *cheers,* ich schleppe, du schleppst, er schleppt, wir schleppen alle, *that's life, jubidubi.*

Ich schleppe nicht, protestiert Kevin und sieht wieder aus wie immer, ich bin ein offenes Buch.

Ricki wirft ihm wieder einen dieser Blicke zu und sagt, kann ja sein, aber wenn du anfängst, in diesem Buch zu lesen, wirst du vielleicht feststellen, dass du bestimmte Abschnitte oder ganze Kapitel gar nicht entziffern kannst, weil sie in einer fremden Schrift geschrieben sind oder in einer Sprache, die du nicht verstehst, und dann bringt dir das offene Buch auch nicht viel. Wart's nur ab.

Ich mische mich ein, das hat meine Großmutter auch immer gesagt, wart nur, wart nur, wirst schon sehen. Ich versuche, Omis Stimme nachzumachen, ihren Tonfall, ihren Rhythmus.

Das klingt ja wie eine Beschwörungsformel, sagt Ricki.

Ich nicke und sage, ja, so war es auch gemeint, eine Beschwörung und eine Warnung vor der bösen Welt. Im Warnen war sie überhaupt ganz groß, ein anderer Spruch von ihr war: Wer morgens lacht und mittags singt, am Abend in die Hölle springt.

Ricki berührt meine Hand, eine flüchtige Berührung, und sagt leise, wie traurig muss eine Frau sein, die so etwas sagt.

Ja, gebe ich zu, erschrocken, weil mir auf einmal klar wird, wie recht sie hat. Wenn ich Omi mit einem einzigen Wort beschreiben müsste, wäre es *traurig*. Ja, sie war eine traurige Frau, sage ich noch einmal, sie hat jeder Form von Freude und Glück misstraut.

Sie hat dem Leben misstraut, sagt Ricki und spricht weiter, aber ich höre ihr nicht mehr zu, ihre Stimme wird zu einem fernen Plätschern, ich verstehe weder, was sie sagt, noch das, was Jakob oder Kevin antworten, weil ich in Gedanken meine Familie auf der Bühne aufstelle, zu einer neuen Realität, und dieses Spiel fasziniert mich auf einmal mehr als alles, was um mich herum geschieht.

Ich stelle Omi in die Mitte, meine Mutter rechts neben sie, mit dem Rücken zu ihr, aber nicht so weit entfernt, wie sie es vermutlich gern hätte, sie strebt von ihr weg und hat das eine Bein schon vorgestreckt. Marie flieht vor allen, vor unserer Mutter, vor unserer Omi, vor unserem Vater und vor mir, von ihr sind am Rand des Bildes nur noch die Füße zu sehen, nackte Füße mit blau lackierten Nägeln, der Rest verschwindet schon hinter den Kulissen, die auf einmal zu Johannisbeersträuchern geworden sind. Und ich stehe zwischen Omi und meiner Mutter, den einen Arm nach der einen ausgestreckt, den zweiten nach der anderen, und fühle mich so zerrissen wie das berühmte Kind im Kreidekreis, ohne dass eine der beiden Anstalten macht, mich zu packen und zu sich zu ziehen. Warum eigentlich nicht? Das gehört doch dazu. Und mein Vater? Er hätte im Schuppen hinter dem Haus sein müssen, bei seinen Hasen, da war er doch immer, aber da ist er nicht, er steht mitten im Bild, ein paar Schritte hinter den anderen, und hat alles im Blick. Wie ein Aufseher, wie ein Regisseur. Warum ist mir das nie aufgefallen? Nur weil er so selten etwas gesagt hat, nur weil ich nie auf die Idee gekommen bin, ihn zu fragen, was er denkt?

Ich mache die Augen auf und sehe, dass Ricki mich beobachtet, so wie ich sie vorher beobachtet habe. Sie sieht mitleidig aus, denke ich, oder bilde ich mir das nur ein? Nimm dich in Acht, Anne, sage ich mir, du warst noch nie gut darin, Situationen richtig einzuschätzen. Wir belauern uns gegenseitig, aber stimmt das? Vielleicht gehen wir nur achtsam miteinander um, vielleicht ist das ganz richtig so.

Das dritte Glas gibt mir den Rest, ich werde sentimental, spüre, wie das alte Selbstmitleid in mir aufsteigt, das ich so gut kenne, und auch jetzt kann ich mich nicht wehren. Ich bin zweiundzwanzig, denke ich, und habe noch nichts hingekriegt, ich habe noch nie etwas Richtiges erlebt, noch nicht einmal eine richtige Liebesgeschichte, Marco war nichts Richtiges, oder besser gesagt, mit ihm war nichts richtig, und mit Torsten erst recht nicht, irgendwann muss es doch mal passieren, irgendwann muss etwas richtig sein.

Vielleicht sollte ich Kevin verführen? Er sieht gut aus, sehr gut sogar, aber er ist zu jung, drei Jahre jünger als ich, manchmal fühle ich mich ihm gegenüber wie eine alte Frau, was weiß er schon von der Welt? Doch dann denke ich, und was weiß ich? Er war in Amerika, ich nicht, er ist mit seinen Eltern schon durch die ganze Welt gereist, ich war nur einmal in Rom, eine Klassenfahrt in der Elften, er kennt sich aus mit Theatern und Opernfestspielen, ich nicht, er versteht etwas von Gourmetrestaurants, ich nicht, er kann tanzen, ich nicht, er kann sich mit jedem unterhalten, ohne Hemmungen zu haben, ich nicht. Aber zugleich ist er auch tapsig wie ein junger Hund, tapsig und unbefangen, und ich spüre, wie Neid in mir aufsteigt, so wäre ich auch gern, so unbefangen und unbeschwert, ja, das ist das richtige Wort, unbeschwert. Morgens lachen, mittags singen und abends in die Kiste springen. Das ist frivol, sagt Marie, die auf einmal hinter mir steht, ich erkenne den Geruch von Räucherstäbchen, der sich in ihrer Kleidung festgesetzt hat. Das passt nicht zu dir, Anne, sagt sie und es klingt fast ein wenig mitleidig. Oder neidisch? Das ist es, was ich gemacht habe, sagt sie, ich habe morgens gelacht und mittags gesungen und abends bin ich in die Kiste gesprungen. Und weißt du, wo ich gelandet bin? In der Hölle.

Mir wird schwindlig.

Das ist der Wein, denke ich, drei Gläser, daran bin ich nicht gewöhnt, ich muss hier weg, das hier ist keine andere Realität, wie habe ich bloß so etwas denken können, ich weiß doch längst, dass man sich immer selbst mitnimmt und dass man immer in der eigenen Welt ankommt, egal wie weit man vor ihr flieht, das ist simpelste, platteste Psychologie aus Frauenzeitschriften.

Rickis Augen lassen mich nicht los, als ich leicht schwankend aufstehe, und ich sehe ihr an, dass sie versteht, weiß aber nicht, was, ich verstehe es ja selbst nicht. Aber irgendwie ist es auch gut so.

Fünf

Das Bemühen um Wahrheit, wenn es sich um Erinnerungen handelt, ist oft schon von vornherein zum Scheitern verurteilt. Was man für eine reale Erinnerung hält, hat man, wenn man ehrlich ist, nur aus einem Gewirr von Gedanken und Gefühlen herausgefischt. Manche Einzelheiten lassen sich nicht mehr klar definieren und andere haben sich untrennbar ineinander verkeilt. Man tappt bei der Suche wie blind umher, und am Schluss fragt man sich, wieso man nur so dumm gewesen war, sich auf eine derart hoffnungslose Suche überhaupt einzulassen. Man hätte sich denken können, dass die Vergangenheit in einem Sumpf versinkt, aus dem nur unzusammenhängende Details herausragen wie vertrocknete Stängel.

Am nächsten Morgen wache ich mit einem Brummschädel auf. Meine Augen sind dick und brennen, mein Mund ist trocken, meine Zunge fühlt sich an wie aus Pappe und klebt am Gaumen, und das Licht, das durch das Fenster hereinfällt, ist grell und flimmert wie eine defekte Lichtröhre, und als ich aufstehe, fangen der Schreibtisch und der Stuhl und das Fenster an zu schwanken, alles dreht sich um mich und die Wände senken sich nach innen und kommen langsam auf mich zu. Ich fühle mich schlapp wie ein leerer Kartoffelsack. He, Anne, sage ich mir, reiß dich zusammen, so geht das nicht, und Marie sagt, trittst du jetzt etwa in meine Fußstapfen?

Da ist sie ja wieder, wie immer im falschen Moment.

Hau doch endlich ab, sage ich laut und atme ein paarmal tief durch, die Wände kehren an ihren ursprünglichen Ort zurück und bleiben aufrecht stehen, Tisch und Stuhl und Fenster rücken wieder an ihren Platz und alles sieht aus, wie es aussehen sollte. Und dann fällt mir der Traum ein. Es liegt nicht nur am Alkohol, dass ich mich so gottserbärmlich schlecht fühle, drei Gläser Wein allein können so viel nicht angerichtet haben, selbst wenn man nicht an Alkohol gewöhnt ist, und der Wein war kein billiger Fusel, er stammt schließlich von Kevins Eltern.

Ich gehe ins Bad und dusche lange und ausgiebig, dann mache ich mir in der Küche Kaffee, es ist neun, die anderen, pflichtbewusst, wie sie sind, sind schon in der Uni. Ich werde zu Hause bleiben und weiterschreiben, ich könnte ja wirklich eine Grippe haben, denke ich, und so miserabel, wie ich mich fühle, ist das höchstens eine halbe Ausrede. Ich zwinge mich, zum Kaffee ein paar Bissen Brot mit Käse zu essen, nicht aus Hunger, nur aus Gründen der Vernunft, dann sitze ich wieder an meinem Schreibtisch, spitze die Bleistifte, lege Spitzer und Radiergummi im rechten Winkel darüber und überlege kurz, ob ich vielleicht irgendwie zwanghaft bin, doch ich verwerfe den Gedanken gleich wieder, was heißt da zwanghaft, ich bin höchstens ein bisschen ordentlich, gut, auch das habe ich wohl von Omi übernommen.

Die Sonne scheint, auf dem Balkon gegenüber sitzen Freddy und Markus und frühstücken, sie haben dicke Pullover übergezogen, es sieht offenbar wärmer aus, als es wirklich ist. Rührend, wie sie sich gegenseitig Kaffee einschenken und einer dem anderen Brot und Butter reicht, man könnte neidisch werden. Ich greife nach einem Bleistift und schlage ein neues Blatt auf.

In der Nacht hatte ich einen Traum, fange ich an, einen Traum, den ich bereits früher mal geträumt haben muss, auch wenn ich mich nicht wirklich an ihn erinnere. Ich bin auf einen Turm gestiegen und habe eine wunderbare Landschaft vor mir liegen gesehen, aber als ich zurückgehen wollte, war die Treppe verschwunden, ich musste in die Tiefe springen. Ich spürte den Fallwind an der Haut, kalt und nass, es war ein endloser Sturz, ich fiel und fiel, hörte nicht auf zu fallen, bis ich irgendwann aufschlug, aber nicht auf Stein oder harter Erde, sondern auf Wasser. Um mich herum wurde es dunkel, ich bekam keine Luft mehr, ich gurgelte, Wasser drang in meine Lungen und ein schrecklicher Schmerz füllte mich ganz aus, meine Bewegungen wurden schwächer und dann verlor ich die Besinnung, ich versank in einer erlösenden Ohnmacht.

Morgens, beim Aufwachen, war mir, als tauchte ich aus dieser Ohnmacht auf, und mit der Erinnerung an den Schmerz war der Gedanke an den richtigen Anfang da, es war derSchmerz, der mir geholfen hatte, ihn zu finden. Nicht der heilige Antonius, es war der Schmerz, Omi, dachte ich, man muss für alles bezahlen, und der Schmerz ist der gerechte Preis. Ich war erleichtert, dass es endlich passiert war, dass ich mich endlich erinnern musste.

Ich habe nie vergessen, was Katrin, unsere Psychologin, mal gesagt hat, als sie mit Jakob das Problem der Erinnerung diskutierte, den Anlass dazu weiß ich nicht mehr, aber ich habe mir ihre Worte gemerkt. Es soll sich ja keiner einbilden, dass alles stimmt, woran er sich zu erinnern meint, hat sie gesagt. Die Erinnerung ist hinterlistig, sie ist selektiv, sie blendet nicht nur das aus, was ihr unwichtig erscheint, sie verdrängt auch, woran sie nicht mehr denken will, sie schönt, formt um, dramatisiert, schwächt ab und überhöht, wie es ihr gerade in den Kram passt, und mit jedem Mal, wenn man sich an etwas erinnert, fügt sie irgendwelche Dinge hinzu und lässt andere weg, und nachträglich kann man bei diesem oder jenem nicht mehr sicher sein, ob es wirklich so war, wie man meint, oder ob einem die Erinnerung einen Streich spielt. Glaub mir, man sollte Erinnerungen gegenüber immer misstrauisch sein, sowohl den eigenen gegenüber als auch gegenüber den Erinnerungen anderer.

Ich habe sofort an meine Omi gedacht, an ihre Erinnerungen an *dahaam,* die hätte ich Katrin als Beweis für ihre These anbieten können, doch ich war damals noch zu neu in der WG und habe nicht gewagt, mich einzumischen, aber ich habe genau zugehört und seither immer wieder darüber nachgedacht, und ich glaube, Katrin hatte recht. Deshalb bin ich mir nicht so sicher, ob das, woran ich mich erinnere, wirklich so war, oder ob ich es nicht nachträglich verändert habe, immerhin war ich damals erst zehn und heute bin ich zweiundzwanzig, ich hatte also genug Zeit, zu verdrängen, zu schönen, umzuformen, zu dramatisieren, abzuschwächen und zu überhöhen.

Es fing mit Omis Tod an, sie war nach langer Krankheit gestorben, jetzt ist sie erlöst, hatte meine Mutter gesagt, als es endlich so weit war. Mich hat Omis Tod hart getroffen, ich war verzweifelt, es war der größte Schmerz in meinem Leben, und ich wusste nicht, wie es ohne sie weitergehen sollte, ob es überhaupt einen Sinn hatte, ohne sie weiterzuleben. Ich glaube, ich habe viele Tage wie im Traum verbracht oder besser wie betäubt, ich habe aus dieser Zeit nur noch wenige Bilder, die wie aus schwarzem Nebel auftauchen und sich kaum greifen lassen. Das Erste, woran ich mich erinnere, ist, dass unsere Mutter an einem Samstagmorgen beim Frühstück sagte, wir müssen endlich Omis Zimmer ausräumen, damit jede ihr eigenes Zimmer bekommt, und bevor ich anfange, die Sachen zu sortieren, was wir noch brauchen, was man spenden kann oder wegwerfen muss, solltet ihr beide alles durchschauen und euch überlegen, was ihr zur Erinnerung behalten wollt, ich habe mir schon die alten Fotos ausgesucht.

Ich betrat hinter Marie Omis Zimmer, zum ersten Mal seit ihrem Tod. Eine Weile stand ich unschlüssig da, der Raum sah so anders aus ohne sie, fremd und irgendwie geisterhaft leer, und es war kalt, niemand hatte den Ölofen angemacht, wozu auch, wenn keiner mehr da war, der Wärme brauchte. Und während ich so dastand, fröstelnd, mit hochgezogenen Schultern, ging Marie entschlossen zu Omis Kommode, zog die mittlere Schublade auf und suchte unter den riesigen Schlüpfern und den *Halterlich* nach der kleinen, muschelbesetzten Schatulle.

Ich nehme die Goldkette, sagte sie.

Plötzlich kam ich wieder zu mir, ich protestierte, ich will sie auch.

Du kannst ja was anderes nehmen, sagte Marie und drückte die Schatulle an die Brust.

Nein, ich will die Kette, schrie ich.

Wir standen uns gegenüber wie Feindinnen, keine von uns war bereit nachzugeben. Heute glaube ich nicht, dass der Schmuck, ein dünnes Kettchen mit einem kleinen, goldenen Kreuz als Anhänger, wirklich wertvoll war, ich weiß auch nicht, ob ich es damals glaubte, darum ging es nicht, jedenfalls mir nicht, obwohl das Wort *Gold* einen besonderen, magischen Zauber auf mich ausübte. Der Grund war vielmehr, dass Omi diese Kette mit dem Kreuz immer wie einen großen Schatz gehütet hatte. Sie selbst konnte sie nicht mehr tragen, dafür war ihr Hals zu dick geworden, aber das Schmuckstück stammte von ihrer Mutter, unserer Urgroßmutter, die wir nicht mehr kennengelernt haben, sie hatte die Kette noch aus der Heimat mitgebracht, aus Vierzighuben. Heute neige ich dazu, zu sagen, Marie kämpfte vielleicht um das Gold, ich kämpfte um die Erinnerung, jedenfalls würde ich mir wünschen, um die Erinnerung gekämpft zu haben.

Ich versuchte, Marie die Schatulle aus den Händen zu reißen, aber sie wehrte sich. Sie war drei Jahre älter als ich, natürlich war sie größer und stärker, doch ich war, glaube ich, leidenschaftlicher. Wir schlugen aufeinander ein, bis Marie die Schatulle so hoch hielt, wie sie konnte, sodass sie für mich unerreichbar war, und kühl sagte: Schluss jetzt, die Kette gehört mir, Omi hätte bestimmt gewollt, dass ich sie bekomme, ich war schließlich ihre Lieblingsenkelin, mich hat sie am meisten geliebt.

Das war wie ein Schlag ins Gesicht, einen Moment lang wurde mir schwarz vor den Augen vor Zorn. Dich?, sagte ich und meine Arme fielen herab und blieben kraftlos hängen. Dich?

Ja, natürlich, sagte sie mit hochgerecktem Kinn und einer Stimme, bei der es mir eiskalt wurde, hast du das etwa nicht gemerkt? Das hat doch jeder gewusst.

Und mich?, fragte ich und wusste sofort, dass ich das besser nicht gefragt hätte.

Marie schaute mich an, wie man eine Spinne anschaut, irgendein widerliches Insekt, und sagte nur, dich?

Das war's, damit war der Streit zu Ende, mein Widerstand war gebrochen, meine Schultern sanken nach vorn, das Blut strömte aus meinem Kopf in die Füße und machte sie schwer, ich fühlte mich wie gelähmt.

Später nahm ich, weil ich nicht haben konnte, was ich wollte, Omis Gebetbuch und ihren Rosenkranz, den ich noch immer besitze und den ich nicht anschauen kann, ohne die alte Enttäuschung und den alten Zorn zu spüren, und ich nahm auch Omis dicken schwarzen Schal, der uns beide so oft eingehüllt hatte und wie Seide glänzte, aber nicht aus Seide war, sondern aus Chenillegarn, und Marie lief von diesem Tag an mit einem Goldkettchen mit Kreuz herum.

Findest du das nicht ein bisschen übertrieben?, fragte unsere Mutter, und Marie antwortete, nein, überhaupt nicht, Kreuze sind cool.

Damals, nach Omis Tod, fing es an, ich war wie besessen, ich war so verletzt, dass ich in den Monaten danach an nichts anderes mehr denken konnte als an den Verrat, denn so fühlte ich mich, nicht nur zurückgesetzt, sondern verraten, ob von Marie oder von Omi, wusste ich nicht, ich glaube, es war mir auch egal, ich wurde beherrscht von dem Gefühl, verraten worden zu sein. An meiner Besessenheit änderte sich auch nichts, als ich von der Grundschule ins Gymnasium übertrat und nun jeden Tag nach Pasing fuhr, während Marie im selben Herbst vom Gymnasium auf die Realschule wechselte, weil sie sitzengeblieben war. Ich schaffte es irgendwie, nach außen hin normal zu erscheinen und alles zu tun, was man von mir erwartete, innerlich wurde ich jedoch vom Groll aufgefressen, einem Groll, der sich anfangs auch gegen Omi richtete, im Lauf der Zeit aber nur noch gegen Marie, als hätte meine Trauer um Omis Tod endlich ein Ventil gefunden. Meine Trauer schlug allmählich in Hass um, und weil es mir zu sehr wehtat, an Omi zu denken, an Omis Tod, träumte ich vom Tod meiner Schwester. Monatelang beherrschte mich der Gedanke, dass Omi es nicht verdient hatte zu sterben, Marie aber schon.

Das ist es, was ich mir viel später gedacht habe, vielleicht nur, um nachträglich zu begründen, was ich getan hatte, denn zu rechtfertigen war es nicht, das habe ich, glaube ich, von Anfang an gewusst, aber ich war ja erst zehn Jahre alt. Ist das eine Entschuldigung? Obwohl ich dann, als ich es schließlich tat, schon elf war, es hat sehr lange gedauert, bis ich mich endlich dazu aufraffte. Den Ausschlag gab am Schluss die beiläufige, gleichgültige Art, mit der Marie irgendwann beim Abendessen erwähnte, Omis Kettchen mit dem Kreuz sei weg. Keine Ahnung, wann und wo ich es verloren habe, sagte sie schulterzuckend, es war plötzlich nicht mehr da. Sie hat mich noch nicht mal angeschaut, als sie das sagte, es war ihr offenbar egal, wie ich auf den Verlust reagieren würde, vielleicht hatte sie gar nicht daran gedacht, dass es mich treffen könnte.

Wie ich dann auf die Idee gekommen bin, weiß ich nicht mehr, möglich, dass ich so etwas in einem der Bücher gelesen hatte, die Marie während ihrer esoterischen Phase aus der Bücherei angeschleppt hatte, vielleicht auch in einem anderen Buch, ich las ja wahllos alles, was mir in die Finger kam, und war schon mit acht, neun Jahren eine der eifrigsten Leserinnen der Pfarrbücherei, der Stadtbücherei, der Bücherregale aller Mitschülerinnen, die bereit waren, mir Bücher zu leihen. In irgendeinem Buch muss so etwas gestanden haben, von allein wäre ich bestimmt nicht darauf gekommen.

Ich hatte die Aktion gut vorbereitet, ich hatte eine Packung neuer Filzstifte angeschafft, mit Glitzerfarben, und einen dicken, gelben Bastelkarton, bevor ich mich an die Arbeit machte. Ich schnitt ein großes Quadrat aus dem Karton und malte darauf eine Puppe. Ich sehe es noch genau vor mir, wie ich da saß, im unteren Zimmer, an dem kleinen Schreibtisch, den unser Vater für mich gezimmert hatte, weil Marie den großen Schreibtisch nicht hatte hergeben wollen, obwohl er, meiner Meinung nach, eigentlich mir zugestanden hätte. Schließlich war ich die bessere Schülerin, ich besuchte das Gymnasium und arbeitete viel mehr als sie, nie ging ich morgens aus dem Haus, ohne meine Aufgaben gemacht zu haben, während sie nur sehr selten am Schreibtisch saß. Aber niemand war bereit, meinen Anspruch anzuerkennen.

Und genau genommen ging es nicht nur um den Schreibtisch, Marie hatte nach Omis Tod ja schon das große Zimmer oben behalten dürfen, trotz meiner Proteste. So war es immer, sie bekam, was sie wollte, sie bestand einfach stur darauf und ließ sich weder durch Bitten noch durch Schimpfen davon abbringen. Ich hatte das obere Zimmer nicht bekommen, ich hatte den Schreibtisch nicht bekommen, damit musste ich mich abfinden, aber vergessen habe ich es nie. Bis heute achte ich darauf, einen großen Schreibtisch zu haben, er muss nicht teuer sein, Hauptsache, er ist größer als jener, der mir damals verweigert worden war. Mein jetziger zum Beispiel besteht aus einer großen, beschichteten Platte, die ich auf zwei Böcke aus dem Baumarkt montiert habe, er ist daher nichts Besonderes, aber ich bin stolz auf ihn.

Ich saß also an meinem kleinen Schreibtisch, und vor mir lag das Kartonstück, auf das ich eine Puppe malte, nur die Umrisse, Kopf, Rumpf, Arme, Beine, ohne Hände und Füße und ohne Gesicht, keine Ahnung, warum nicht, es ging mir vermutlich doch zu weit, eine Ähnlichkeit anzustreben, vielleicht fürchtete ich ja auch, jemand könnte die Puppe entdecken und erraten, was ich vorhatte. Die Puppe malte ich lila aus, glitzernd lila, den Hintergrund glitzernd schwarz, mit gelben, gezackten Blitzen. Dann holte ich drei Stecknadeln aus Omis Nähtischchen, das seit ihrem Tod in unserem Wohnzimmer stand und auf das ich manchmal einen Blumenstrauß stellte, weil an der Wand darüber ein Foto von ihr hing. Die Stecknadeln hatten farbige Köpfe, einer war rot, der zweite gelb und der dritte grün. Ich hatte sie sorgfältig ausgewählt, sie symbolisierten für mich Zorn, Erkenntnis und giftgrüne Galle, auch da weiß ich nur noch die Bedeutung der Farben, nicht mehr, wie ich darauf gekommen war, doch ich hatte die Wörter so oft gedacht, Zorn, Erkenntnis und giftgrüne Galle, dass diese Farben für mich bis heute ihre Bedeutung nicht verloren haben.

Viele Tage lang lagen die Zeichnung und die Nadeln in meinem Schrank unter den Schlafanzügen, vielleicht sogar wochenlang, weil ich mir einbildete, auf eine Vollmondnacht warten zu müssen, Vollmond hatte etwas Magisches, bei Vollmond war alles möglich. Und als er endlich da war, saß ich im Bett und lauschte, bis unser Vater und unsere Mutter nebenan im Wohnzimmer den Fernseher ausgemacht hatten und die Treppe hinaufgegangen waren, zu ihrem Schlafzimmer, und ich wartete auch noch, bis Marie nach Hause gekommen war, da war es schon bald Mitternacht. Erst dann stand ich auf und schaute aus dem Fenster. Der Mond war von dunklen Wolken verdeckt, nur eine helle, verschwommene Scheibe ließ erkennen, wo er sich befand, er sah aus wie eine Glühbirne, vor die man eine graue Decke gehängt hatte, aber er war da, auf dem Kalender in der Küche war er eingezeichnet, Vollmond.

Nun war es so weit. Ich legte Omis schwarzes Tuch auf meinen Schreibtisch, zündete eine Kerze an, holte das Bild und die Nadeln aus meinem Schrank und legte sie auf das Tuch. Ich weiß noch, wie feierlich mir zumute war, feierlich und ein bisschen unheimlich, und als ich das Fenster aufmachte, damit mein Wunsch frei zum Himmel fliegen könnte, tanzten flackernde Schatten über die Wände. Dann hielt ich die erste Stecknadel in der Hand, die rote, starrte sie an und zögerte lange, bis ich sie mit einer schnellen, heftigen Bewegung in die Puppe stach, dahin, wo sich das Herz befinden musste, und sagte: Ich will, dass du stirbst. Bei den beiden nächsten Nadeln zögerte ich nicht mehr, ich will, dass du stirbst, ich will, dass du stirbst.

Natürlich sprach ich die Worte nicht laut aus, ich flüsterte sie nur leise vor mich hin, und trotzdem dröhnten sie in meinen Ohren, und ich hatte das Gefühl, sie würden mir das Trommelfell zerfetzen. Panik ergriff mich. Ich riss den Schrank auf, schob die Puppe hinein, drückte die Tür wieder zu, blies die Kerze aus und schlüpfte unter meine Decke. Aber an Einschlafen war nicht zu denken, ich konnte den Blick nicht von meinem Schrank wenden, Rauchgeruch kroch mir in die Nase und ließ sich auch nicht vertreiben, wenn ich die Decke über den Kopf zog, im Gegenteil, der Rauchgeruch wurde immer stärker. Die Puppe schien in meinem Schrank zu schwelen, gleich würden Flammen aus dem Holz schlagen, das Feuer würde auf mein Bett übergreifen und ich würde verbrennen, und nicht nur ich, das ganze Haus würde verbrennen, samt allen Menschen, die darin schliefen. Meine Panik wuchs.

Schließlich hielt ich es nicht mehr aus. Ich holte das Bild mit der Puppe aus dem Schrank, zog die Nadeln heraus und faltete den Karton so oft zusammen, bis nur noch ein kleiner Würfel übrig blieb. Diesen Würfel steckte ich samt Nadeln in die Tasche meines dunkelblauen Mantels, den ich über meinen Schlafanzug zog, weil ich fürchtete, irgendjemand, vielleicht sogar Marie, könnte zufällig am Fenster stehen und in die Nacht hinausschauen, dem würde ich in meinem hellen Schlafanzug trotz der Dunkelheit bestimmt auffallen. Nun drückte ich leise die Zimmertür auf und horchte. Von oben war nichts zu hören, trotzdem wartete ich lange, so lange, bis ich sicher war, dass meine Eltern und Marie schliefen. Erst dann schlich ich durch die Küche zur Hintertür, schob den Riegel zurück, schloss die Tür auf und öffnete sie nur so weit, dass ich mich durch den Spalt ins Freie schieben konnte.

Der Garten lag gespenstisch dunkel vor mir, die Johannisbeersträucher im hinteren Teil, hinter dem Rasen und den Gemüsebeeten, waren noch nicht einmal als Schatten zu erkennen. Ich wünschte mir, der Mond würde hinter einer Wolke hervorkommen, ganz fest wünschte ich es mir, und da geschah es, die Wolkendecke riss auf und der Garten war plötzlich in milchweißes Licht getaucht.

Vorsichtig schlich ich von einem Schatten zum nächsten, meine Füße wurden feucht und kalt vom nassen Gras, denn ich war barfuß, wagte aber nicht, noch einmal zurückzugehen, um Schuhe anzuziehen, vielleicht glaubte ich ja auch, es geschähe mir ganz recht, jedenfalls schlich ich mich mit nackten Füßen bis zu der Stelle hinter den Johannisbeersträuchern, wo wir, Marie und ich, immer die toten Tiere begraben hatten. Dort ließ ich mich auf die Knie fallen, wühlte mit bloßen Händen eine Grube, legte den Puppenwürfel und die Nadeln hinein, deckte alles mit Erde zu und klopfte sie mit der flachen Hand fest, bevor ich von einem anderen Grab einen Stein nahm und ihn auf die Stelle legte, unter der ich die Puppe begraben hatte.

Der Mond war wieder hinter den Wolken verschwunden, ich zitterte vor Kälte. Einen Moment lang blieb ich stehen, um der Puppe nachträglich eine gute Sterbestunde zu wünschen, wie wir es immer bei den toten Tieren getan hatten, dann schlich ich zurück ins Haus, legte den Riegel vor, der diesmal erschreckend laut quietschte, und drehte den Schlüssel im Schloss. Ich wagte nicht, das Küchenlicht anzumachen, im schwachen Schein, der durch das Fenster fiel, reinigte ich mir am Spülbecken notdürftig Hände und Füße, so gut es eben ging, dann tastete ich mich zurück in mein Zimmer, machte das Fenster zu und kroch ins Bett. Erst am nächsten Morgen, als ich aufs Klo ging, sah ich, dass die Knie meiner Schlafanzughose grau und schmutzig waren, ich wusch die Flecken mit Seife sauber und drückte sie gründlich mit einem Handtuch aus. Hoffentlich würden die nassen Stellen bis abends getrocknet sein, damit niemand etwas merkte.

Beim Frühstück sagte meine Mutter plötzlich, verdammt, Anne, was hast du für dreckige Fingernägel, so kannst du nicht in die Schule gehen, los, wasch dich.

Ich fühlte mich ertappt, rannte die Treppe hinauf ins Bad und fing an zu schrubben, ich schrubbte mit der Bürste, mit Seife, mit heißem Wasser, bis meine Haut brannte. Den Schmutz bekam ich los, nicht aber die Kainsmale, die bei mir aus zwei abgebrochenen Nägeln an der rechten Hand bestanden, am Zeigefinger und am Mittelfinger. Tagelang hielt ich die Hand zur Faust geballt, um die abgebrochenen Nägel zu verstecken, aus Angst, jeder würde erkennen, was ich getan hatte, und ich vermied es auch lange, aus meinem Fenster hinaus in den Garten zu schauen, um die Johannisbeersträucher nicht sehen zu müssen.

Ich weiß nicht, wie ernst ich das Ganze damals genommen habe, manchmal dachte ich, es war nur ein dummes Spiel, aber dann wuchs wieder das Gefühl von Schuld, ich kämpfte dagegen an und sagte mir, ich bin nicht Kain und Marie ist nicht Abel, und zuweilen schaffte ich es ja auch, mir das einzureden, aber nicht immer.

Vielleicht hat diese kindische Idee, dieses melodramatische Theater, seine folgenschwere Bedeutung erst durch das bekommen, was danach geschah. Eine Woche später wurde Marie krank, schwer krank, sie bekam Meningitis, und unsere Mutter weinte, als sie aus dem Krankenhaus zurückkam und sagte, die Ärzte wissen nicht, ob sie durchkommt.

Es war das erste Mal, dass ich unsere Mutter weinen sah.

Sechs

Wie sehr sich die gefühlte Zeit von der realen Zeit unterscheidet, hatte ich natürlich gewusst, schließlich lernt schon jedes Kind, wie langsam die Zeit vergeht, wenn man zum Beispiel auf die Weihnachtsgeschenke wartet, und wie schnell, wenn einem etwas Unangenehmes bevorsteht, Zeitangaben sagen nicht viel aus. Was waren schon fünf Tage, die man zum Beispiel in Bodenmais verlebte, im Gegensatz zu jenen fünf Tagen damals, die mir ewig dauerten.

Erst am fünften Tag kam unsere Mutter nach Hause, erschöpft und blass vor Erleichterung. Sie ist über den Berg, sagte sie, der Arzt hat gesagt, dass sie über den Berg ist, Marie wird es schaffen, sie wird wieder gesund.

Ich war noch bei den Stegmüllers. Wir, Friedel und ich, waren im Wald gewesen und hatten die ersten Pilze entdeckt, Maipilze, einen ganzen Hexenring, aber wir hatten sie stehen lassen, weil sie noch sehr klein waren, wir hatten jeden Pilz mit zwei, drei trockenen Blättern bedeckt, um sie vor fremden Blicken zu verbergen, und beschlossen, in ein paar Tagen wiederzukommen und sie zu ernten. Otto erzählte gerade, wie er als Kind mit seiner Großmutter mit dem Fahrrad in die Wälder der Umgebung gefahren war, zum Pilzesammeln. Sie kannte jeden Wald, von hier bis nach Dachau und Eichenau, sagte er, sie hat die Pilze förmlich gerochen, sage ich euch, jedenfalls wusste sie immer genau, wo man suchen musste, und vor allem kannte sie sich aus, bei ihr musste keiner Angst haben, mal einen giftigen zu erwischen, sie hat sogar Pilze an ein Hotel in der Stadt verkauft.

Eure Oma war aber auch gut bei Pilzen, der konnte man nichts vormachen, sagte Friedel zu mir, um mich ins Gespräch zu ziehen, und ihre Pilzsuppen waren die besten, die ich je gegessen habe, stimmt doch, Anne, nicht wahr?

Ich nickte. Unsere Omi liebte Pilze, und als sie noch besser laufen konnte, hatte sie uns oft mitgenommen zum Sammeln, das hat sie genossen. Einfach spazieren zu gehen hielt sie für Müßiggang, für verplemperte Zeit, aber im Wald herumzulaufen und mit etwas Essbarem zurückzukommen, war etwas ganz anderes, im Sommer sammelte sie vor allem Beeren und im Herbst Pilze. Ich habe sie immer gern begleitet, lieber, als Marie es getan hat, sie wurde zu schnell ungeduldig. Für mich war das Suchen nach Pilzen wie eine Suche nach verborgenen Schätzen. Ich glaube, schon damals ist mein Interesse an Pilzen entstanden, zumindest an den großen, sichtbaren Fruchtkörpern der Pilze, von dem viel umfangreicheren, nicht sichtbaren Leben der Pilze unter der Erde, dem Myzelgeflecht, hatte ich natürlich noch keine Ahnung. Ich wollte gerade etwas von Omi und den Pilzen erzählen, doch ich kam nicht mehr dazu, es klingelte, und unsere Mutter stand vor der Tür, um mich abzuholen. Sie ist über den Berg, sagte sie, und die Erleichterung war ihr anzusehen. Friedel überfiel sie mit Fragen, aber unsere Mutter winkte erschöpft ab und sagte nur: Komm, Anne, Papa ist nur noch schnell tanken gefahren, dann können wir essen.

Den ganzen Abend ging es nur darum, dass Marie über den Berg war, auch als unser Vater in Bodenmais anrief, um den Großeltern die gute Nachricht mitzuteilen, sagte er mindestens drei-, viermal, Gott sei Dank, sie ist über den Berg. Fast war es, als wären sie in diesen Tagen innerlich so leer geworden, dass ihnen nur noch diese paar Wörter zur Verfügung standen, sie ist über den Berg. Und ich saß still daneben und dachte, eigentlich müsste ich jetzt weinen.

Die Tränen kamen erst später, als ich im Bett lag. Ich weinte und drückte das Gesicht in Maries Plüschhasen, den ich mir von oben geholt hatte, vielleicht weil ich mir von ihm einen Trost erhofft hatte, den er mir nicht geben konnte, natürlich nicht, wer alt genug ist, die eigene Schwester zu verfluchen, ist ganz bestimmt zu alt, um sich von einem Stofftier trösten zu lassen. Ich weinte, bis das Plüschfell nass war von meinen Tränen, dann legte ich den Hasen vor das Bett auf den Boden und weinte weiter.

Diese fünf Tage waren mir wie eine Ewigkeit vorgekommen. Omi, hatte ich einmal gefragt, wie lang ist eine Ewigkeit, weil ich mit diesem Wort, das ich so oft in der Kirche hörte, nichts anfangen konnte, es klang irgendwie drohend, und ich bekam immer eine Gänsehaut, wenn ich es hörte, von nun an bis in Ewigkeit.

Stell dir einen felsigen Berg vor, antwortete Omi damals, einen riesigen Berg, einen *Muglberg,* so groß, dass man einen ganzen Tag braucht, wenn man um ihn herumgehen will. Und stell dir weiter vor, dass alle hundert Jahre ein kleiner Vogel auf dem Berg landet, kurz seinen Schnabel an den Steinen wetzt, wieder davonfliegt und erst hundert Jahre später wiederkommt. Wenn dieser kleine Vogel mit seinem Schnabel den ganzen Berg abgewetzt hat, ist erst eine Sekunde der Ewigkeit vorbei.

Fünf Tage mit Sekunden, die sich wie Ewigkeiten anfühlten. Ich weiß noch, dass ich mich weigerte, in die Schule zu gehen, und unsere sonst so strenge und pflichtbewusste Mutter rief ohne jede Diskussion im Sekretariat an und entschuldigte mich, Anne fühlt sich nicht wohl, sie muss ein paar Tage zu Hause bleiben, ja, natürlich bekommen Sie noch eine schriftliche Entschuldigung, selbstverständlich, danke, auf Wiederhören.

Weil sie jeden Tag ins Krankenhaus fuhr, wurde ich zu den Stegmüllers geschickt, und als ich mich wehrte, wieso denn, ich kann sehr gut allein zu Hause bleiben, schnauzte sie mich wütend an, ich will nicht, dass du den ganzen Tag allein rumhängst, ich kann mich nicht auch noch um dich kümmern, es ist alles mit Friedel abgemacht, du gehst rüber und damit basta.

Ich konnte mich nicht wehren, ich hatte kein Recht dazu, ich hatte, meiner Meinung nach, jedes Recht verspielt, falls ich es überhaupt je gehabt hatte, nicht nur für diese fünf Tage, sondern für eine sehr lange Zeit. So lange, bis Marie ihr Recht verspielte, so lange, bis sich mein Unrecht gegen ihres aufrechnen ließ. Ich ging zu den Stegmüllers, geschlagen, ausgesetzt wie ein Waisenkind, das sich selbst zur Waise gemacht hatte, verstoßen und verlassen, allein in einem Gefängnis, das ich mir eigenhändig gebaut hatte.

Friedel nahm ihre Aufgabe ernst, sie ließ mich nicht aus den Augen, sie erstickte mich mit ihrem Mitleid und ihrer Fürsorge. Ich nehme an, sie führte meinen Zustand auf die Angst um meine Schwester zurück, und ich hatte wirklich Angst, auch wenn es eine andere Angst war, als Friedel es sich vorstellen konnte. Ich hatte Angst, für immer die Folgen einer Tat tragen zu müssen, die ich leichtfertig begangen hatte, für ein pathetisches Theater, das ich nicht wirklich ernst gemeint hatte, wie ich mir damals schon einzureden begann, Entschuldigungen und Ausreden zu finden, ist mir noch nie schwergefallen, das konnte ich schon immer gut, so gut, dass ich später oft nicht mehr wusste, was tatsächlich wahr war. Bis heute bin ich mir nicht sicher, ob ich wirklich schuldig war, und wenn ja, wie groß war diese Schuld? Schließlich glaubt doch niemand im Ernst, dass drei Stecknadeln in einem Pappkarton tatsächlich etwas ausrichten.

Armes Kind, sagte Friedel, es ist ganz natürlich, dass du an Marie hängst und mit ihr leidest, und ich sagte hilflos, sie ist doch meine Schwester. Sie nahm mich in den Arm und versuchte, mich zu trösten, es wird alles gut, du wirst schon sehen, Marie wird wieder gesund. Komm jetzt in die Küche, wir müssen uns ums Abendessen kümmern.

Sie erzählte mir auch dauernd von irgendwelchen Leuten, die schwer krank gewesen und wieder gesund geworden waren, vermutlich um mich auf andere Gedanken zu bringen und mir Mut zu machen, und sie ließ sich nicht davon abbringen, obwohl ich die Leute nicht kannte, von denen sie sprach, und sie mich auch nicht interessierten, zum Beispiel ihr Cousin, der eine Lungenentzündung gehabt hatte.

Da war er fünf und keiner hätte mehr einen Pfifferling für sein Leben gegeben, erzählte sie, heute würdest du ihm das nicht mehr ansehen, ein Schrank von einem Mann, verheiratet und mit drei Kindern, hier, schau selbst. Und schon saß sie mit einem Fotoalbum neben mir und zeigte mir erst den kleinen, dünnen Jungen und dann den Mann, den Omi einen *Muglmann* genannt hätte, ein Mann wie Otto.

Komm, sagte Friedel, wir gehen in den Garten, Unkraut jäten, es ist mal wieder nötig.

Im Gras blühten Gänseblümchen, und ich sah Marie und mich auf einer Wiese sitzen, wir hatten viele Gänseblümchen gepflückt und ritzten mit den Fingernägeln Spalten in die Stängel, in die wir dann die nächsten Stängel schoben. Dichter an der Blüte, mahnte Marie, sonst sieht das nach nichts aus. Drei Kränze flochten wir, für jede von uns einen und den dritten für Omi. Dann liefen wir nach Hause, setzten ihr das Kränzchen auf den Kopf und drehten uns vor ihr im Kreis und sangen, schaut doch her, schaut alle her, seht, wie schön wir sind.

Abends ging ich nach Hause, zu meinen Eltern, die kaum sprachen, es war, als wären alle Wörter verboten, die nichts mit Marie zu tun hatten. Ich wunderte mich über unsere Mutter, so besorgt hatte ich sie noch nie erlebt. Wenn wir früher krank gewesen waren, war sie zur Arbeit gegangen und hatte unsere Pflege Omi überlassen, sie hatte höchstens in der Mittagspause mal angerufen. Jetzt arbeitete sie nur vormittags, mittags fuhr sie zu Marie und blieb bis abends bei ihr, auch unser Vater fuhr jeden Abend zuerst zu Marie, bevor er nach Hause kam. Es gab mir einen Stich, unsere Mutter so zu sehen, und ich fragte mich ganz automatisch, ob sie sich ebensolche Sorgen gemacht hätte, wenn ich krank gewesen wäre. Es war ein hässlicher Gedanke, den ich sofort verdrängte, auch das konnte ich schon immer sehr gut, verdrängen. Bei unserem Vater brauchte ich mir diese Frage nicht zu stellen, da war klar, dass es ihm immer nur um Marie gehen würde, dennoch erstaunte mich die Wucht seines Kummers. Man merkte es daran, dass er abends schweigend am Tisch saß, breitbeinig und mit breit aufgestützten Ellenbogen, und nicht nur einen Whiskey trank, sondern mehrere, um seinen Kummer zu ersäufen, wie ich dachte. Unsere Mutter, sonst schnell bei der Hand, wenn es darum ging, ihren Unmut auszudrücken, war in jenen Tagen erstaunlich nachsichtig, sie warf ihm nur manchmal einen Blick zu, verkniff sich aber jede vorwurfsvolle Bemerkung.

Und ich? Natürlich fühlte ich mich schuldig, und ich konnte mit niemandem darüber sprechen, mit wem auch, keinesfalls mit unseren Eltern, bei ihrem Anblick wuchs meine Schuld erst recht, wurde zu einem Berg, der mich zu erdrücken drohte.

Und eine richtige Freundin, der ich mich vielleicht hätte anvertrauen können, hatte ich nicht. Und Friedel? Um Gottes willen, nein, sie hätte mir mitleidig zugehört, aber dann hätte es bald ganz Allach gewusst. Ich war sogar mehrmals drauf und dran, zur Kirche zu gehen, schließlich hatte Omi die Beichte immer als große Gnade bezeichnet, aber am Schluss verwarf ich diesen Gedanken, selbst wenn es mir überhaupt erlaubt gewesen wäre zu beichten, hätte mich wohl meine Scham davon abgehalten. Doch es ging ja sowieso nicht, diese Gnade stand mir nicht zu, ich war ja noch nicht mal getauft. Und das Gefühl, Schuld auf mich geladen zu haben, hielt mich in diesen ersten fünf Tagen von Maries Krankheit sogar davon ab, zu Omis Grab zu gehen, was ich sonst alle zwei, drei Tage getan hatte. Nach Maries Krankheit wurden meine Besuche bei Omi allerdings immer seltener, ich ging nur noch einmal in der Woche zum Friedhof und selbst das vergaß ich manchmal.

Sie ist über den Berg, sagte unsere Mutter am fünften Tag,

morgen darfst du sie besuchen, Anne, morgen darfst du mitkommen.

Am Tag darauf ging ich wieder zur Schule, mit einer schriftlichen Entschuldigung, ich sei krank gewesen, und irgendwie stimmte es ja auch, eine richtige Lüge war es jedenfalls nicht, höchstens eine ganz kleine, unbedeutende. Es kam mir vor, als wären inzwischen Monate vergangen, nicht nur fünf Tage, so fremd fühlte ich mich in der Schule und so fremd fühlte ich mich auch zwischen meinen Mitschülern, sogar an den Unterricht musste ich mich erst wieder gewöhnen, das Aufpassen fiel mir schwer. In der Pause stand ich allein in einer Ecke, aber das war nichts Besonderes, und nach der sechsten Stunde wartete unsere Mutter mit dem Auto auf mich, um mit mir ins Krankenhaus zu fahren. Unterwegs hielten wir an einem Kiosk und aßen eine Bratwurst, die mir nicht schmeckte, aber vermutlich hätte mir auch nichts anderes geschmeckt.

Marie lag in einem weißen Bett und war selbst so weiß wie das Laken, so weiß wie ihre Zudecke, so weiß wie ihr Krankenhausnachthemd, sogar ihre Lippen waren fast weiß, nur ihre braunen Haare und die noch dunkleren Augenbrauen hoben sich gegen das viele Weiß ab, sie sahen aus wie gezeichnet und erinnerten mich an die chinesischen Tuschbilder, die uns der Lehrer im Kunstunterricht gezeigt hatte. Sie lag nur da, mit geschlossenen Augen, und sagte nichts, auch als wir sie begrüßten, hatte sie nur kurz die Augen geöffnet und gleich wieder zugemacht. Unsere Mutter saß auf dem Stuhl neben ihrem Bett, so weit vorgebeugt, dass ihre Unterarme auf dem Bett lagen, sie hielt Maries Hand, streichelte sie und murmelte, ach, Marie, und manchmal wischte sie sich über die Augen. Ich sah, dass Marie immer wieder einen schwachen Versuch machte, ihr die Hand zu entziehen, aber es gelang ihr nicht, und daran, dass es ihr nicht gelang, dass sie unsere Mutter nicht anschrie und nicht nach ihr schlug, merkte ich, wie schlecht es ihr wirklich ging.

Ich hatte mich auf den Stuhl am Fenster gesetzt und wagte nur gelegentlich einen Blick auf meine Schwester, sonst saß ich steif da, nur meine Augen bewegten sich dahin und dorthin. An der Wand dem Bett gegenüber hing ein Bild von einem Tänzer oder einem Clown, der auf einem großen Ball balancierte, das ganze Bild war in Blautönen gehalten, auch das Kostüm des Tänzers mit den roten und grünen Rauten sah aus, als wäre es in Blau getaucht worden, sogar sein Gesicht und seine Hände und die nackten Füße waren wie mit einer blauen Lasur überzogen. Er hielt die Arme zur Seite gestreckt, die Ärmel waren hochgerutscht und gaben dünne Handgelenke frei, die blassblauen Finger waren überlang und knochig.

Mir war noch schlecht von der Bratwurst, und ich wagte nicht, mich zu rühren. Auch als meine Muskeln durch diese ungewohnte, verkrampfte Haltung hart wurden und anfingen zu vibrieren, blieb ich still sitzen, ich traute mich ja kaum zu atmen. Ich saß da und wusste nicht, was ich hier sollte, was von mir erwartet wurde. Ich hatte Angst davor gehabt, Marie in die Augen schauen zu müssen, den ganzen Morgen lang hatte ich während des Unterrichts geübt, ein ausdrucksloses Gesicht zu machen, ein Pokerface, und nun stellte sich heraus, dass sie mich gar nicht anschauen wollte, und irgendwie war mir das auch nicht recht. Es hieß doch, dass ich mich ganz umsonst so angestrengt hatte.

Wie lange wir bei ihr waren, weiß ich nicht, doch dann kam endlich eine Schwester herein, rotblond, mit einer Spritze in der Hand, und sagte zu unserer Mutter, wir sollten jetzt lieber gehen, Marie brauche noch viel Ruhe. Mein rechtes Bein war eingeschlafen, ich konnte nicht richtig auftreten, als wir das Zimmer verließen. Marie hatte die Augen auch zum Abschied nicht aufgemacht. Sie sah schrecklich aus, aber wir wussten ja, dass sie über den Berg war, in ein paar Tagen oder nächste Woche würde sie nach Hause kommen. Das Leben geht weiter, sagte unsere Mutter, während ich neben ihr her durch den langen Krankenhausgang zum Aufzug humpelte.

Ich lasse den Bleistift sinken und tauche auf wie aus einer anderen Welt. Meine rechte Hand, meine Schreibhand, ist steif und verkrampft, und ich fühle mich so erschöpft, als wäre ich stundenlang gerannt. Und dann höre ich das Klavier, Isabel übt mal wieder, vielleicht sind es ja diese Klänge gewesen, die mich aus meinen Gedanken an früher ins Hier und Jetzt gezogen haben. Jedenfalls brauche ich dringend eine Pause.

Ich gehe hinüber zur Küche und stelle die Kaffeemaschine an, und während der Kaffee durchläuft, stehe ich am Fenster und schaue hinaus auf die Straße, als wollte ich sichergehen, dass ich nicht in Allach bin. Ich bin in Frankfurt, sage ich mir, ich bin wirklich in Frankfurt, diese Straße gehört zu Frankfurt, und die Häuser auf der anderen Straßenseite sind keine Siedlungshäuser, sondern alte Frankfurter Bürgerhäuser. Es müssen wohlhabende Menschen gewesen sein, die sich solche Häuser bauen ließen, ganz bestimmt keine Flüchtlinge oder Heimatvertriebenen. Statt der Gärten mit Gemüsebeeten und Beerensträuchern gibt es hier nur die drei Linden weiter unten, vor der Anlage, alte Bäume, deren Laub auch in der Sonne grau aussieht, wie die Haare alter Frauen, doch es liegt wohl nicht am Alter, sondern nur am Staub.

Marie blieb damals noch weitere zehn Tage im Krankenhaus, aber die Stimmung bei uns zu Hause hatte sich geändert, die Erleichterung war deutlich fühlbar. Und ich schlich mich jeden Abend, wenn unsere Eltern schliefen, hinauf in Maries Zimmer, legte mich auf ihr Bett und stellte mir vor, wie es ihr jetzt ging. Ich schlüpfte in ihre Rolle, Abend für Abend. Ich lag in einem weißen Bett, in einem weißen Zimmer, und weinte, und eine rotblonde Schwester brachte mir ein Tablett mit Brot und Tee und sagte, ich solle nicht so viel nachdenken, das sei nicht gut für mich. Wenn ich die Augen aufmachte, sah ich den Tänzer an der Wand gegenüber, mit gegrätschten Beinen und abgeknickten Knien balancierte er auf einem Ball. Lange Hände hatte er, mein Traumtänzer, und streckte mir seine knochigen Finger entgegen. Ich wollte ihn nicht sehen, ihn nicht, niemanden, ich wollte zurückfallen in meine traumlose Dunkelheit. Weiche Hände streichelten über mein Gesicht, irgendwann musste mich jemand so gestreichelt haben. Wenn ich mich nur erinnern könnte.

Die Vorhänge waren pastellfarben gestreift, und wenn die Sonne schien, warfen sie blassbunte Streifen an die Wände, Streifen, die sich sogar über den blauen Tänzer legten, und wenn ein Windhauch die Vorhänge bewegte, bewegte er sich mit ihnen. Nur wenn es draußen dunkel war und das Deckenlicht brannte, erkannte man die eigentlichen Vorhangfarben, Beige, ein verwaschenes Braun, dazwischen Streifen in einem fahlen Blaugrau wie von der Sonne gebleichter Schiefer. Das Licht tat mir weh, ich drückte auf den Klingelknopf, ich konnte es kaum aushalten, bis die Schwester kam, in meinem Kopf zerplatzten rote und gelbe Feuerwerkskörper. Das Gesicht mit den Sommersprossen beugte sich über mich, hast du Schmerzen? Ich spürte den Einstich kaum, ich starrte den Tänzer an. Er streckte die Hände nach mir aus, komm, Schwesterlein, komm, tanz mit mir, beide Hände reich ich dir, sang er. Ich wollte nicht kommen, ich wollte ihn nicht sehen, warum ließ er mich nicht in Ruhe, ich wollte doch nur in die gnädige Dunkelheit zurückfallen. Seine Hände streichelten mich, komm, drängte er mit dieser lockenden Stimme, komm, tanz mit mir, rundherum, das ist nicht schwer, und die Krankenschwester mit den rotblonden Haaren lächelte mich an.

Plötzlich werde ich geschüttelt, ich spüre Hände an meinen Schultern und bin wieder hier, in Frankfurt. Was ist mit dir, Anne, he, wach auf, du träumst ja mit offenen Augen, du hast gar nicht gehört, dass ich reingekommen bin.

Es ist nicht die Schwester, die mich anlächelt, natürlich nicht, es ist Ricki, he, Anne, was ist mit dir? Du hast doch was. Sie nimmt mich in die Arme, streichelt mir über den Kopf und über die Wangen, und ihre Hände sind tatsächlich weich, überraschend weich. Willst du darüber sprechen?, fragt sie.

Ich schüttle den Kopf. Nein, sage ich, und dann, als ich ihren mitfühlenden Blick sehe, nein, noch nicht, vielleicht später mal.

Gut, sagt sie, dann habe ich einen Vorschlag. Wir machen uns einen schönen Abend, wir essen unterwegs einen Döner und gehen anschließend ins Kino, du brauchst ein bisschen Ablenkung, da gibt es nichts Besseres als Kino. Los, zieh dich an. Und außerdem solltest du wirklich ein bisschen mehr essen, du wirst immer dünner.

Ich zwinge mich zu einem Lächeln, auch wenn es vermutlich ein bisschen schief ausfällt. Hör auf, sage ich, du redest schon wie meine Mutter, gleich wirst du mir noch Hasenbraten anbieten.

Döner, sagt Ricki, nur Döner.

Und der Kaffee, den ich gerade gemacht habe?

Lass doch den blöden Kaffee.

Während ich mich anziehe, ich habe den ganzen Tag im Schlafanzug am Schreibtisch gesessen, merke ich, dass ich Hunger habe, großen Hunger, ich habe wirklich vergessen zu essen, und mit Ricki ins Kino zu gehen, ist das Beste, was mir heute passieren kann, ein schönes Ende für einen schweren Tag.

Jedenfalls ein besseres Ende als in meinen abendlichen Tagträumen in Maries Bett. Damals ist am Ende immer Marie aufgetaucht, so deutlich, als hätte sie wirklich die Tür aufgemacht, sie hat vor dem Bett gestanden, auf mich herabgeschaut und gesagt, verdammt, Anne, das sind meine Erinnerungen, nicht deine, lass dir ja nicht einfallen, mir meine Erinnerungen zu klauen.

Abend für Abend war das so, Abend für Abend ist sie vor mir aufgetaucht und Abend für Abend schlich ich gedemütigt wieder hinunter in mein Zimmer.

Sieben

Es stimmt, dass man Erinnerungen nicht trauen kann, aber es gibt noch etwas, was mir jetzt klar wird, sie kommen auch ungerufen und halten sich an keinerlei zeitliche Abfolgen, sie tauchen plötzlich auf und drängen sich ungefragt an die falschen Stellen, so wie sich mir jetzt die Erinnerung an Omis Tod aufdrängt.

Das liegt vielleicht daran, dass ich gestern Abend, als ich mit Ricki unterwegs war, im Dönerimbiss einen Mann am Nachbartisch beobachtete, der mit knotigen Rheumafingern eine Portion Döner mit Pommes aß. Ich musste immer wieder hinschauen, ich kannte den leidenden Gesichtsausdruck, die scharfen Falten von den Nasenflügeln zu den Mundwinkeln, ich hätte die Hände gar nicht gebraucht, um Bescheid zu wissen, *wehtig, wehtig,* immer nur *wehtig.* Er aß mit den Fingern, nicht nur die Pommes, sondern auch das Fleisch, und ich dachte, mag ja sein, dass ihm das Spaß macht, es gibt Leute, die gern mit den Fingern essen, aber es ist auch möglich, dass er sich scheut, das Besteck anzufassen, weil es aus Metall ist. Wie oft hatte Omi mich gerufen, um für sie eine Tür aufzumachen, weil es ihr unerträgliche Schmerzen bereitete, mit ihren Rheumahänden die metallene Klinke anzufassen, besonders im Winter. Ich sah sie vor mir, ihre Hände, meinte zu spüren, wie sie mir über die Haare strich, ach Kind, es ist nicht schön, alt zu werden, und auf einmal überfiel mich die Sehnsucht wieder so stark, dass ich keinen Bissen mehr runterbrachte, ich schob den Teller mit den Pommes von mir.

Was hast du, fragte Ricki, schmeckt es dir nicht? Ich machte sie mit einer unauffälligen Handbewegung auf den Nachbartisch aufmerksam. Als der Mann aufstand und ein bisschen steif und unbeholfen und staksig hinausging, wusste ich, dass auch seine Knie geschwollen waren. Eine Frau hielt ihm die Tür auf und schaute ihm kopfschüttelnd hinterher.

Ricki hatte ihm ebenfalls nachgeschaut und sagte nun mitleidig, der arme Kerl, er hat Rheuma.

Ja, sagte ich, er hat Rheuma, ich kenne das, meine Großmutter hatte auch Rheuma.

Wir gingen am Schluss nicht ins Kino, wie wir es vorgehabt hatten, sondern in ein Café, wir saßen an einem ruhigen Tisch in der Ecke, und ich erzählte ihr von Omi, wie es sie mit der ganzen Familie von Vierzighuben nach München verschlagen hatte. Aber in Wirklichkeit hat sie, sagte ich, immer nur dort gelebt, ihre Seele, wenn du so willst, hatte den Schönhengstgau nie verlassen. Ich erzählte ihr von Omis Kittelschürzen, ihrem Kopftuch und von dem Schlaraffenland, mit dem sie meine Träume genährt hatte. Es war, als wäre in meinem Inneren etwas aufgeplatzt, was seit Omis Tod dort verschnürt gewesen war, ich konnte gar nicht mehr aufhören zu erzählen, von ihrem Garten, von dem Salat, den sie blattweise von den jungen Pflanzen zupfte, um ihnen nicht die Möglichkeit zum Weiterwachsen zu nehmen, ich erzählte ihr, wie sie mir beigebracht hatte, Pflanzen aus Samen zu ziehen, egal ob es nun um Petersilie oder Blumen wie Tagetes ging, die sie Samtblumen nannte, ich erzählte ihr, wie wir Himbeeren und Brombeeren und Pilze gesammelt hatten und wie wir es genossen, im Herbst mit bloßen Händen Kartoffeln aus der Erde zu wühlen. Ich hatte immer das Gefühl, einen Goldschatz auszugraben, wenn ich aus dem dunklen Boden die gelben Kugeln herausholte und in ein Sieb legte, mit einem Gefühl, das ich heute nur als Andacht bezeichnen kann, so lange es möglich war, haben wir für jede einzelne Mahlzeit die Kartoffeln einzeln ausgegraben, weil sie wusste, wie glücklich mich das machte.

Es hört sich an, als wäre es bei deiner Omi immer nur um Essen gegangen, sagte Ricki.

Nein, widersprach ich, nicht nur, unsere Omi war manchmal liebevoll und dann wieder stur, sie hat selten gelacht und öfter geschimpft. Aber du hast recht, sie war vor allem die Glucke, die ihre Küken füttert und sie bei Gefahr unter die Flügel nimmt. Jedenfalls für mich war sie das, ich habe sie angebetet. Frag mich nicht, warum, es war einfach so.

Erst als ich im Bett lag, fiel mir auf, dass ich sehr lange von Omi erzählt hatte, nur von ihr, und Marie hatte ich mit keinem Wort erwähnt. Dabei waren wir doch immer zusammen gewesen, Omi, Marie und ich. Wie hatte ich es geschafft, sie auszublenden, ohne dass es mir überhaupt aufgefallen war? Ich hatte sogar von Omis Tod erzählt, ohne darüber zu sprechen, dass ihr Tod auch für Marie hart gewesen sein muss, ich habe nur Omi und mich gesehen, und wo Marie hätte stehen müssen, war ein weißer Fleck geblieben.

Omi war lange krank gewesen, es war das Rheuma, an dem sie schon seit vielen Jahren litt, ich hatte sie immer nur mit verkrüppelten Händen gesehen. In ihren letzten Jahren hatten ihr die Schübe in immer kürzeren Abständen und in immer heftigerer Form zugesetzt, sie konnte kaum noch arbeiten, und hätte ich ihr nicht geholfen, wäre der Garten wohl schon damals vollkommen verwildert. Besonders schwer fiel es ihr, die Wäsche zum Trocknen aufzuhängen, sie kam mit ihren knotigen Fingern nicht mehr mit den Klammern zurecht, ihre Feinmotorik hatte nachgelassen, da musste ich ihr helfen. Ich weiß noch, wie ich ihre Schlüpfer aufhängte, die großen Büstenhalter, die sie *Halterlich* nannte, die Korsetts. Diese Sachen hingen immer an der Wäscheleine, neben unseren Unterhosen und Hemden, die dagegen besonders klein aussahen, wie Puppenkleider. Marie und ich hatten unsere Omi nie in Unterwäsche gesehen, aber wir hatten uns früher oft gefragt, wie sie diese unförmigen Wäschestücke unter ihre Kleidung brachte, denn so dick war sie nicht, ein bisschen stämmig, das schon, aber, so meinten wir, in diese Schlüpfer und *Halterlich* hätten locker drei oder vier Omis gepasst. Vielleicht gab es ja ein besonderes Patent, die Unterwäsche zusammenzulegen, bevor man das Kleid darüberzog, aber wie? Der überflüssige Stoff wird zusammengeklappt, bevor man das nächste Kleidungsstück anzieht, hatte Marie gesagt, sie hatte einen Schlüpfer von der Leine genommen und mir demonstriert, wie sie es sich vorstellte.

Gerührt erinnere ich mich auch an die große, kupferne Wärmflasche, die wir jeden Abend, mit heißem Wasser gefüllt und mit einem Handtuch umwickelt, in ihr Bett legen mussten, und jetzt frage ich mich, wo diese Wärmflasche, die Omi noch aus Vierzighuben mitgebracht hatte, eigentlich geblieben ist, hat unsere Mutter sie nach Omis Tod irgendwo aufgehoben, vielleicht im Schuppen hinter dem Haus, in dem sich auch die Hasenställe befinden, oder hat sie sie gar in die Mülltonne geworfen? Das wäre jammerschade, ich hätte sie jetzt gern gehabt. Wenn ich das nächste Mal nach Hause komme, werde ich meine Mutter nach der Wärmflasche fragen. In ihren letzten Monaten hat sie Omi allerdings nicht mehr viel genützt, da war alles *wehtig*. Wenn man sie morgens fragte, wie hast du geschlafen, seufzte sie tief und sagte, *wehtig, immer wehtig*. *Wehtig* war das Wort, das wir damals ständig hörten. Wie geht es dir, Omi? *Wehtig*. Was machen deine Hände heute, deine Beine? *Wehtig*.

Das Rheuma wurde schlimmer, ihre Knie schwollen an, morgens kam sie ohne Hilfe nicht mehr die Treppe herunter und abends nicht nach oben und schließlich blieb sie einfach in ihrem Zimmer. Ein paar Wochen lang trugen wir ihr alles hinauf, jede einzelne Scheibe Brot, jede Tasse Kaffee, das Frühstück, das Mittagessen, das Abendessen, bis unsere Eltern beschlossen, es sei jetzt an der Zeit, wir müssten die Zimmer tauschen, Marie und ich sollten hinaufziehen in Omis Zimmer und sie nach unten in unser Zimmer, neben dem Wohnzimmer, so würde ihr das Treppensteigen erspart bleiben, und außerdem war es im unteren Stockwerk auch wärmer als im oberen, in dem nur kleine Ölöfen standen, während unten der große Herd fast allein die Küche und die beiden Räume heizte, man musste nur die Türen offen lassen. Omi wehrte sich erst, das ist mein Zimmer, ich habe immer in diesem Zimmer gewohnt, sagte sie, lasst mich doch in Ruhe hier oben sterben.

Aber Mutter, wer redet denn vom Sterben, fuhr unsere Mutter sie gereizt an, ich rede vom Leben, unten kannst du wenigstens wieder mit uns zusammen essen, und fernsehen kannst du auch. Sei doch vernünftig, Mutter, du wirst sehen, es ist dann alles viel einfacher.

Unserer Mutter war anzuhören, dass sie nur mit Mühe ihre Ungeduld unterdrückte, kein Wunder, seit es Omi immer schlechter ging, musste sie abends, wenn sie von der Arbeit kam, auch noch kochen und sich um den Haushalt kümmern. Nach ein paar Tagen wurde Omis Widerstand schwächer und am Schluss fügte sie sich, schließlich wollte sie uns nicht zur Last fallen. Otto Stegmüller, der *Muglmann,* kam am Wochenende herüber und half unserem Vater, Omis Möbel herunter- und unsere hinaufzuschleppen, während unsere Mutter die Wäsche nach unten trug, Omis Vorhänge unten aufhängte, das Weihwasserfass herunterbrachte und neben der Tür befestigte und am Schluss Omis Muttergottesbild so aufhängte, dass sie es auch sehen konnte, wenn sie im Bett lag.

Für einige Zeit wurde es wirklich besser. Das einzige Problem war, dass Omi nicht mehr hinaufgehen konnte, zur Toilette. Unsere Mutter besorgte einen gebrauchten Stuhl mit Klopfanne, sie hatte eine Annonce im *Stadtanzeiger* gefunden, aber das Ding war so groß, dass es nicht in unser Auto passte, Otto Stegmüller musste es mit seinem Hänger abholen. Da stand das Ungetüm nun schwer und klobig in Omis Zimmer, in der Ecke, in der früher mein Bett gestanden hatte, und anfangs musste ich immer wieder hinschauen, wenn ich bei Omi war, aber bald hatte ich mich daran gewöhnt. Wir, Marie und ich, hatten den Auftrag, die Klopfanne zu leeren, und das taten wir auch, besser gesagt, ich tat es, denn damals fing Marie schon an, oft erst gegen Abend nach Hause zu kommen, sie war offenbar lieber mit anderen zusammen als mit uns, hier halte ich es nicht aus, sagte sie, und wenn ich sie fragte, wohin sie eigentlich gehe, bekam ich keine Antwort oder sie sagte kühl, das geht dich einen Dreck an.

An guten Tagen saß Omi in der Küche und gab mir Anweisungen für eine Gemüsesuppe oder sogar für Gulasch oder *Knedlich.* Ich war hin- und hergerissen zwischen Stolz und Verzweiflung, Stolz darauf, dass ich ihr beweisen konnte, wie nützlich ich war, und dass sie mich wie eine Große behandelte, und Verzweiflung, weil ich gehört hatte, wie unsere Mutter, als sie nicht merkte, dass ich zuhörte, zu unserem Vater gesagt hatte, es wird nicht mehr lange gehen mit ihr, wir müssen uns darauf gefasst machen. Ich hatte verstanden, was sie damit meinte, auch wenn Omi nicht direkt genannt wurde.

Ich kümmerte mich um Omi, ich brachte ihr alles, was sie wollte, ich las ihr die Zeitung vor, immer nur den *Altöttinger Liebfrauenboten,* das war das Einzige, was sie interessierte, ich habe sie nie etwas anderes lesen gesehen, und wenn sie nun den Rosenkranz betete, den schmerzhaften, hörte es sich für mich nicht mehr so tröstlich an wie früher. Und manchmal fühlte ich mich vollkommen hilflos, nämlich dann, wenn sie von *dahaam* anfing und mich für ihre Mutter hielt, dann sagte sie etwas in ihrer Sprache, sodass ich nicht alles verstand und nicht wusste, was ich machen sollte, aber zum Glück dauerten diese Zustände nie sehr lange, dann lächelte sie und war wieder meine Omi, deshalb sagte ich auch meinen Eltern nichts davon.

Es gab etwas, was wir beide genossen, das war das gemeinsame Fernsehen. Ich half ihr ins Wohnzimmer und brachte ihr den breiten Schal aus Chenille mit den Troddeln an einer Seite, den sie sich immer um die Schultern hängte, und wenn ich dann neben ihr saß, schob sie den Schal auch über mich und wir saßen wie in einem Zelt, in einem eigenen Kokon, in dem wir uns aneinanderkuschelten, eingehüllt von ihrem

Schal und ihrer Wärme und ihrem Geruch nach Kampfer und Franzbranntwein. Diese Stunden gehören zu meinen schönsten Erinnerungen, es war so heimelig, so vertraut, dann war ich glücklich und wünschte mir, es würde bis in alle Ewigkeit so weitergehen. In den Stunden, die wir gemeinsam vor dem Fernseher verbrachten, vergaß ich meine Angst.

Nachmittags, wenn wir allein waren, wenn unsere Eltern noch bei der Arbeit waren und Marie wieder mal irgendwo anders, sahen Omi und ich uns Kindersendungen oder Tierfilme an, abends mochte sie am liebsten *Aktenzeichen XY* und Videos wie *Miss Marple*. Wenn unsere Eltern mit ihrer Arbeit fertig waren, unsere Mutter mit dem Haushalt und unser Vater mit seinen Hasen, kamen sie auch manchmal ins Wohnzimmer, um noch ein bisschen fernzusehen, und sogar dann kroch ich zu Omi unter den Schal, trotz der spöttischen Blicke unserer Mutter und ihrem »du und deine Omi«, mit dem sie damals schon anfing. Wenn wir zusammen vor dem Fernseher saßen, dachte ich nicht mehr daran, dass wir uns gefasst machen mussten.

Ein halbes Jahr nach dem Umzug in unser früheres Zimmer ist Omi gestorben, versehen mit den Sterbesakramenten, und ich sah zum ersten Mal einen toten Menschen. Aber ich geriet nicht in Panik, ich stand an ihrem Bett, scheu und erschrocken, und trotzdem hatte ich das Gefühl, sie wäre einfach eingeschlafen, so sah sie aus, und auch ihre Hände waren noch warm. Doch dann wurde sie von fremden Männern abgeholt, den Bestattern, wie unsere Mutter sagte, und erst als ich sah, wie sie im Sarg aus dem Haus getragen wurde, fing ich langsam an zu begreifen, obwohl ich glaube, dass mir die Endgültigkeit des Todes erst später klar wurde.

Zu ihrer Beerdigung trug ich rote Schuhe, ich hatte sie erst ein paar Wochen zuvor von Omi zum Namenstag bekommen, sie waren also immer noch ziemlich neu, und ich dachte, ich habe neue Schuhe und eine tote Omi, und unwillkürlich fragte ich mich, ob sie, wenn ich keine neuen roten Schuhe hätte, vielleicht noch leben würde. Meinst du nicht, wir sollten ihr noch ein paar andere Schuhe kaufen, hatte unser Vater gesagt, rot zur Beerdigung, was werden die Leute sagen, aber unsere Mutter hatte widersprochen, ach, hör doch auf, wir brauchen das Geld jetzt dringender, so eine Beerdigung ist schließlich teuer, und sie ist erst zehn, bei einer Zehnjährigen ist es wirklich egal, welche Schuhe sie zur Beerdigung trägt.

Rote Schuhe hatte ich an, als wir die Leichenhalle betraten, unser Vater und ich, unsere Mutter war mit Marie vorausgegangen und stand schon auf der anderen Seite des Sargs, der Tür gegenüber. Sie war fast ebenso weiß wie unsere Omi, fast ebenso tot, und sogar Marie, die neben ihr stand, sah ungewohnt ernst und bedrückt aus, ohne den üblichen herausfordernden Ausdruck im Gesicht. An der hinteren Wand drängten sich Trauergäste zusammen, die zur Beerdigung gekommen waren, entfernte Cousins und Cousinen von Omi, die von überall her angereist waren, Freunde und Nachbarn, die Frauen vom Kirchenchor, in dem Omi früher gesungen hatte. Es roch nach Blumen, besonders durchdringend war der Geruch nach Lilien, bis heute erinnern mich Lilien an Leichenhallen, ich würde mir nie einen Strauß Lilien ins Zimmer stellen, nur bei dem Gedanken an diesen Geruch wird mir schon übel. Unser Vater nahm mich an der Hand und zog mich hinter sich her zu dem offenen Sarg. Ich wollte

Omi nicht sehen, aber er schob mich näher hin, stellte sich hinter mich, legte mir seine großen Hände auf die Schultern und hielt mich unerbittlich fest.

Omi lag im Sarg, sie war Omi und doch nicht Omi, dünner, als sie es je gewesen war, blasser, und ihre Haare, die sie früher immer zu dem dünnen Zopf geflochten unter dem Kopftuch verborgen hatte, umrahmten jetzt ihr Gesicht und ließen sie ganz anders aussehen, fremd und irgendwie geisterhaft. Ihre Haut war gelblich-weiß, fast wie der Marmorfußboden der Leichenhalle, nur viel stumpfer. Sie sah nicht mehr aus wie vor drei Tagen, als sie gerade gestorben war, nicht mehr so friedlich, als wäre sie nur eingeschlafen, jetzt war alles anders. Sie war nicht mehr die Omi, mit der ich unter dem Schal gesessen hatte, sie war zu einer Fremden geworden, auch ihr Gesicht war kaum zu erkennen, der Tod hatte ihre Falten weggewischt, es sah viel glatter aus. Das weiße Kleid, das man ihr angezogen hatte, erinnerte mit dem Spitzeneinsatz und den Spitzen an Kragen und Ärmeln an ein Nachthemd, aber in Wirklichkeit hatte sie nie etwas anderes getragen als Flanellnachthemden in Pastelltönen und mit kleinem Blumenmuster. Nur die wundertätige Medaille und das Skapulier sahen noch genauso aus, wie sie bei der lebenden Omi ausgesehen hatten. Ihre Hände, über dem Bauch gefaltet, waren ebenso gelblich-blass wie ihr Gesicht, das schwarze Kreuz, das mit einem kleinen Sträußchen mit weißen Blumen zwischen ihren Fingern steckte, hob sich unnatürlich hart gegen ihre Haut ab.

Durch das Fenster in der Wand gegenüber fiel Sonne direkt auf mein Gesicht und blendete mich, ich presste die Augen zu und drehte den Kopf zur Seite. Unser Vater stand hinter mir, drückte meine Schultern fester. Verabschiede dich von deiner Oma, verlangte er, wünsche ihr, sie möge in Frieden ruhen. Ich schüttelte den Kopf.

Wenn man die Augen gegen die Sonne fest zupresst, sieht man rote Flecken mit zackigen Rändern, die roten Flecken bewegen sich, schieben sich in- und übereinander, leuchten auf und verblassen, wenn man die Augäpfel hinter den geschlossenen Lidern rollen lässt. Rot, immer röter, rot lässt sich steigern, tot nicht, wer tot ist, ist tot.

Deine Oma ist jetzt im Himmel, sagte Friedel Stegmüller, Ottos Frau, die hinter uns getreten war.

Maries Stimme klang hell und sehr laut, als sie sagte, es gibt keinen Himmel, der Himmel ist nur was für Leute, die Angst vor dem Nichts haben.

Unser Vater ließ meine Schultern los, und plötzlich war ich allein in meiner sonnenverfärbten Dunkelheit, so allein, dass ich die Augen aufreißen musste. Das Licht schoss brennend in mich hinein, rote Flecken tanzten über die weiße Wand, über den Marmorfußboden und über Omis Gesicht, es sah aus, als würde ihre Haut in Flammen stehen. Ich fing an zu schreien.

Die Schreie kann ich heute noch hören, wenn ich die Augen zumache, und auch die Stimme unseres Vaters. Das Kind ist hysterisch, sagte er, und als ich sah, dass alle Leute zu mir herüberstarrten, schrie ich noch lauter.

Da legte aber schon Friedel Stegmüller ihre dicken Arme um mich. Ich drückte mein Gesicht an ihren Busen, spürte, wie weich er war, ihre Bluse war frisch gewaschen und roch nach Seife und Weichspüler. Friedel hielt mich fest und redete auf mich ein, es wurde dunkel um mich, ich musste nichts mehr sehen und hörte auf zu schreien, ich weinte nur noch.

Schließlich war sie es, die anbot, mich mit dem Auto nach Hause zu bringen. Unterwegs redete sie weiter auf mich ein, aber ich hörte nicht zu, ich sah immer noch die roten Flammen auf meiner toten Omi.

Zu Hause führte Friedel mich die Treppe hinauf, zog mir das Kleid und die roten Schuhe aus und half mir in den Schlafanzug. Dann saß sie lange an meinem Bett und streichelte meine Hände, wie Omi das manchmal getan hatte, wenn ich krank war. Plötzlich wurde ich wütend, Friedel sollte mich nicht anfassen, nicht jetzt, meine Haut erinnerte sich noch an Omis Berührung, diese Erinnerung durfte sie nicht einfach wegwischen, ich wollte sie nicht verlieren. Ich zog meine Hände weg, drehte mich zur Wand und beschloss, dass mich nie wieder jemand weinen sehen würde.

Von den Tagen danach weiß ich so gut wie nichts mehr, bis meine Mutter beim Frühstück sagte, wir sollten uns etwas von Omis Sachen zur Erinnerung aussuchen, bevor sie das Zimmer ausräumte.

Damit hatte der Kampf zwischen Marie und mir angefangen. Könnte sein.

Acht

An ihrem Geburtstag hat sie es getan, an ihrem sechzehnten Geburtstag. Gut in Szene gesetzt, habe ich später gedacht, aber das konnte Marie ja schon immer, sich zum richtigen Zeitpunkt vor dem richtigen Publikum in Szene setzen. Ich habe so oft über diesen Tag nachgedacht, dass ich mich genau an ihn erinnere, zumindest bilde ich mir das ein, aber ganz sicher bin ich mir nicht. Schließlich ist es zehn Jahre her, und knapp zwei Jahre später ist dann das passiert, was unsere private Familienzeitrechnung in Vorher und Nachher umgekrempelt hat, für uns jedenfalls folgenschwerer als die Einführung des gregorianischen Kalenders im sechzehnten Jahrhundert, und das, was dann mit uns passierte, hat mich möglicherweise dazu gebracht, das eine oder andere nachträglich anders zu sehen und anders zu gewichten.

Aber erst mal zu ihrem sechzehnten Geburtstag. Es fing damit an, dass Marie sich einen Roller und das Geld für den Führerschein gewünscht hatte, na ja, gewünscht, sie hatte, wie es ihre Art war, mitgeteilt, was sie erwartete, ich kann mich nicht erinnern, dass sie je um etwas gebeten hätte. Als sie ihren Willen kundtat, saßen wir in der Küche beim Abendessen, Bratwurst und Kartoffelsalat, der Geruch nach fettiger Wurst hing in der Luft und hinter dem Fenster ging die Sonne unter und färbte den Himmel rot. Ich will einen Roller, sagte Marie, einen Roller und Geld für den Führerschein.

Erstaunlicherweise wehrten sich unsere Eltern, du spinnst wohl, sagte unsere Mutter, das können wir uns nicht leisten, und unser Vater sagte, außerdem ist es auch zu gefährlich, sollen wir etwa unser Geld dafür ausgeben, damit wir dann hinterher Angst um dich haben müssen? Und wenn was passiert, machen wir uns unser Leben lang Vorwürfe, denk doch an Thomas, oder hast du ihn schon vergessen?

Das war kein Roller, sagte Marie, das war ein Motorrad, und Thomas war selbst schuld, wenn man betrunken ist, fährt man nicht mehr mit dem Motorrad heim, da lässt man es stehen. Außerdem, wenn einer mal eine Dummheit macht, müssen nicht alle die gleiche Dummheit machen.

Eine Dummheit, sagte mein Vater so wütend, wie ich ihn selten gesehen hatte, eine Dummheit nennst du das? Er hat nicht nur sich selbst umgebracht, er hat auch seine Eltern umgebracht, guck dir die Schreibers doch mal an, was in diesem Jahr aus ihnen geworden ist. Sie hören nicht auf, sich Vorwürfe zu machen, und reden immer nur davon, was wäre, wenn sie ihm kein Motorrad gekauft hätten, er war doch erst achtzehn, wozu hat er ein Motorrad gebraucht?

Er hatte getrunken, sagte Marie, er hatte zu viel getrunken und ist betrunken gefahren.

Nein, kommt überhaupt nicht infrage, sagte unsere Mutter in einem Ton, der deutlich machte, dass die Sache entschieden war, dem Ton, den ich immer gehasst habe, keine Widerrede, Schluss, aus, basta, und wenn du dich auf den Kopf stellst, es nützt dir nichts, wenn ich einmal Nein gesagt habe, bleibt es bei Nein. Es war ein Ton, bei dem ich mich nur noch ducken konnte, ja, Mama, ist schon gut, Mama, wie du willst, Mama. Bei mir hat der Ton immer funktioniert, anders als bei Marie, die hat angefangen zu schreien oder sie hat unsere Mutter einfach stehen gelassen und ist weggegangen, ich habe mich das nie getraut. Bei Marie hat unsere Mutter diesen Ton aber auch selten angeschlagen, ich erinnere mich nur an die Sache mit dem Roller, sonst hat Marie immer bekommen, was sie wollte, ohne dass sie kämpfen musste, sie erreichte alles durch ihre Sturheit.

Marie reagierte auch diesmal, wie man es hätte erwarten können, sie zuckte mit den Schultern und sagte kühl, wenn ich keinen Roller bekomme, braucht ihr mir überhaupt nichts zu schenken, das Geld könnt ihr euch sparen. Damit ging sie hinaus, nahm ihr Fahrrad und verschwand für die nächsten Stunden.

Unsere Eltern schauten ihr nach, unschlüssig, vielleicht waren sie ja selbst überrascht von ihrer ungewohnten Härte dieser Tochter gegenüber. Unser Vater schob den Teller weg, auf dem noch ein braun gebrutzelter Wurstzipfel lag, und sagte, sie wird sechzehn, es gibt Länder, da sind Frauen mit sechzehn schon verheiratet und bekommen Kinder.

Hör doch auf mit diesem Quatsch, sagte unsere Mutter, warum sollte sie schon so früh ans Heiraten denken, sie sollte etwas lernen, das wäre gescheiter, sie könnte nach der Realschule auf die Fachoberschule gehen und doch noch Abitur machen, das ist es, was sie tun sollte. Heiraten, was für eine absurde Idee, wer kommt schon auf so etwas?

Es war klar, gegen wen das gerichtet war, ihr verächtlicher Ton ließ keinen Zweifel daran. Unser Vater verstand es natürlich auch, er machte einen schwachen Versuch, sich zu wehren, und sagte, du hast zu viele Ansprüche, lass sie doch in Ruhe, sie lernt einfach nicht so gern.

Wenn sie nur wollte, sagte unsere Mutter, es liegt nicht an ihrer Intelligenz.

Ich kaute auf meinem letzten Stück Wurst herum und hielt mich raus, diese Diskussion hatte ich schon oft gehört, ich wusste nicht, was ich hätte sagen sollen, höchstens: Könnt ihr nicht von etwas anderem reden? Es ist doch immer dasselbe, und in zwei Tagen tut es euch leid und ihr macht einen Rückzieher, alle beide, also könntet ihr es doch gleich bleiben lassen. Aber natürlich sagte ich das nicht.

Unsere Mutter war schon nicht mehr zu bremsen, sie legte ihr Besteck klirrend auf den Teller, wischte sich mit einem Küchenhandtuch über den Mund, wie Omi es immer getan hatte, und legte los. Sie hat keinen Willen, keinen Funken Ehrgeiz, kein Rückgrat, da kann es ja nichts werden mit der Schule, aber das hat sie von dir, wenn du damals den Kurs zu Ende gemacht hättest, hätten sie dich nicht einfach entlassen, aber dir waren ja dein Bier und dein Whiskey am Abend wichtiger als die Fortbildung, das war das Vorbild, das sie von dir bekommen hat, immer bequem, ja nicht anstrengen, immer nur das Allernötigste tun und sich ansonsten ein schönes Leben machen.

Er wurde laut, unerträglich laut, wie er es oft tat, wenn er sich nicht anders zu helfen wusste. Was kann ich denn dafür, dass sich mit den verdammten Computern alles geändert hat, schrie er, davor habe ich doch all die Jahre gut verdient, aber dieses ganze neue Zeug habe ich einfach nicht gekonnt, dafür war ich schon zu alt. Ich stand auf und ging in mein Zimmer. Sie achteten nicht auf mich, sie antworteten noch nicht einmal, als ich ihnen eine gute Nacht wünschte, es war wie immer, wenn sie stritten, bekamen sie nichts mehr mit.

Zwei Tage später, wieder am Küchentisch, weil bei uns alle Gespräche beim Abendessen oder danach stattfanden, die versöhnlichen ebenso wie die bösen, diskutierten sie darüber, was sie Marie schenken könnten. Vielleicht einen MP3-Player, schlug unsere Mutter vor, und unser Vater meinte, diese Dinger seien ja auch nicht gerade billig.

Aber alle Jugendlichen sind verrückt danach, wandte unsere Mutter ein, erst neulich hat Frau Goller ihrem Leon einen zum Geburtstag gekauft und der ist schließlich erst vierzehn geworden.

Ich saß daneben und hörte zu, entweder merkten sie nicht, dass ich noch da war, oder es war ihnen egal, ich glaube, es war ihnen egal. Ich hörte zu und dachte, ich hätte gern einen MP3-Player, ich würde überhaupt gern mal etwas Neues bekommen, egal was, aber für mich war immer nur gut, was die anderen nicht mehr brauchten, ich hatte keine Ahnung, ob es in allen Familien so war, dass die jüngeren Kinder die Sachen von ihren älteren Geschwistern erbten, bei uns war es jedenfalls so. Aber vielleicht war Marie auch nur stärker und durchsetzungsfähiger als ich, und alles wäre anders gelaufen, wenn ich den Mund aufgemacht hätte, wer kann nachträglich schon sagen, was der eigentliche Grund für etwas war, schließlich konnte es immer das eine gewesen sein oder auch das Gegenteil.

Marie war eine der Ersten in der Nachbarschaft gewesen, die ein Handy bekommen hatte, und als sie es nach ein paar Monaten verlor, kauften sie ihr ein neues. Als ich eines wollte, hieß es, du bist noch zu jung, du kannst warten, Marie hatte doch auch keines, als sie zwölf war, und es half mir gar nichts, dass ich einwandte, damals gab es ja noch keine. Ich hatte erst kürzlich mein erstes Handy bekommen, das alte von meiner Mutter, ein Kartenhandy, weil sie sich ein neues zugelegt hatte. Nun, da sie über einen MP3-Player für Marie sprachen, dachte ich, die kriegt immer alles, wenn ich mir jetzt einen MP3-Player wünschen würde, hieße es bestimmt wieder, du bist zu jung, du kannst noch warten, Marie hatte ja auch keinen, als sie dreizehn war. Doch sofort wies ich mich zurecht und sagte schnell, wie Marie und ich es immer getan hatten, als wir noch kleiner waren, das ist giftgrüne Galle, sonst nichts, weg, weg, Teufelsdreck.

Ich riss mich zusammen, ich half unserer Mutter sogar am Abend vor Maries Geburtstag, einen Kuchen zu backen, einen Apfelkuchen mit Streuseln, ihr Lieblingskuchen, und ich lief noch schnell zum Blumenladen, um eine rote Rose für den Geburtstagstisch zu kaufen, es sollte doch alles schön sein, besonders schön.

Am nächsten Morgen stand ich früh auf, unsere Mutter war schon in der Küche und bereitete das festliche Frühstück vor, sie hatte sich extra einen halben Tag frei genommen und war ganz aufgeregt. Warum eigentlich, dachte ich, es ist doch nur ein Geburtstag, und Geburtstage hatten bei uns nie eine besondere Rolle gespielt, vielleicht weil es, als Omi noch lebte, immer Streit gegeben hatte, ob man Geburtstage oder Namenstage feiern sollte. Unsere Eltern kamen beide aus gut katholischen Familien, da wurden üblicherweise die Namenstage gefeiert, sie hatten sich erst später, als Erwachsene, für Geburtstage entschieden, während Omi uns stur etwas zum Namenstag schenkte und nicht bereit war, Geburtstage zu feiern. Unsere Mutter war an Maries sechzehntem Geburtstag jedenfalls aufgeregt, sie legte Scheiben von Schweizer Käse,

Maries Lieblingskäse, auf eine Platte und dekorierte sie mit Radieschen und Petersilie, und unser Vater ging zum Schuppen hinter dem Haus, um das Geburtstagsgeschenk zu holen, den MP3-Player, den er unter den Hasenställen versteckt hatte. Diese Mühe hätte er sich sparen können, dachte ich, Marie würde nie im Leben heimlich nach etwas suchen, das wäre ihr viel zu aufwändig. Als er das hübsch eingewickelte Päckchen auf den Geburtstagstisch gelegt hatte, schaute er auf die Uhr und fragte, soll ich sie nicht endlich wecken?

Nein, sagte unsere Mutter, lass sie noch ein paar Minuten schlafen, schließlich hat sie Geburtstag.

Und ich stand daneben, wie ich immer daneben stand, ich stand auch noch daneben, als Marie die Treppe herunterkam. Sie gratulierten ihr, er und sie, sie wollten sie ins Wohnzimmer ziehen, sie wollten die Kerzen anzünden und Marie sollte das Geschenk auspacken, sie wollten ihre eigene Freude in ihrer spiegeln, sie waren so gierig danach, dass ich dachte, was für ein Affentheater, warum stellen sie sich so an, sie verhalten sich wie kleine Kinder an Weihnachten.

Ein Roller, fragte Marie, ist es ein Roller? Ich hörte ihr an, dass sie die Antwort schon wusste.

Etwas anderes, sagte unsere Mutter, aber es wird dir gefallen, und unser Vater sagte, das haben wir doch schon besprochen.

Marie warf ihnen nur einen abweisenden Blick zu und goss sich eine Tasse Kaffee ein. Ich habe euch doch gesagt, dass ihr mir nichts zu schenken braucht, sagte sie. Sie wollte nichts essen, auch keinen Kuchen, sie wollte keine Kerzen, sie wollte kein Geschenk, sie wollte nur eine Tasse Kaffee und wieder ins Bett. Nein, sagte sie, ich gehe heute nicht in die Schule, und dann lachte sie wie über einen guten Witz, nein, zur Feier des Tages gehe ich heute nicht in die Schule, schließlich habe ich Geburtstag. Sie fing an, ein Geburtstagslied zu summen, und ging, noch immer summend, mit der Tasse Kaffee die Treppe hinauf.

Ich stand daneben und sah, wie die Freude aus den Gesichtern unserer Eltern wich, sehr langsam, nicht plötzlich und laut wie die Luft aus einem platzenden Luftballon, sondern langsam, wie die Luft aus einem alten Fahrradschlauch entweicht, ihre Gesichter wurden schlaff vor Enttäuschung, ihre Augen verloren den Glanz und wurden stumpf wie abgenutzte Glasmurmeln, das erwartungsvolle Lächeln verschwand von ihren Lippen, sie schauten einander an, hoben hilflos die Hände und ließen sie langsam wieder sinken, ohne etwas zu sagen.

Ich wollte sie nicht sehen, so enttäuscht und hilflos, ich floh zur Schule, es war sowieso höchste Zeit, ich musste mich beeilen. So war es bei uns immer, Marie zog es von uns weg, irgendwohin, in ein anderes, unbekanntes Leben, und ich floh in das nur allzu Bekannte, in die Schule, in die Bücherei, in irgendwelche Beschäftigungen, gegen die niemand was haben konnte, sogar in die Gartenarbeit. Erst später, viel später, habe ich mich manchmal gefragt, ob ich vielleicht nur zu feige war, etwas anderes zu tun, sogar zu feige, um mir etwas anderes vorzustellen.

Ich habe nie verstanden, warum unsere Eltern ihr immer nachgaben, sie war abweisend, sie war kratzbürstig, ich fand sie undankbar, das Beste, was man über sie sagen konnte, war, dass sie sich nicht eingeschmeichelt hat, sie hat sich nie verstellt, sie war immer sie selbst, aber was heißt das schon? Und je ekliger sie sich verhielt, umso bemühter reagierten unsere Eltern. Nur bei der Sache mit dem Roller blieben sie hart.

Das Argument, das können wir uns nicht leisten, war allerdings richtig, wir hatten nicht viel Geld, vor allem, nachdem mein Vater seine Arbeit bei BMW verloren hatte, er war entlassen worden, freigestellt, wie es hieß, und wir lebten zu diesem Zeitpunkt schon seit über einem Jahr mehr oder weniger von dem, was unsere Mutter verdiente. Sie hatte seine Entlassung erstaunlich ruhig hingenommen, ganz ohne Panik, ohne Murren, ohne Vorwürfe, die kamen erst später, sodass ich schon damals das Gefühl hatte, es sei ihr vielleicht ganz recht gewesen. Ich glaube, sie genoss es, die Hauptverdienerin zu sein, endlich müssten alle zugeben, wie wichtig sie war, besonders er müsste das zugeben, endlich würde sie die Anerkennung bekommen, die ihr zustand. Sie hatte den Machtkampf mit unserem Vater gewonnen, einen Kampf, der nur selten offen ausbrach, aber immer zu spüren war, nun war endgültig klar, wer das Sagen in der Familie hatte, und tatsächlich veränderte sich der Ton zwischen ihr und ihm und zwischen ihnen und uns.

Als ich von der Schule nach Hause kam, merkte ich sofort, dass etwas passiert sein musste, unsere Mutter war nicht zur Arbeit gegangen, sie stand in der Küche, mit verheultem Gesicht, und hatte den Geschirrschrank ausgeräumt, etwas, was sie sonst selten tat, und wenn, dann mussten wir helfen, ich meine, putzen und sauber machen war eigentlich nicht ihr Ding, und nach Omis Tod hatte es immer wieder Diskussionen und Streit darüber gegeben, wer welche Aufgaben übernehmen sollte. Sie hatte die Teller auf dem Tisch aufgestapelt, neben Schüsseln, Tassen und Gläsern, und schrubbte die leeren Fächer sauber, sie rieb und wischte und wischte und rieb, und als sie mich sah, ließ sie den Lappen fallen und fing an zu weinen. Doktor Kugler ist oben bei ihr, sagte sie und fuhr sich mit dem Ärmel über die Nase, sie hat irgendwelche Tabletten geschluckt, weiß der Teufel, wo sie die herhat, vielleicht noch von damals, als eure Oma alle möglichen Tabletten verschrieben bekommen hat.

Sie fing an, das Geschirr wieder einzuräumen, ein Teller rutschte ihr aus der Hand, fiel zu Boden und zerbrach mit einem lauten, hässlichen Geräusch, ich bückte mich, suchte die Scherben zusammen und warf sie in den Mülleimer. Sie ließ sich auf einen Stuhl fallen, kraftlos, wie Omi früher, und sie sah ihr in diesem Moment sogar ähnlich. Warum hat sie uns das angetan, schluchzte sie, Anne, kannst du mir sagen, warum sie uns das angetan hat?

Muss sie ins Krankenhaus?, fragte ich.

Sie zuckte mit den Schultern und sagte, Doktor Kugler ist noch oben bei ihr. Er hat gesagt, so schlimm ist es nicht. Ich habe sie gefunden, als ich ihr das Geburtstagspäckchen aus Bodenmais raufbringen wollte, da hat sie sich erbrochen und gar nicht mehr aufgehört. Ich habe gleich Doktor Kugler angerufen und er ist sofort gekommen. Die Tabletten waren noch nicht aufgelöst, man hat sie noch deutlich erkennen können. Die Schachtel lag auf dem Nachttisch, und Doktor Kugler hat gesagt, selbst wenn sie noch voll gewesen wäre, hätten die Tabletten nicht gereicht, ihr zu schaden.

Wo ist Papa?, fragte ich, und sie sagte, im Stall, bei seinen Hasen, und ich dachte, vielleicht will er bloß nicht, dass sie ihn weinen sieht, er will sich keine Blöße geben.

Unsere Mutter redete weiter mit dieser jammernden Stimme, die so gar nicht zu ihr passte, bis morgen ist sie wieder in Ordnung, hat der Doktor gesagt, junge Mädchen machen manchmal Dummheiten, und er hat mich gefragt, ob sie einen Freund hat, ob sie vielleicht schwanger ist. Nein, nicht meine Tochter, habe ich gesagt, das hätte ich doch gemerkt, sie geht doch noch in die Schule. Sie schaute mich an, flehend, mit Angst in den Augen. Hat sie einen Freund, fragte sie, weißt du etwas? Aber sie erwartete wohl keine Antwort, sie hörte nicht auf zu sprechen, ein Hilferuf, hat Doktor Kugler gesagt, so etwas ist immer ein Hilferuf, vielleicht sollten wir uns mehr um sie kümmern. Kümmern! Was tu ich denn anderes, als mich zu kümmern? Wenn ich mich nicht kümmern würde, würde hier doch alles zusammenbrechen, ohne mich hätten wir nichts zu essen. Warum hat sie das bloß gemacht?

Ich ließ sie stehen und ging hinauf. In Maries Zimmer roch es nach Erbrochenem, obwohl das Fenster weit offen stand, Doktor Kugler löste gerade einen Gummischlauch von ihrem Oberarm. Neben dem Nachttisch stand ein Eimer, ein leerer Eimer, wie ich sah, als ich zum Bett trat, unsere Mutter musste ihn gesäubert und sicherheitshalber wieder hingestellt haben. Marie machte die Augen auf, ließ einen gleichgültigen, leeren Blick über mich gleiten, doch dann verzog sich ihr Gesicht, sie flüsterte etwas, was ich nicht verstand, ich beugte mich zu ihr hinunter, aber da hatte sie die Augen schon wieder geschlossen.

Sie ist jetzt müde, sie wird schlafen, sagte Doktor Kugler, und morgen früh geht es ihr wieder besser, ganz bestimmt. Er tätschelte Maries Schulter, und als sie nicht reagierte, griff er nach ihrem Handgelenk, fühlte ihr noch einmal den Puls, packte dann seine Tasche und ging die Treppe hinunter. Die Stufen knarrten, die Küchentür wurde geöffnet und unsere Mutter sagte etwas, dann ging die Tür wieder zu. Ich setzte mich auf Maries Schreibtischstuhl und betrachtete ihr Gesicht, das sehr blass war, kein Wunder nach dieser Kotzerei. Sie hat's getan, dachte ich erstaunt, sie hat sich getraut, und plötzlich fühlte ich mich ihr ganz nahe. Eine Art Hochgefühl ergriff mich, das ich schon lange nicht mehr gespürt hatte, sie hat's getan, sie hat sich getraut. Und dann dachte ich, warum allein? Warum hat sie mich nicht mitgenommen, sie hätte mich mitnehmen sollen. In diesem Moment habe ich sie, glaube ich, geliebt, meine Schwester, und wenn es bei uns üblich gewesen wäre, hätte ich sie wohl gestreichelt.

Da machte sie die Augen auf und sagte, geh raus, ich will schlafen.

Soll ich den Vorhang zumachen?, fragte ich.

Es kam keine Antwort. Ich schloss das Fenster, zog den Vorhang vor und ging hinunter in die Küche.

Unsere Mutter saß am Tisch, ihr gegenüber hatte Doktor Kugler Platz genommen. Unsere Mutter weinte nicht mehr, das Geschirr war eingeräumt, der Wischlappen hing ordentlich über dem Spülbeckenrand und es roch noch nach Putzmittel und Essigreiniger. Ich verstehe es nicht, sagte sie gerade, was soll ich machen, ich verstehe einfach nicht, was mit ihr los ist, ich versteh's nicht.

Das war kein Selbstmordversuch, sagte Doktor Kugler, es waren nur Baldriantabletten. Aber es war eine Demonstration, ein Hilferuf, den man nicht auf die leichte Schulter nehmen sollte. Er legte seine Hand auf die meiner Mutter, als er ernst und eindringlich fortfuhr, wir sollten sie zur Vorsicht in eine psychiatrische Klinik einweisen lassen, da weiß man, was in solchen Fällen zu tun ist, da kann man es richtig einordnen.

Unsere Mutter schüttelte nur den Kopf, nein, auf keinen Fall, sagte sie, meine Tochter kommt nicht in die Psychiatrie, meine Tochter ist doch nicht verrückt. Und ich fühlte mich auf einmal steif, kalt und leer und ballte die Hände, am liebsten hätte ich Doktor Kugler ins Gesicht geschlagen, in dieses ernsthafte, besorgte Gesicht mit den Hängebacken, oder auch ins Gesicht unserer Mutter, die offenbar überzeugt war, dass alles nur Maries Problem war, als hätte sie selbst nichts damit zu tun, gar nichts.

Denken Sie noch einmal über eine Klinik nach, sagte Doktor Kugler, zumindest über eine psychotherapeutische Behandlung.

Darüber brauche ich nicht nachzudenken, sagte unsere Mutter, das kommt nicht infrage.

Er hob die Schultern, ließ sie wieder fallen und sagte, trotzdem sollten Sie es ernst nehmen. Ich komme morgen wieder vorbei, und wenn etwas ist, können Sie mich jederzeit anrufen. Diese jungen Mädchen … Seine Stimme erstarb, als wüsste er nicht, was er noch sagen sollte, als wäre »diese jungen Mädchen« an sich schon eine Erklärung für alles. Dann ging er und unsere Mutter begleitete ihn noch zur Tür.

Später saßen sie zusammen am Tisch, unser Vater und unsere Mutter, beide schauten aneinander vorbei, ratlos, noch nicht einmal in dieser Situation wirklich miteinander verbunden. Unsere Mutter zupfte an der Tischdecke herum, schob sich die Haare hinter die Ohren, ordnete seine Zigarettenschachtel und das Feuerzeug im rechten Winkel zueinander, stand auf und holte ihm die Whiskeyflasche und ein Glas und setzte sich wieder hin. Sie hat es nicht ernst gemeint, sagte sie, sie hat uns nur einen Schrecken einjagen wollen, verstehst du, nur einen Schrecken. Sie wollte es uns heimzahlen, dass wir ihr keinen Roller gekauft haben.

Er reagierte mit Schweigen, entweder wollte er ihr nicht den Trost geben, den sie suchte, oder er konnte es nicht, weil er selbst Trost gebraucht hätte, er schwieg, trank aber zwei Gläser Whiskey hintereinander.

Ich war oben gewesen, auf der Toilette, und auf dem Rückweg an der offenen Küchentür stehen geblieben. Sie hatten mich nicht bemerkt und bemerkten mich auch jetzt nicht, als ich leise zurück in mein Zimmer schlich. Sie hat es nicht ernst gemeint, dachte ich und fühlte mich irgendwie betrogen. Es waren nur Baldriantabletten. Sie hat es nicht ernst gemeint, es war nur ein kindisches Theater, um sich dafür zu rächen, dass es nicht nach ihrem Willen gegangen ist. Ich war enttäuscht, ich hatte das Gefühl, als hätte man mir etwas weggenommen, etwas, was vielleicht entscheidend gewesen wäre, was mir und meinem Leben vielleicht eine andere Wendung gegeben hätte.

Marie blieb drei Tage lang im Bett und redete kein Wort mit uns, dann stand sie auf und tat, als wäre nie etwas gewesen. Und am vierten Tag ließ sie sich die Haare kurz schneiden und knallrot färben. Und über eine psychotherapeutische Behandlung wurde nie gesprochen. Es war ja nur Baldrian.

Neun

Versprochen ist versprochen und wird auch nicht gebrochen, hat Marie immer gesagt, wenn ich voreilig versprochen hatte, eine Arbeit für sie zu erledigen, und mich nachträglich zu wehren versuchte.

Natürlich ging es immer um Arbeiten, zu denen sie keine Lust hatte, zum Beispiel, das Badezimmer zu putzen, einzukaufen, die Gemüsebeete sauberzumachen, all die lästigen Pflichten, die uns unsere Mutter morgens auftrug, bevor sie das Haus verließ, und ihr Argument war immer: Ich arbeite den ganzen Tag, da ist es nur recht und billig, dass ihr ein bisschen helft.

Diesen Satz hat sie so oft gesagt, dass es mir vorkommt, als wäre es Tag für Tag gewesen, so zuverlässig wie der morgendliche Wetterbericht im Radio. Es fing an mit »ihr macht heute dies, ihr macht jenes«, mit einem »ihr«, das uns beide meinte, mich, Anne, und sie, Marie, und endete mit: Ich arbeite den ganzen Tag, da ist es nur recht und billig, dass ihr auch ein bisschen helft. Und am Schluss blieb alles an mir hängen, in meiner Erinnerung war ich nichts anderes als das Dienstmädchen der Familie, das Aschenputtel, ohne dass mir freundliche Tauben geholfen hätten und ohne dass ein Prinz in Sicht war.

Ich war so gefügig, besonders Marie gegenüber, wenn sie diesen vertraulichen Ton anschlug, auf den ich immer wieder reinfiel. Könntest du für mich das Bad putzen? Ja, klar, mach ich. Könntest du heute das Einkaufen übernehmen? Ja, kein Problem. Könntest du die Küche putzen? Die Wäsche aufhängen? Ja, natürlich, warum denn nicht. Immer gab ich nach, immer war ich bereit, das zu tun, was sie verlangte.

Anfangs war es vermutlich mein schlechtes Gewissen, das mich dazu trieb, ihr gefällig zu sein, auch wenn die Ärzte im Krankenhaus gesagt hatten, es habe sich um eine Infektion gehandelt, sie müsse den Erreger irgendwo aufgeschnappt haben, ein Zeckenbiss sei es jedenfalls nicht gewesen, aber so etwas passiere nun mal, niemand sei daran schuld. Unsere Mutter hatte das während ihrer Krankheit immer wiederholt, und ich hatte ihnen geglaubt, ihr und den Ärzten, weil ich ihnen glauben wollte. Doch insgeheim wusste ich es besser, tief in mir gab es eine dunkle Stelle, etwas Eitriges, Böses, etwas nagte in mir, wie ein Wurm einen Apfel, der von außen schön und gesund aussieht, von innen so lange zernagt, bis man ihn am Schluss wegwerfen muss, und dieses ekelhafte Nagen ließ sich nur besänftigen, wenn ich für sie arbeitete, dann war ich nichts anderes als ihre kleine Schwester, für deren Hilfe sie dankbar sein würde, ja dankbar sein musste.

Das war es, was ich anstrebte, sie sollte erkennen, wie hilfsbereit ich war, wie nützlich, sie sollte mich endlich wahrnehmen und, aber das gab ich nicht zu, nicht einmal vor mir selbst, sie sollte mich lieben. Deshalb war ich so nachgiebig, zumindest in den ersten ein, zwei Jahren. Und als ich später anfing, mich zu wehren, hatte sie sich schon daran gewöhnt, alles auf mich abzuschieben, und auch unsere Mutter hatte längst angefangen, nur mich anzuschauen, wenn sie morgens ihre Anweisungen gab, und aus »Ihr macht dies, ihr macht jenes« war allmählich ein »Du machst dies, du machst jenes« geworden.

Ich weiß noch, wie ich mit zusammengepressten Lippen putzte, wie ich grimmig und zornig die Wäsche wusch, zum Trocknen aufhängte, bügelte und wieder in die Schränke räumte, ich weiß noch, dass ich manchmal vor Wut heulte und trotzdem unfähig war, mich gegen die vielen Anforderungen zu wehren. Aber so fleißig ich auch war, es kam keine Frau Holle, die Gold auf mich herabregnen ließ, bei mir schrie kein Hahn: *Kikeriki, unsere goldene Jungfrau ist wieder hie,* im Gegenteil, an mir klebte das Pech, an Marie das Gold. Marie war es, die die alte Märchenregel, wer fleißig ist, wird belohnt, der Faule bekommt seine gerechte Strafe, auf den Kopf stellte, sie war faul und wurde belohnt. Sie bekam, was sie wollte, sie tat, was sie wollte.

Damals war Freizeit ein Fremdwort für mich, jahrelang ging es so, ich hatte die Schule, ich hatte den Haushalt, ich hatte den Garten, mir blieb keine Zeit, mich mit anderen zu treffen und Freundschaften zu schließen, auch wenn ich heute glaube, dass nicht der Zeitmangel schuld an meiner Kontaktarmut war, ich war eine gute Schülerin, aber ich hatte keine Freunde, ich hatte auch keine Feinde, es schien sich einfach keiner für mich zu interessieren, es war, als gäbe es mich nicht. Sozial gesehen war ich eine Null und auch ohne die viele Arbeit hätte ich keine Freunde gehabt und erst recht zu keiner Clique gehört.

Erst als unser Vater arbeitslos wurde, übernahm er zumindest die Sorge für den Garten. Doch wesentlich leichter wurde es dadurch nicht für mich, ich musste nun mittags, statt nur ein belegtes Brot zu essen, kochen oder das aufwärmen, was unsere Mutter vorgekocht hatte, denn in der Küche ließ er sich nicht blicken, die Küche war das Reich der Frauen und der Mädchen, die schließlich zu Frauen heranwuchsen. Es macht mich heute noch wütend, wenn ich daran denke, und ich nehme es meiner Mutter übel, dass sie diese Rollenverteilung widerspruchslos akzeptierte. Ich bin sehr froh, dass es hier, in unserer WG, anders abläuft, Kevin und Jakob übernehmen ganz selbstverständlich ihren Anteil am Küchendienst und am Hausputz und an allem anderen, was so anfällt, und auch wenn es mich manchmal stört, dass sie Sachen einfach rumliegen lassen, könnte keiner sagen, dass es bei uns dreckig wäre.

Versprochen ist versprochen und wird auch nicht gebrochen. Deshalb, und weil ich noch immer bereitwillig alles tue, was von mir verlangt wird, zumindest wenn ich etwas zugesagt habe, sitzen wir vier jetzt in Kevins Auto und fahren in den Taunus, um Pilze zu suchen. Es ist vielleicht drei Wochen her, da hat mich beim Abendessen jemand gefragt, ich glaube, es war Jakob, ob ich mit meinen Pilzen weitergekommen sei, und Kevin meinte, ich könnte doch auch Ziegen als Forschungsgebiet wählen, er finde Ziegen wesentlich hübscher als Pilze, und nützlicher seien sie auch, sie würden zum Beispiel diesen delikaten Käse liefern, von dem er sich gerade ein Stück abschneide.

Ich widersprach, schließlich studiere ich Biologie und Pilze sind mein Spezialgebiet. Pilze sind extrem wichtig und nützlich, sagte ich, überall, auch in der Käseherstellung, oder isst du etwa nicht gern Roquefort, Kevin? Wenn mich ein Thema interessiert, braucht man mich nur anzutippen und schon lege ich los. Pilze sind eine Welt für sich, sagte ich, sie sind unterteilt in Hunderte verschiedener Familien, Gattungen und Arten. Pilze lassen sich nicht nach ihrer Form und ihrer Größe bestimmen, bei Pilzen findet man eine unendliche Vielfalt von Formen, von mikroskopisch kleinen, unter denen sogar Einzeller sind, bis hin zu den höher entwickelten Formen, die manchmal mehrere Kilo schwere Fruchtkörper ausbilden.

Ich erzählte auch, dass bei mir das Interesse für Pilze sehr früh angefangen hatte, schon als Kind, als ich mit meiner Großmutter Pilze sammelte und sie mir von der Beziehung zwischen Pilzen und Bäumen erzählte, eine Beziehung, die sie Freundschaft nannte. Bei manchen Pilzen hört man es sogar am Namen, sagte ich, zum Beispiel bei Erlenkremplingen und Lärchenröhrlingen, aber auch wenn man es nicht hört, gibt es feste Beziehungen, Kapuzinerröhrlinge wachsen unter Pappeln, Butterpilze unter Kiefern, Schwarzschuppige Rotkappen unter Birken, Goldröhrlinge unter Lärchen. Die meisten Pilze sind allerdings nicht derart spezialisiert, sie können sich mit verschiedenen Baumarten zusammentun, auch wenn viele von ihnen eine besondere Vorliebe für Laubbäume oder Nadelbäume haben.

Als Kind glaubte ich, Pilze wären die Schmarotzer in der Welt der Pflanzen, sie würden die Bäume aussaugen und im Laufe der Zeit kaputt machen, sie würden auf Kosten der anderen Pflanzen leben, ich dachte, die Rollen wären klar verteilt, die einen sind die Räuber, die anderen die Ausgeraubten. Bei manchen Pilzen stimmt das auch, Hallimasche und Stockschwämmchen zum Beispiel wachsen auf Baumstrünken und abgefallenen Ästen, aber das ist nicht die Regel, die meisten Pilze, essbare wie giftige, leben mit Bäumen in einer symbiotischen Ernährungsgemeinschaft, die beiden etwas nutzt, dem Pilz und dem Baum. Natürlich hat meine Großmutter das nicht gewusst, das habe ich erst während des Studiums gelernt, aber sie hat mir beigebracht, Pilze zu entdecken und zu bestimmen, sie hat sich mit mir gefreut, wenn ich einen essbaren Pilz fand, und mich immer gelobt. Für mich war das wie ein Abenteuer, wie eine Schatzsuche, und gehörte zu den großen Vergnügungen meiner Kindheit.

Meine Mitbewohner kannten Pilze nur vom Einkaufen, Champignons, Steinpilze, Pfifferlinge und Austernseitlinge, Ricki kannte auch noch Shiitakepilze, und Kevin kam, wie nicht anders zu erwarten, auf Trüffel, diese teuren Pilze, die sich normale Menschen kaum leisten können. Und schließlich fielen ihnen noch Fliegenpilze ein, die sie aus Bilderbüchern und von gelegentlichen Waldspaziergängen kannten, aber damit hatte es sich auch.

Kennst du dich wirklich aus mit Pilzen?, fragte Ricki.

Ich nickte, ja, ziemlich gut.

Wir würden also nicht Gefahr laufen, uns zu vergiften, wenn wir selbst gesammelte Pilze essen?

Ich lachte, nein, bestimmt nicht, das hat mir meine Großmutter beigebracht. Kein Risiko, und wenn du nicht sicher bist, lässt du den Pilz stehen, selbst wenn er noch so verlockend aussieht. Wer an einer Pilzvergiftung stirbt, war einfach zu dumm oder zu leichtsinnig. Oder zu vertrauensselig.

Warum gehen wir dann nicht mal zusammen in den Wald, Pilze sammeln, sagte Ricki, ich fände das großartig.

Ich auch, sagte Kevin, ich habe noch nie im Leben Pilze gesammelt.

Und auch bei Jakob war es nicht anders.

Ricki strahlte, als ich zustimmend nickte, und ihre Grübchen hüpften vor Freude.

Sie hatten mich wirklich nicht drängen müssen, ich war begeistert und freute mich auf einen Tag im Wald, schließlich konnte ich zu diesem Zeitpunkt ja noch nicht wissen, dass ich dann, wenn es so weit wäre, mit etwas ganz anderem beschäftigt sein würde. Ich war sofort einverstanden und sagte, jetzt ist sowieso die beste Zeit zum Pilzesammeln, wir könnten am Sonntag losziehen, ich kenne die Wälder um Frankfurt zwar nicht, aber ich denke, dass man überall etwas findet, wenn man nur lange genug sucht. Vermutlich werden es keine Steinpilze sein, die sind bei uns nicht so häufig, bei Steinpilzen muss man wissen, wo sie wachsen, aber es gibt ja noch andere Pilze, die gut schmecken.

An den beiden folgenden Sonntagen regnete es, aber als sie gestern sagten, das Wetter sei doch genau richtig für unseren geplanten Ausflug, konnte ich mich ebenso wenig wehren, wie ich mich früher gegen Marie wehren konnte. Versprochen ist versprochen und wird auch nicht gebrochen.

So ist es gekommen, dass wir jetzt in den Taunus fahren. Ich habe mir gestern Abend im Internet ein größeres zusammenhängendes Waldgebiet ausgesucht und Kevin hat den Weg zu diesem Wald in sein Navi eingegeben. Als wir das Auto an einer geeigneten Stelle zwischen Bäumen geparkt haben, bin ich auf einmal auch ganz glücklich, und der Gedanke, dass ich jetzt eigentlich mit gespitztem Bleistift an meinem Schreibtisch sitzen wollte, flattert mit einem späten Pfauenauge über ein Moospolster und verschwindet hinter einem Gebüsch. Ich brauche ihn nicht, Marie hat Zeit, alles hat Zeit, das Leben besteht nicht nur aus Erinnerungen, nicht wenn man jung ist. Ich fühle mich in meinem Element, wie ein Fisch im Wasser, hätte Omi gesagt. Wir sind am Wald aufgewachsen, Marie und ich, in unserer Kindheit war der Wald für uns Spielzimmer, Sportplatz, Kino, der Wald war ein Ort der Sehnsucht und des Trostes. Auch wenn wir in den Ferien in Bodenmais waren, bei den Großeltern, haben wir, wenn wir nicht im Kuhstall oder bei den Hühnern waren, die meiste Zeit im Wäldchen verbracht, das gleich hinter ihrem Kartoffelacker anfängt.

Wir haben einen Einkaufskorb und zwei kleine Messer für Ricki und Jakob mitgenommen, Kevin und ich haben beide Taschenmesser. Bevor wir losziehen, markiert Kevin den Standort des Autos noch in seinem Handy mit der App *Finde mein Auto*. Nur zur Sicherheit, sagt er, ich habe einen guten Orientierungssinn, aber man weiß ja nie.

Es ist ein Bilderbuchwetter und es ist ein Bilderbuchwald. Die Sonne scheint, das Laub fängt schon an, sich zu verfärben, auch wenn die verschiedenen Grüntöne noch vorherrschen und einen besonders schönen Hintergrund für Rickis rotblonde Haare bilden, die wie geschmolzenes Kupfer aufleuchten, wenn die Sonne darauf fällt. Wir gehen einen Pfad entlang, der tiefer in den Wald führt, das welke Vorjahrslaub raschelt und unter unseren Füßen knacken Zweige, Jakob stolpert über eine dicke Baumwurzel und Kevin kann ihn gerade noch halten, sonst wäre er gleich bei seinen ersten Schritten im Wald auf die Nase gefallen. Die Luft riecht nach Herbst, sie ist kühl und klar und streichelt mein Gesicht, aus der Erde steigt der Duft nach Moos und Moder und die Sonne kitzelt mich in der Nase, ich muss niesen. In den Bäumen zirpen und zwitschern Vögel, unter einer Buche liegen Bucheckern, und zwei Eichhörnchen jagen, als wir näher kommen, um den Baumstamm herum, als würden sie einander verfolgen, und schrauben sich höher und höher, bis sie vom Laub verschluckt werden.

Für mich ist Wald Heimat, sage ich, ich bin am Wald aufgewachsen.

Ich würde nie allein in den Wald gehen, sagt Ricki, für mich war Wald immer dunkel und undurchsichtig, ein Ort, an dem Gefahren lauern.

Warum bist du eigentlich nicht Försterin geworden, wenn du den Wald so liebst?, fragt Jakob, Forstwirtschaft wäre doch naheliegend gewesen.

Ich zucke mit den Schultern, ja, warum eigentlich nicht? Ich bin nie auf die Idee gekommen. Vermutlich bin ich einfach zu faul, ich mag keine körperlichen Anstrengungen, und wenn, dann nur freiwillig und solange ich Lust dazu habe, deshalb wäre auch Gärtnerin für mich nicht infrage gekommen. Für mich gab es immer nur die Biologie, ich arbeite lieber am Schreibtisch oder im Labor, schon als Kind habe ich von einem hellen, sauberen und gut eingerichteten Labor geträumt. Als ich zum ersten Mal eines im Fernsehen gesehen habe, wusste ich sofort, dass so etwas das Richtige für mich ist.

Es weht ein leichter Wind, die Baumwipfel über uns rauschen und Sonnenflecken tanzen über die Erde, und ich bin auf einmal so glücklich, dass ich weinen könnte. Ricki greift nach meiner Hand und drückt sie.

Da ist ein Pilz, ruft Kevin, ich habe einen Pilz gefunden. Er lacht und klatscht in die Hände, begeistert wie ein kleiner

Junge, der vor Freude am liebsten einen Purzelbaum schlagen würde.

Es ist ein Parasol, ein sehr schöner, noch nicht zu groß, er würde gut schmecken. Ich zeige Kevin, wie man den Pilz abschneidet und die Erdreste vom Stiel und vom Hut abkratzt, und er legt ihn stolz in den Korb, den er Jakob aus der Hand nimmt und von nun an trägt wie eine Trophäe.

Wir finden neben Pilzen, die verdächtig oder uninteressant sind, auch essbare, zum Beispiel Braunkappen, bei denen ich ihnen den Unterschied zwischen Lamellen und Röhren erkläre, wir finden Stockschwämmchen, von denen wir allerdings nur die kleinen abschneiden, die anderen sind schon sehr dunkelbraun, und Ricki entdeckt einen taubenblauen Schleimkopf, der trotz seines ekligen Namens ein schöner Pilz ist und zu den guten Speisepilzen zählt.

Bei Täublingen zeige ich ihnen die spröden Lamellen und die kräftigen Stiele und lasse sie ein Stück vom Hut abbrechen, probieren und ausspucken, wie Omi es mir beigebracht hat, und sage wie sie, wenn ein Täubling bitter schmeckt, ist er nicht essbar, aber milde Täublinge machen ein Pilzgericht besser. Es sind Frauentäublinge, die wir gefunden haben. Wir finden auch Boviste, natürlich, die findet man ja immer, und schneiden die jungen, weißfleischigen ab und legen sie in den Korb, der sich langsam füllt.

Wir finden Kaiserlinge und Ziegenlippen, und dann entdecken wir auch drei grüne Knollenblätterpilze, die wir begeistert in die Erde stampfen, nachdem ich meinen aufmerksamen Zuhörern die Knolle und den Stiel gezeigt habe, der sich nach oben verjüngt, und die herabhängende Manschette, die gedrängten, ungleich langen, deutlich freien Lamellen, die weiß sind, höchstens schwach grünlich. Das ist der giftigste Pilz, den es bei uns gibt, sage ich, die Vergiftungen mit dem grünen Knollenblätterpilz verlaufen fast immer tödlich, deshalb lässt man alle Pilze, die so ähnlich aussehen, vorsichtshalber stehen, auch wenn nicht alle giftig sind.

Es ist Kevin, der die meisten Pilze findet, und nachdem sich seine Augen an Braunkappen gewöhnt haben, entdeckt er sie überall. Er freut sich wie ein kleines Kind, und einmal umarmt er mich, gibt mir einen Kuss und ruft begeistert, du hast recht, es ist jedes Mal, als hätte man einen Schatz entdeckt, ich kann mich gar nicht erinnern, dass mir je etwas so viel Spaß gemacht hat.

Ich erzähle, dass ich früher, als Kind, immer davon geträumt hatte, einen riesigen Steinpilz zu finden, wurmfrei und so groß, dass er die ganze Familie satt machen würde, und immer, wenn ich hinter ein Gebüsch ging, weil ich pinkeln musste, hoffte ich, der Wunderpilz würde dort auf mich warten, aber das hat er nie getan. Trotzdem habe ich die Hoffnung nicht aufgegeben, bis heute nicht.

Am späten Nachmittag ist unser Korb übervoll und wir fahren nach Hause. Dann stehen wir alle vier in der Küche, säubern die Pilze und schneiden wurmige Stellen heraus, bevor wir ein großartiges Riesenomelett mit Pilzen braten, und ich sage, wie Omi es immer getan hat, man muss zu einem Pilzgericht unbedingt Petersilie tun, damit es niemandem auffällt, wenn man eine Tannennadel übersehen hat. Kevin macht eine Flasche Wein auf und Jakob deckt den Tisch im Wohnzimmer.

Später gehen Jakob und Kevin zu einem Konzert, sie haben die Karten schon seit Wochen, und Ricki und ich bleiben allein zurück. Das war ein schöner Tag, sagt Ricki, ich bin dir wirklich sehr dankbar für diese Erfahrung. Du weißt so viel über essbare und giftige Pilze, du könntest doch auch darüber schreiben, zum Beispiel über die Wirkung der verschiedenen Gifte.

Aber das ist es nicht, was mich interessiert.

Sondern was?

Ich möchte in kleinem Rahmen die Beziehungen der Organismen erforschen, das ist mein Thema, symbiotische und parasitäre Beziehungen, am liebsten die fließenden Übergänge zwischen beiden, das finde ich spannend. Manchmal vergleiche ich sie sogar mit den Beziehungen zwischen Menschen, auch da gibt es parasitäre und symbiotische Verhältnisse. Natürlich weiß ich, dass es unzulässig und absolut unwissenschaftlich ist, ich habe mich ja nicht umsonst für Biologie und nicht für Psychologie entschieden, aber es ist ein Spiel, das mir Spaß macht. Und ich nutze es nur als Denkmodell, als eine Art Ordnungshilfe. Wir leben ja von Vergleichen, alles lässt sich doch nur durch Vergleiche beschreiben, mit dem Wie. Es fängt bei dem an, was wir sehen, mit den Farben, so blau wie das Meer, so grün wie Gras …

So weiß wie Schnee, so rot wie Blut und so schwarz wie Ebenholz, sagt Ricki.

Ich nicke. Genau, und bei anderen Phänomenen ist es ähnlich, so dürr wie eine Bohnenstange, so hoch wie ein Kirchturm, so dumm wie Bohnenstroh.

Ricki lacht, in ihren Wangen erscheinen Grübchen. Und was für eine Beziehung haben wir, du und ich und Jakob und Kevin?

Eine symbiotische, wir haben alle vier etwas davon, wir

brauchen weniger Geld für die Miete und unseren Lebensunterhalt, wir sind nie ganz allein und entgehen der Gefahr, zu vereinsamen, und wir haben oft Spaß miteinander.

Wir lachen beide.

Vielleicht ist mir der Wein zu Kopf gestiegen, vielleicht bin ich auch nur glücklich, weil ich hier bin, jedenfalls höre ich mich plötzlich fragen, soll ich dir von meiner Schwester erzählen?

Ich wusste gar nicht, dass du eine Schwester hast, sagt Ricki und gießt mir nach. Sie rutscht etwas tiefer in den Sessel, schaut mich an und sagt, ja, erzähl mir von deiner Schwester. Und von dir.

Ich bin erschrocken über meine Frage und würde gern einen Rückzieher machen, weiß aber nicht, wie ich das hinkriegen könnte, ohne sie zu kränken. Ich bin in meine eigene Falle getappt.

Zehn

Manche Katastrophen kommen ohne jede Vorwarnung, sie fallen vom Himmel oder schleichen sich fast unbemerkt in unser Leben, und oft kapieren wir erst nach einer ganzen Weile, was tatsächlich passiert ist und welche Folgen es für unser Leben hat. Jedenfalls könnte ich nicht behaupten, an jenem Tag eine Vorahnung gehabt zu haben. Ich kann die Ereignisse von damals jederzeit wie einen Film vor mir ablaufen lassen, unverändert, in immer gleichen Bildern.

Es ist an einem Sommertag passiert, an einem schönen Sommertag, fange ich zögernd an zu erzählen, ohne Ricki dabei anzuschauen. Es war der Tag des Terroranschlags in London, der aber nichts mit Marie zu tun hatte, und auch deshalb habe ich diesen Tag nie vergessen. Aber ich will dir ja von Marie erzählen, von Marie und ihrer Schwester Anne. Ich sehe sie genau vor mir, diese Anne, die ich damals war, fünfzehn Jahre alt, ein bisschen staksig, oft mürrisch, eher zurückhaltend und introvertiert, um nicht zu sagen menschenscheu, aber an jenem Tag für ihre Verhältnisse auffallend gut gelaunt. Ich weiß sogar noch, was diese Anne von damals dachte, falls ich die Ereignisse nicht nachträglich anders interpretiert habe, so ganz abwegig wäre das ja wirklich nicht.

Ich sehe, wie die Anne, die ich einmal war, das Gartentor aufmacht, hineingeht und es wieder schließt. Sie hat einen rundum angenehmen Tag hinter sich, das sieht man ihr an, sie hat morgens eine Mathearbeit zurückbekommen, die letzte vor den Zeugnissen, und die Arbeit ist sogar noch besser ausgefallen, als sie erwartet hat, und nachmittags im Sport sind ihr beim Basketball ein paar überraschend gute Würfe gelungen, der Lehrer, ein eher strenger Typ, hat anerkennend genickt, sein Notizbuch gezückt und etwas hineingeschrieben. Und auch sonst ist es ein erfreulicher Tag gewesen. Es kommt ihr gar nicht in den Sinn, dass es vielleicht anders weitergehen könnte, und anfangs tut es das ja auch nicht, anfangs ist alles in Ordnung.

Es muss fünf oder sechs Uhr sein, die Sonne steht schon ziemlich tief, ihre Strahlen fallen schräg auf die Johannisbeersträucher hinten im Garten, und zwischen den dunklen Blättern sieht sie es rot aufleuchten. Sie lässt ihre Schultasche neben dem Haus zu Boden fallen und läuft durch den Garten auf die Sträucher zu.

Der Rasen ist tadellos gepflegt, kein Wunder, ihr Vater braucht das Gras für seine Hasen, frisch gemäht als Futter und getrocknet als Heu, und auch das kleine Kartoffelfeld ist gut in Schuss, da schlägt wohl sein bäuerliches Erbe durch, wie ihre Mutter immer sagt, er hackt die Kartoffeln regelmäßig, die Pflanzen sehen gesund aus und es sind sogar schon Blütenansätze zu erkennen. Nur mit den Gemüsebeeten scheint er es nicht zu haben, er legt sie zwar im Frühjahr an, vielleicht aus Gewohnheit oder aus Pflichtgefühl, doch später kümmert er sich kaum mehr um sie und lässt sie verwahrlosen, sie sehen jedenfalls ganz anders aus als früher. Bei Omi waren die Gemüsebeete immer ordentlich und gepflegt, denkt Anne, Karotten, Lauch, Zwiebeln, Kohlrabi, Radieschen, Bohnen, Erbsen, Kopfsalat, Tomaten, Gurken, Mangold und Kohlköpfe, die sie immer *Haplich Kraut* genannt hat, hol mir schnell mal zwei kleine *Haplich Kraut* aus dem Garten.

Anne bückt sich, zieht im Vorbeigehen ein paar Büschel Unkraut aus dem Karottenbeet und legt sie ordentlich an den Wegrand, und nach ein paar Schritten steht sie vor den Johannisbeersträuchern, betrachtet sie und lächelt. Ich weiß, was sie jetzt denkt, ich kenne dieses Lächeln, dieses zärtliche und zugleich wehmütige Lächeln, das hat sie immer, wenn sie an ihre Großmutter denkt, die nun schon seit bald fünf Jahren tot ist, und ich weiß auch, welches Bild sie jetzt vor Augen hat, sie sieht sich selbst vor den Sträuchern knien und *Beerlich* pflücken, immer nur von den unteren Zweigen, um alle drei Sträucher herum, während ihre Großmutter von oben pflückt, sie konnte sich nicht mehr gut bücken und knien schon gar nicht, auf dem feuchten, kalten Boden hätten ihre Rheumaknie unerträglich wehgetan. Wie geht es dir heute, Omi? *Wehtig.* Was machen deine Hände, deine Beine? *Wehtig, immer nur wehtig.*

Sie bückt sich, pflückt ein paar Beeren, streift sie vom Stängel und schiebt sie in den Mund, sie schmecken säuerlich, es zieht ihr die Schleimhäute zusammen.

Grüß dich, Anne, sagt eine Frau aus dem Nachbargarten, sie lehnt sich über den Zaun und winkt ihr freundlich zu. Die grüne Gartenschürze spannt sich über ihrem Bauch, sie, Friedel Stegmüller, war nie sehr schlank und in den letzten Jahren hat sie noch zugenommen. Sie hält eine Gartenschere in der Hand und auf einmal bemerkt Anne die grauen Strähnen in ihren blonden Haaren, sie sind ihr vorher nie aufgefallen, jetzt glitzern sie in der Sonne wie feines Lametta.

Die Frau macht eine Kopfbewegung zu den roten Beeren

hin und sagt, sie sind jetzt wirklich reif, sie müssten geerntet werden, ich habe gestern schon Gelee gekocht, fünfzehn Gläser, willst du eins?

Anne schüttelt den Kopf, nein danke, Friedel, das ist lieb von dir, aber ich glaube, ich werde am Wochenende auch Gelee kochen, und dann haben wir wieder mehr, als wir brauchen. Wie geht es Otto?

Besser, sagt Friedel, nächste Woche kommt er aus der Reha wieder nach Hause, der Arzt hat gesagt, er hat Glück gehabt, es war ein Schuss vor den Bug, hat er gesagt, jetzt muss er sein Leben umstellen, mehr Bewegung, weniger essen und auf jeden Fall weniger trinken, aber dafür werde ich sorgen, das habe ich mir fest vorgenommen, und er hat versprochen, auf mich zu hören. Morgen fahre ich wieder zu ihm.

Sag ihm einen schönen Gruß und gute Besserung, sagt Anne, ich muss jetzt rein, ich habe noch Hausaufgaben zu machen.

Die beiden winken sich zum Abschied zu.

Auch als sie zurückgeht und im Vorbeigehen ihre Schultasche aufhebt, hat Anne keine Vorahnung, sie ist noch immer gut gelaunt. Sie betritt das Haus, ruft, hallo, ich bin da, und geht in ihr Zimmer. Sie setzt sich an den Tisch und nimmt ihr Biologiebuch heraus, heute Morgen, im Unterricht, hat sie sich endgültig entschieden, sie wird in der Kollegstufe Biologie als Leistungskurs nehmen, vermutlich wird sie später sogar Biologie studieren, es ist das Fach, das sie am meisten interessiert, aber Lehrerin wird sie nicht werden, sie wird in die Forschung gehen. Sie lächelt zufrieden, als sie sich in Gedanken hinter einem Mikroskop stehen sieht, in einem weißen Kittel in einem hellen, sauberen, gut ausgestatteten Labor.

Anne, ruft ihre Mutter aus der Küche, komm, hilf mir beim Abendessen.

Sie klappt widerwillig das Buch zu, steht auf und geht hinüber. Ich muss noch Aufgaben machen, sagt sie, ein Argument, dass sich oft als hilfreich erwiesen hat, doch heute nutzt es nichts, ihre Mutter hat schlechte Laune, sie macht eine abfällige Handbewegung und sagt, du kannst mir ruhig mal helfen, schließlich arbeite ich ja auch die ganze Woche. Und Marie hat sich schon seit drei Tagen nicht mehr blicken lassen, hast du eine Ahnung, wo sie steckt?

Anne zuckt mit den Schultern, das ist eine rhetorische Frage, wer weiß schon, wo Marie steckt, und was ihre Mutter sonst noch sagt, hat sie schon so oft gehört, es geht ihr zum einen Ohr rein und zum anderen raus, sie kennt sowieso jedes Wort, wie sie alles hier kennt, diese Küche, das Haus, den Garten, der allmählich herunterkommt, und sie nimmt sich vor, am Wochenende die Johannisbeeren zu pflücken und Gelee zu kochen, vielleicht aus Treue zu ihrer Großmutter, die nie zugelassen hätte, dass die *Beerlich* am Strauch vergammeln. Im ersten Jahr nach ihrem Tod hat sie ständig an sie gedacht, mindestens einmal am Tag, doch im Lauf der Zeit ist das weniger geworden, jetzt vergisst sie sie manchmal für Tage oder gar Wochen, bis sie irgendetwas hört oder sieht, zum Beispiel die roten Johannisbeeren, dann ist die Erinnerung da und die vertraute Wehmut steigt in ihr auf.

Die Johannisbeeren sind reif, sagt sie, es wäre wirklich eine Sünde, sie nicht zu pflücken, Omi würde sich im Grab umdrehen.

Du und deine Omi, sagt die Mutter automatisch, mach schon mal den Salat, wenn ich nur wüsste, wo Marie steckt, ich mache mir langsam Sorgen, ob ihr nichts passiert ist, dieses Mädchen macht mich noch ganz verrückt. Sie kann doch nicht einfach drei Tage wegbleiben und bei ihrem Handy ist immer nur die Mailbox dran.

Marie, immer nur Marie, denkt Anne, weiß der Teufel, wo Marie steckt. Sie kommt und geht, wie es ihr passt. Jetzt ist sie allerdings nicht erst drei Tage weg, sondern schon vier, um genau zu sein, aber so genau will es hier keiner wissen. Wissen könnte Fragen nach sich ziehen, über das Wohin und Warum und welche Folgen möglicherweise zu erwarten sind. Wissen ist Macht, haben sie letztes Jahr immer wieder gesagt, als Marie die Schule geschmissen hat, na ja, geschmissen, sie hat einfach so lange geschwänzt, bis die Schule ihrerseits die Konsequenzen gezogen hat. Wissen ist Macht, haben sie wie eine Beschwörungsformel wiederholt, aber Marie hat nicht hingehört, vielleicht hat sie ja auch das Verlogene dieses Arguments gespürt, denn in Wirklichkeit lehnen sie Wissen ab, Wissen bedeutet Gefahr, Bedrohung, Unsicherheit. Nichtwissen ist das Gegenteil, Nichtwissen ist die Sicherheit der ewig gleichen Tagesabläufe, der immer wieder ausgesprochenen und unausgesprochenen Sätze, der täglichen Wiederholungen in Gedanken, Worten und Werken.

Alles muss gleich sein, denkt Anne, jeden Tag das Gleiche, als wären Wiederholungen allein schon der Beweis für die Richtigkeit bestimmter Handlungen, bestimmter Sätze. Auch kleinste Veränderungen müssen so lange hin und her gewendet und in andere Zusammenhänge gebracht werden, bis sie in die große Gleichheit passen, die sich über alles ergießt und jede Lebendigkeit und jede Freude erstickt, bis nur noch Langeweile übrig bleibt.

Ihr Vater sitzt am Tisch, er hat ein Bier vor sich stehen, er schweigt, wie er es meistens tut, und eigentlich ist das ganz gut so, ihrer Mutter könnte es auch nicht schaden, mal zu schweigen, der Fernseher drüben im Wohnzimmer ist sowieso lauter als sie, man kann ihn durch die offene Tür bis hierher in die Küche hören, und wenn man den Kopf wendet, kann man ihn sogar sehen. Das Ding läuft ununterbrochen, Tag für Tag, ihre Mutter schaltet ihn immer ein, es ist das Erste, was sie tut, wenn sie nach der Arbeit das Haus betritt.

Jetzt kommt eine Sondersendung, Terroranschläge in London, der Vater nimmt sein Bier, geht hinüber ins Wohnzimmer und setzt sich in den Sessel.

Mach den Salat, sagt ihre Mutter noch einmal, das Essen ist gleich fertig.

Die Stimme des Sprechers klingt dramatisch, unheilvoll, heute Morgen kam es in London zu vier Terroranschlägen, sagt er. Gegen acht Uhr fünfzig Ortszeit, während des Berufsverkehrs, fanden in fahrenden U-Bahn-Zügen drei Explosionen statt, die schlimmste auf der Piccadilly Linie zwischen King's Cross St. Pancras und dem Russel Square, allein bei dieser Explosion gab es achtundzwanzig Tote, es passierte mitten im Tunnel, was die Rettungsarbeiten erschwerte. Eine knappe Stunde später explodierte eine vierte Bombe in einem Doppeldeckerbus in der Nähe des Russel Square und forderte weitere Todesopfer. Der U-Bahn-Betrieb wurde kurz vor zehn eingestellt, eine Stunde später auch der Busverkehr.

Auf einmal ist ihre gute Stimmung verflogen, die Welt dringt wie ein plötzlicher Sturm bis hierher in dieses Haus, in dem sonst nichts los ist, und wirbelt Angst und Schrecken zwischen den weißen Wänden auf. Anne wirft einen Blick durch die offene Tür zum Fernseher, es sind chaotische Bilder, die gezeigt werden, verzweifelte Menschen, denen das Entsetzen ins Gesicht geschrieben steht, mindestens sechsundfünfzig Opfer sollen bei diesen Anschlägen ums Leben gekommen sein, die Zahl der Verletzten, heißt es, liege bei sechs- bis siebenhundert, viele der betroffenen Fahrgäste seien bis zum Nachmittag in den Zügen eingeschlossen gewesen.

Anne, beeil dich mit dem Salat, die Nachrichten kannst du dir später noch anschauen, sagt ihre Mutter und schlägt Eier in die Pfanne, als hätte sie nicht gehört, was in der Welt los ist, vielleicht hat sie es ja auch nicht gehört, London hat nichts mit Marie zu tun. Öl spritzt auf, die Mutter stöhnt und reibt sich die Hand. Das unterbricht die Stimme aus dem Fernseher, für einen Moment ist es still, nur das Gebrutzel ist zu hören und das Stöhnen ihrer Mutter.

Anne zuckt mit den Schultern, sie wäscht den Salat, zerrupft Blätter, hackt Schnittlauch, mischt Öl und Essig und Salz und eine Prise Zucker, Omi hat immer gesagt, wenn man Essig nimmt, gehört eine Prise Zucker dazu, und unterdessen gießt ihre Mutter die Kartoffeln ab, stellt eine Pfanne auf den Herd und kippt Öl hinein.

Tony Blair, der sich gerade beim G8-Gipfeltreffen in Gleneagles, Schottland, aufgehalten habe, sagt der Sprecher, habe in einer Ansprache von barbarischen Terroranschlägen gesprochen. Auf dem Bildschirm erscheint Tony Blair in Großaufnahme, sein Gesicht ist unnatürlich gelb, der Vater müsste die Farbe korrigieren, denkt Anne und versucht zu begreifen, was das heißt, sechsundfünfzig Tote und sechs- bis siebenhundert

Verletzte. Jetzt korrigiert ihr Vater die Farbe, Tony Blairs Gesicht wird rot wie kurz vor einem Schlaganfall, die Schatten unter den Wangen und am Hals bleiben gelblich. Schöner ist er so auch nicht, denkt Anne, und ihr Vater sagt, es wird Zeit, dass wir uns endlich einen neuen Fernseher anschaffen. Tony Blairs Gesicht wird halb von ihrem Vater verdeckt, an dessen Hinterkopf jetzt deutlich die kahle Stelle zu sehen ist, kreisrund wie eine Tonsur.

Auf dem Bildschirm erscheint ein Kommentator und zählt schwere Anschläge auf Nahverkehrszüge während der letzten Jahre auf, die meisten fanden außerhalb Europas statt, in Angola, Kaschmir, Pakistan, Sri Lanka, Aserbeidschan, aber es gab auch zwei in Europa, einmal 1995 in einem Pariser S-Bahn-Zug und 1984 im Schnellzug Neapel-Mailand. Bei den Explosionen in London gehe man inzwischen von islamistischen Attentätern aus.

Kein einziges Mal verspricht er sich, kein Stolpern, kein Stocken, kein unterdrücktes Hüsteln, ein Profi, sagt sich Anne neidisch und denkt daran, wie oft sie selbst stottert und äh sagt, wenn sie ein Referat halten muss, sie sieht sich, wie sie unbeholfen und verkrampft vor der Klasse steht, meint zu spüren, wie jeder Quadratzentimeter ihrer Gesichtshaut glüht und zugleich zu zerfließen droht, und sofort ruft sie sich zur Ordnung, in London ist eine Katastrophe passiert, so viele Tote und Verletzte, und du hast nichts Besseres zu tun, als deine eigene Unzulänglichkeit zu beklagen.

Ist der Salat fertig?, fragt ihre Mutter, und Anne denkt, ja, ich habe den Salat gewaschen, als es um die Explosionen in den U-Bahnen ging, und bei der Bombe im Bus habe ich mit tränenden Augen die Zwiebeln geschnitten, bei Tony Blairs

Ansprache habe ich den Schnittlauch für die Salatsoße gehackt und bei den Überlegungen zu den Attentätern Öl und Essig mit Salz und einer Prise Zucker gemischt.

Anne holt Teller und Besteck aus dem Schrank, ihre Mutter stellt die Schüssel mit den Kartoffeln auf den Tisch, den Salat und die Pfanne mit den Eiern. Das Essen ist fertig, ruft sie laut, um den Fernseher zu übertönen, der Vater kommt in die Küche, stellt das Bierglas neben seinen Teller und setzt sich. In London hat es Terroranschläge gegeben, sagt er, mit vielen Toten und Hunderten von Verletzten.

Aber die Mutter schiebt das Weltgeschehen aus dem Haus, aus der Küche, sie will beim Essen nichts davon hören, stattdessen redet sie über die Bank, über den harten Tag, den sie gehabt hat, aber niemand hört zu, bis sie sagt, jetzt sind es schon drei Tage, sollten wir nicht zur Polizei gehen? Obwohl sie nicht lauter gesprochen hat als vorher, als es um dies oder jenes ging, wird sie gehört, diesmal schon, diesmal geht es um Marie.

Der Vater hebt das Bierglas an den Mund, damit er nicht, sofort antworten muss, stellt es wieder hin, wischt sich den Schaum von den Lippen und sagt, nein, du wirst ihr doch nicht die Polizei auf den Hals hetzen wollen.

Anne zieht die Schultern hoch, ihr ist übel, sie weiß nicht, warum, vielleicht hat die Mutter die Eier zu fett gebraten, vielleicht schlagen ihr auch die vielen Toten und Verletzten auf den Magen. Der Sprecher schickt mit seiner ruhigen Stimme die Wörter eines Politikers in die Küche, der den Anschlag in London kommentiert, wir Deutsche … fängt er an. Seine Sätze landen in einem deutschen Wohnzimmer, dringen durch die offene Tür in eine deutsche Küche, denkt Anne, die deutsche Frau isst Kartoffeln mit Rührei, der deutsche Mann trinkt deutsches Bier, ein Begriff in der ganzen Welt, Bier, München, Hofbräuhaus, Oktoberfest. Und London ist sehr weit weg. Vor allem hat London nichts mit Marie zu tun.

Ihr Vater stellt sein Glas ab. Nein, sagt er noch einmal, hast du versucht, sie anzurufen?

Da ist immer nur ihre Mailbox dran.

Sie will nicht mit uns reden, sagt der Vater, seine Stimme ist schwerer als die des Sprechers, der jetzt verkündet, dass die Bundesregierung den feigen Anschlag verurteile, und Anne denkt, die können leicht verurteilen, wenn die Leute woanders sterben und nicht hier, bei uns, obwohl man die Gefahr auch für uns nicht ausschließen könne, sagt der Sprecher, man habe vorsichtshalber die Sicherheitsbestimmungen verschärft. Anne hört nicht mehr hin, sie denkt an die Toten und Verletzten und schiebt ihren noch halb vollen Teller zurück.

Du isst zu wenig, sagt die Mutter, du wirst immer dünner, du musst mehr essen, und dann schaut sie den Vater an, wir sollten vielleicht doch zur Polizei gehen.

Nein, sagt der Vater, diesmal laut und ungewohnt entschieden, und seine Entschiedenheit verblüfft die Mutter so sehr, dass sie den Satz hinunterschluckt, den sie offenbar hatte sagen wollen, nur an den scharfen Falten um ihren Mund und an den zusammengepressten Lippen wird ihr Widerspruch sichtbar.

Das Unglück schleicht sich manchmal so unauffällig heran, dass man es gar nicht bemerkt, es kommt einem alles ganz normal vor, und man denkt sich nichts, wenn das Telefon im Wohnzimmer klingelt, vielleicht ist es ja ein Anruf aus Bodenmais, wie geht es euch, wann kommt ihr mal wieder, Oma und Opa fragen dauernd nach euch, oder es ist ein Skatfreund des Vaters, der eine neue Partie verabreden möchte, oder eine Klassenkameradin von Anne, die zwei Tage gefehlt hat und nun wissen will, wie weit sie in Mathe oder in Englisch gekommen sind.

Der Vater geht hinüber und macht den Fernseher aus, bevor er den Hörer abnimmt. Plötzlich ist es sehr still. Er steht in der offenen Tür, und sie sehen, wie sich sein Gesicht verändert, während er zuhört, es verliert die Konturen, wird teigig und schlaff, er steht da und umklammert das Telefon, als wäre es ein Rettungsring, an dem er sich festhalten müsste, um nicht zu ertrinken, und Anne hat auf einmal das Gefühl, als säße sie seit Ewigkeiten so da und sähe zu, wie sich seine Mundwinkel verschieben, wie sich seine Lippen öffnen, als müsste er nach Luft schnappen, es ist wie in einem Kriminalfilm, eine Katastrophe, der Hauptdarsteller, ein liebender Vater, erfährt vom Tod seiner Tochter. Und als er, ohne ein Wort gesagt zu haben, den Hörer auf das Telefontischchen fallen lässt, mit einem Krachen, das in der Stille unerträglich laut klingt, ist er ein anderer Mensch geworden, von einer Minute auf die andere ist er zusammengefallen wie ein leerer Kartoffelsack. Das war Marie, sagt er, sie hat gesagt, sie kommt nicht mehr heim, nie mehr. Wir sollen sie in Ruhe lassen, hat sie gesagt, keine Polizei, hat sie gesagt.

Er steht noch immer da, versteht ihr das, wir sollen sie in Ruhe lassen, was meint sie damit, in Ruhe lassen, wir haben sie doch in Ruhe gelassen, wir haben sie doch nie zu etwas gezwungen, sie hat doch immer alles tun dürfen, was sie wollte. Seine Stimme bricht. Marie doch nicht, sagt er mit dieser gebrochenen Stimme, doch nicht Marie. Er nimmt die Whiskeyflasche aus dem Schrank, gießt sich ein Glas ein, lässt sich in dem nun stillen Wohnzimmer in einen Sessel fallen und reagiert gar nicht, als die Mutter aufsteht, das Telefon auf das Gerät zurücklegt und sagt, das kann sie doch nicht tun, sie darf nicht einfach weggehen, sie ist ja noch nicht volljährig. Was hat sie gesagt, wo sie ist?

Als ob Marie sich jemals darum geschert hätte, was sie darf oder nicht, oder als ob sie je gesagt hätte, wo sie ist, sagt Anne und merkt noch immer nicht, dass etwas Entscheidendes passiert ist. Sie denkt, das ist doch keine Katastrophe, Marie ist am Leben, sie hat angerufen, eine Katastrophe ist, was heute in London passiert ist, eine Katastrophe wäre es vielleicht gewesen, wenn die Polizei angerufen und gesagt hätte, wir müssen Ihnen leider mitteilen, dass … Aber nein, solche Nachrichten überbringt die Polizei persönlich, das kennt sie aus Kriminalfilmen, da stehen immer zwei Polizisten an der Tür und klingeln, meistens ein Mann und eine Frau, und man sieht ihren ernsten Gesichtern sofort an, dass etwas Schlimmes passiert ist.

Ihr Vater gießt sich einen zweiten Whiskey ein, und Anne denkt, so reagiert er immer, andere Möglichkeiten hat er nicht, und zugleich versucht sie zu verstehen, was er gesagt hat, Marie kommt nicht mehr heim, sie will nicht mehr heimkommen, nie mehr, sie hat ein anderes Leben gefunden, ein Leben, in dem der Himmel blauer ist und die Sonne wärmer scheint. Und ihr erster Gedanke ist, sie hat mich im Stich gelassen. Später, viel später, wird sie sich diesen Gedanken übel nehmen. Und dann denkt sie, das kann doch gar nicht sein, ihre rote, glänzende Jacke hängt noch an der Garderobe, die

Jacke, die sie erst diesen Sommer bekommen hat. Wenn sie vorgehabt hätte, für immer wegzugehen, hätte sie doch ihre Lieblingsjacke mitgenommen, und was ist mit ihrem MP3-Player? Liegt er noch immer oben in ihrem Zimmer, wie gestern und vorgestern?

Ihr Vater trinkt einen weiteren Whiskey, er schüttet das Zeug in sich hinein wie Wasser, als wollte er möglichst schnell vergessen, was er gerade gehört hat, als wollte er die Worte seiner Tochter in Whiskey ertränken, und dann trinkt er noch ein Glas, bis er alles von sich wegschieben und die Mutter beschimpfen kann. Du hast sie aus dem Haus getrieben, sagt er mit lauter, überkippender Stimme, du warst es, mit deinen übertriebenen Forderungen und deinen ewigen Vorwürfen, und wenn du so weitermachst, treibst du mich auch noch aus dem Haus, mich und Anne, und dann kannst du sehen, wo du bleibst.

Seltsamerweise lässt die Mutter ihn reden, sie sieht so hilflos aus, wie Anne sie noch nie erlebt hat, auch nicht nach Omis Tod. Sie weiß nicht, was sie sagen soll, deshalb steht sie auf und räumt das Geschirr in die Spülmaschine, dreht den Wasserhahn auf und spült die Pfanne und den Kartoffeltopf unter fließendem Wasser, sie wischt noch die Schränke ab, den Unterbau der Spüle, alles Arbeiten, vor denen sie sich sonst drückt, und dabei denkt sie immer wieder, in London hat es über fünfzig Tote gegeben und sechs- bis siebenhundert Verletzte, was ist dagegen schon ein Anruf von Marie, immerhin ist sie noch am Leben. Sie hängt den nassen Lappen über den Rand der Spüle, dann geht sie hinüber in ihr Zimmer, lässt aber die Tür offen.

Sie weiß nicht, wie viel ihr Vater inzwischen getrunken

hat, sie hört durch die offene Tür nur, dass er immer wieder Maries Namen sagt, und sie hasst ihn wegen des betrunkenen Lallens. Oder wegen des Namens. Soll er sie doch lieben, denkt sie, was bedeutet es schon, von so einem geliebt zu werden, kein Grund zur Eifersucht, natürlich nicht, ein Säufer und Schwätzer, nichts dahinter, kein Rückgrat, kein Ehrgeiz, kein Willen, alles nur Angabe und Alkohol.

Geh ins Bett, sagt ihre Mutter drüben in der Küche, ungeduldig und zornig. Und dann, als er offensichtlich nicht gehen will, verweist sie ihn auf die andere Tochter, auf Anne. Hilflos und zornig sagt sie, soll sie dich wirklich so sehen? Soll sie wirklich das letzte bisschen Respekt vor ihrem Vater verlieren? Da fängt er an zu weinen, Schluchzer, die so trocken klingen, als würden sie ihm von innen die Kehle aufreißen.

Sie hört, wie die Mutter ihn aus der Küche und die Treppe hinaufführt, zum Schlafzimmer, und sie weiß genau, wie sie jetzt aussieht, sie braucht die Verachtung in ihrem Gesicht nicht zu sehen, Schwäche ist ihr zuwider, schon immer hat sie Schwäche verachtet, besonders bei ihm.

Sie hört ihren Vater auf der Treppe jammern, hört, wie er Maries Namen wiederholt. Sie ist nicht überrascht, sie hat schon immer gewusst, dass er Marie mehr liebt als sie, und nicht nur er, alle lieben Marie mehr als sie, gegen Marie ist sie nie angekommen. Aber dass sein Unglück so groß sein würde, hätte sie sich nicht vorstellen können. Bestimmt hat auch Marie es sich nicht vorstellen können, denkt sie, sonst wäre sie nicht abgehauen und hätte ihn als greinenden Trottel zurückgelassen.

O Gott, sagt Ricki, die mir die ganze Zeit zugehört hat, das ist ja furchtbar, und dann steht sie auf, holt aus der Küche ein Glas Wasser und hält es mir hin. Warum ein Glas Wasser, frage ich, warum gibt man Frauen immer ein Glas Wasser? In allen Filmen ist das so. Wenn eine Frau erfährt, dass ihre Eltern bei einem Autounfall ums Leben gekommen sind, hält ihr jemand ein Glas Wasser hin, wenn ihr der Arzt sagt, dass ihr Kind an einer tödlichen Krankheit leidet, bringt jemand ein Glas Wasser, wenn sie hört, dass ihr Mann sie mit einer Jüngeren betrügt und sie damit rechnen muss, dass er sie verlässt, bekommt sie ein Glas Wasser.

Du hast ja recht, sagt Ricki, aber jetzt erzähl weiter.

Nun, sage ich, so war es also. In London hatte es Terroranschläge mit vielen Toten und Verletzten gegeben, und Marie hatte uns mitgeteilt, dass sie nicht mehr nach Hause kommen würde. Heute frage ich mich natürlich, warum unsere Eltern es zugelassen haben, dass diese Tochter einfach aus unserem Leben verschwand, damals habe ich es hingenommen, ohne mir viel dabei zu denken, was hätten sie auch tun können, als ihr Vorwürfe zu machen, Marie ließ sich nicht zwingen, zu nichts, und hätten sie es versucht, hätten sie sie erst recht aus dem Haus getrieben. Ich war davon überzeugt, dass es Maries Entscheidung war, uns zu verlassen, und überlegte gar nicht, was das über sie selbst aussagte, ob das ein Zeichen ihrer Schwäche oder ihrer Stärke war, sie wollte es so, keine Widerrede, Schluss, aus, basta, und wenn ihr euch auf den Kopf stellt, es nützt euch nichts, wenn ich einmal Nein gesagt habe, bleibt es bei Nein.

Ihr müsst doch irgendetwas unternommen haben, sagt Ricki, ihr könnt doch nicht einfach euer Leben weitergeführt haben.

Ich schüttle den Kopf, haben wir auch nicht. Nach dem

Anruf vergingen etliche Tage, an denen wir nur aneinander vorbeischauten, aneinander vorbeiredeten und eigentlich darauf warteten, dass Marie sich wieder melden würde, wir hofften, sie würde vielleicht sagen, es war nur ein Scherz, so habe ich es nicht gemeint, ich komme zurück. Aber sie rief nicht an. Seltsamerweise stellte unsere Mutter erst nach ein paar Tagen fest, dass Marie ihr ganzes Geld abgehoben hatte, ein paar Hundert Euro, und sie hatte auch unsere Geheimkasse für eventuelle Notfälle geleert, Geld, das wir im Wohnzimmer in einer Blumenvase versteckt hatten, falls etwas passierte und wir dringend Bargeld brauchten. Ausgerechnet unsere Mutter, die es mit Geld immer so genau nahm, brauchte ein paar Tage, um überhaupt daran zu denken. Unser Vater war sichtlich erleichtert, dass sie nicht ganz ohne Geld dastand, doch unsere Mutter sagte bitter, sie hat uns bestohlen, auch das noch. Marie hatte ihren MP3-Player zurückgelassen, ebenso ihre rote, glänzende Jacke und ihr Fahrrad, aber ihr Rucksack fehlte, dazu etwas Unterwäsche, Pullover, T-Shirts, zwei Jeans, aber ganz genau wussten wir auch das nicht.

Marie rief nicht an, und allmählich wurde uns klar, dass sie es tatsächlich ernst gemeint hatte, und schließlich beschlossen unsere Eltern, die Polizei einzuschalten, auch gegen Maries Willen.

Und dann ging es erst richtig los mit Fragen, auf die unsere Eltern keine Antwort wussten. Warum kommen Sie jetzt erst zu uns, warum sind Sie nicht gleich gekommen, sie wird in vier Wochen achtzehn, da können wir nicht mehr viel machen. Wann haben Sie sie zuletzt gesehen? Was hatte sie an? Wie viel Geld hatte sie? Wie heißen ihre Freunde? Was hat sie den ganzen Tag gemacht, wenn sie nicht in die Schule gegangen ist? Hat sie einen Freund? Hobbys? Hat sie je etwas mit Drogen zu tun gehabt?

Mit jeder Frage fielen sie mehr in sich zusammen, jedes Wann, Wie, Warum machte sie kleiner, hilfloser, irgendwie schuldig.

Auch ich wurde befragt, von dieser rundlichen, mütterlich aussehenden Kommissarin mit den grauen Haaren, die gleich beim ersten Mal zu uns gekommen war, aber ich wusste nichts, ich wusste ebenso wenig wie unsere Eltern. Hast du sie nie mit Freunden gesehen, wollte die Frau wissen, hast du sie nie gefragt, wohin sie geht, mit wem sie zusammen ist? Das gibt es doch nicht, dass sie keine Freundin hatte, keinen Freund, keine Clique, jedes Mädchen in diesem Alter hat doch Freundinnen, Freunde, eine Clique. Ich zuckte mit den Schultern, was hätte ich denn sagen sollen, ich hatte ja auch keine Freundinnen, keine Freunde, keine Clique.

Ich wusste nichts, unsere Eltern wussten nichts und die Polizei fand nicht viel heraus. Marie schien oft mit einer Clique in Pasing rumgehangen zu haben, berichtete die Kommissarin. Diese jungen Leute behaupteten, Marie schon länger nicht mehr gesehen zu haben, und es gab keinen Grund, ihnen nicht zu glauben. Auch ihr Handy ließ sich nicht orten, vermutlich hatte sie es weggeworfen und sich ein anderes zugelegt, ein Kartenhandy vielleicht. Wir suchen weiter, sagte die Kommissarin, aber wenn sie nicht gefunden werden will, haben wir wenig Chancen, sie wird bald achtzehn, da können wir sowieso nicht mehr viel tun, es gibt keinen Hinweis auf ein Verbrechen, und wie gesagt, sie ist fast achtzehn. Siebenundneunzig Prozent aller verschwundenen Jugendlichen tauchen wieder auf, sagte sie, vermutlich um uns Hoffnung zu machen, nur drei Prozent bleiben verschwunden.

Sie gab sich Mühe, freundlich zu sein, aber ihr Verständnis hatte etwas Gezwungenes, es wirkte auf uns wie ein Vorwurf, wie eine Anschuldigung, man sah die Vorwürfe hinter ihrem mitfühlenden Gesicht, man sah, dass sie uns nicht verstand, unsere Eltern nicht und mich auch nicht. Und wir wussten nicht, was wir sagen sollten, denn wir verstanden uns, ehrlich gesagt, ja selber nicht.

Ab da war alles anders, es gab nur noch ein Davor und ein Danach. Dabei hatten wir noch nicht einmal einen Zeitpunkt, an dem wir die Veränderung festmachen konnten, es war im Sommer 2005, am 7. Juli hatte sie angerufen, das würden wir nie vergessen, es war der Tag, an dem in London die Terroranschläge verübt worden waren, aber ob wir sie drei oder vier oder auch fünf Tage zuvor zum letzten Mal gesehen hatten und wann sie beschlossen hatte, uns zu verlassen, wussten wir nicht, auch nicht, wann und womit alles angefangen hatte. Unsere Gedanken drehten sich im Kreis, alles blieb im Ungefähren, so wie Maries Gründe im Ungefähren blieben. Wo hätten wir auch Sicherheit herbekommen sollen? Sie hatte uns ja nichts gesagt und wir hatten keine Veränderung bemerkt.

Auch für mich wurde ab da alles anders. Das Verhältnis zwischen mir und meinen Eltern war nie besonders vertraulich gewesen, vermutlich hatte von Anfang an Omi zwischen uns gestanden, doch nach Maries Verschwinden kam das große Schweigen, das aber nie thematisiert wurde, weder von ihnen noch von mir. Das Schweigen wurde zu unserer Normalität. Ich weiß nicht, wer schuld daran war, sie oder ich, und ich habe keine Ahnung, ob sie es überhaupt merkten, ob sie nicht immer an Marie dachten. Natürlich wurde noch über Alltägliches gesprochen, über Organisatorisches, über das Essen, das Wetter, aber für mich war das alles ein großes Schweigen, hinter dem sich Marie verbarg.

Wir hörten nichts mehr von ihr, sie war und blieb verschwunden, es war, als hätte sie sich in Luft aufgelöst. Alle paar Wochen kam jemand von der Polizei zu uns, oft die grauhaarige Kommissarin, um uns mitzuteilen, dass es nichts Neues gab, und um zu fragen, ob Marie sich vielleicht gemeldet hatte. Mit der Zeit wurden die Abstände zwischen ihren Besuchen länger, die Akte wurde nicht geschlossen, aber für unser Gefühl geschah auch nicht viel. Es sei schon seltsam, dass Marie nirgendwo auftauchte, weder in der Münchner Szene noch anderswo, sagte die Kommissarin, sie hätten auch Interpol eingeschaltet, selbstverständlich hätten sie das getan, außerdem seien alle Grenzübergänge und alle Flughäfen informiert worden, doch auch die Kollegen hätten nichts gefunden. Und irgendwann deutete sie an, unter diesen Umständen sei ein Verbrechen nicht mehr auszuschließen.

Die Nachforschungen blieben im Ungefähren, so wie Marie im Ungefähren blieb. Marie gehört, auch wenn meine Eltern es bis heute nicht wahrhaben wollen, zu den drei Prozent der verschwundenen Jugendlichen, die nicht mehr auftauchen. Die verschwunden bleiben.

Elf

Manchmal ist die Erinnerung an einen Gegenstand gebunden und taucht jedes Mal wieder auf, wenn man ihn sieht. Ein Streichholz, das jemand in der Hand hielt, als er einem eine schlechte Nachricht überbrachte, der Fleck auf dem Pullover einer Frau, die kurz darauf bei Rot über die Straße lief und von einem Auto angefahren wurde, die Veilchen im Gras, die man entdeckt hatte, bevor man plötzlich eine tote Eule fand.

Ich glaube, es ist alles wegen der roten Jacke passiert. Natürlich ist es unsinnig, ein eher belangloses Kleidungsstück, auch wenn es neu und wirklich hübsch war, für irgendetwas verantwortlich machen zu wollen, und das stimmt ja auch nicht, was ich getan habe, habe ich getan, ich meine es eher so, dass es ohne die rote Jacke vermutlich nicht passiert wäre.

Marie hatte den schwarzen Mantel mitgenommen, der vorher monatelang unbenutzt in ihrem Schrank gehangen hatte, und die rote Jacke am Garderobehaken zurückgelassen, allein, überflüssig, als wäre sie ihr plötzlich zu klein geworden, vielleicht hatte sie auch nur genug von dem Ding gehabt, das konnte man bei ihr nie wissen, sprunghaft, wie sie in allem war, sie konnte in einem Moment lachen, im nächsten toben, sie konnte so tun, als wäre alles in Ordnung, und plötzlich ausflippen, ohne Anlass und ohne dass jemand verstand, was ihr jetzt nicht passte, sie war eben, wie sie war. Trotzdem konnte ich erst gar nicht glauben, dass sie ohne diese Jacke weggegangen sein sollte, und sagte deshalb in den ersten Tagen immer, sie wird wiederkommen, und wenn es nur wegen ihrer Jacke ist, und das glaubte ich auch.

So wie unsere Mutter in den ersten Tagen ständig wiederholte, der Hunger wird sie nach Hause treiben, ihr werdet schon sehen, in spätestens einer Woche ist sie wieder daheim. Da hatte sie allerdings noch nicht herausgefunden, dass Marie ihr Konto geräumt und das Geld aus der Blumenvase mitgenommen hatte. Unsere Mutter klammerte sich an den Hunger und ich mich an die rote Jacke. Jeden Tag, wenn ich von der Schule nach Hause kam, galt mein erster Blick der Garderobe, jeden Tag war ich überzeugt, sie hätte die Jacke inzwischen geholt, schließlich hatte sie einen Hausschlüssel, aber jeden Tag hing die Jacke noch da, und nach einer Woche hörte unsere Mutter auf, vom Hunger zu sprechen, der Marie heimtreiben würde, und ich sagte nichts mehr wegen der Jacke. So war es, wir hatten uns beide geirrt, sie und ich, auch wenn wir das nicht laut aussprachen.

Dann kam der letzte Schultag vor den Sommerferien, es gab Zeugnisse. Natürlich war mein Zeugnis gut, es war immer gut, ich hatte noch nie ein schlechtes Zeugnis bekommen, doch ich wusste, dass sich niemand besonders dafür interessieren würde, auch vor Maries Verschwinden hatten sie sich nicht für meine Zeugnisse interessiert, sie waren daran gewöhnt, dass sie gut waren, und auch für mich bedeuteten gute Noten nur die Garantie dafür, dass ich in Ruhe gelassen wurde und niemand etwas von mir wollte. Natürlich wusste ich, dass ich nicht nur hinter meinem Rücken Streberin genannt wurde, aber das kümmerte mich nicht, das war mir egal, es sicherte den Abstand zwischen mir und den anderen, die mich zwar manchmal brauchten, zum Abschreiben oder um sich etwas erklären zu lassen, mir ansonsten aber nichts taten. Eine Fete? Aber Anne doch nicht, die brauchst du gar nicht einzuladen, vergiss es, die kommt sowieso nie, nein, die macht auch keinen Blödsinn, die doch nicht.

An jenem Morgen war das Wetter gut gewesen, es versprach, ein schöner Tag zu werden, ich hatte Maries Rad genommen, um zur Schule zu fahren, leihweise, wie ich unserer Mutter versprach, nur bis Marie zurückkommt, natürlich gehört das Fahrrad ihr, das weiß ich doch, aber als ich nach Hause fuhr, fing es an zu regnen, und ich war klatschnass, als ich daheim ankam. Die rote Jacke hing natürlich noch am Haken. Unser Vater war nicht da, das hatte ich auch nicht erwartet, seit Maries Verschwinden war er tagsüber nie zu Hause, vermutlich suchte er die Stadt nach seiner Tochter ab, obwohl er das nicht sagte, aber ich fragte ihn auch nicht danach.

Ich aß in der Küche ein Käsebrot und trank ein Glas Milch, dann ging ich hinauf in Maries Zimmer, das, obwohl ich es jeden Tag lüftete, noch immer nach Räucherstäbchen roch. Ich ging fast jeden Mittag hinauf, nach der Schule, ohne dass ich dafür einen wirklichen Grund hätte angeben können, es war nur ein verschwommenes Gefühl, als könnte ich damit die Nähe zu ihr wiederfinden, die wir früher, als wir noch Kinder waren, doch gehabt hatten.

Ich machte ihren MP3-Player an und legte mich auf ihr Bett, vielleicht war das ebenfalls ein Versuch, ihr nahe zu sein. Manche Musikstücke, die sie geladen hatte, waren mir zu schnell und zu laut, doch sie hatte seltsamerweise auch viele Lieder heruntergeladen, und manche Texte verblüfften mich, sie schienen so genau zu mir zu passen, als hätte Marie alles vorausgesehen und die Lieder für mich ausgesucht. Eines war von der Gruppe *Silbermond*. Darin hieß es: *Ich krieg dich nich' aus meinem Kopf und dabei will ich doch. Ich krieg dich nich' aus meinem Kopf und dabei muss ich doch.*

Ein anderes Lied, das mich ganz kirre machte, stammte von *Wir sind Helden,* das hatte ich schon ein paarmal im Radio gehört, ich wusste sogar den Namen der Sängerin, Judith Holofernes, ein Lied, das für mich jetzt eine ganz neue Bedeutung bekam, als wäre es nur für mich geschrieben worden.

Die Zeit heilt alle Wunder,
wenn du sie gut verschnürst.
Bind nur die Stelle gut ab,
bis du es gar nicht mehr spürst.
Du weißt, ein Feuer geht aus,
wenn du es länger nicht schürst,
und du weißt, dass du besser
an alte Wunder nicht rührst.

Ich lag also auf ihrem Bett, das sie seit beinahe drei Wochen nicht mehr benutzt hatte und vielleicht nie mehr benutzen würde, und dachte, wer weiß, ob sie es überhaupt noch benutzen könnte, selbst wenn sie es wollte, schließlich kennt man genug Schauergeschichten, und Marie ist leichtsinnig und unvorsichtig, das ist sie immer gewesen, ihr konnte alles Mögliche passiert sein. Vielleicht hat irgendein brutaler Kerl sie abgeschleppt und hält sie in seiner Jagdhütte mitten im Wald gefangen, als Spielzeug für seine perversen Neigungen.

Und plötzlich sehe ich eine dämmrige Blockhütte vor mir, nur durch ein hohes Fenster fällt Licht herein, genug, um ein Bett zu erkennen. Auf dem Bett liegt Marie, beide Arme seitlich nach oben gestreckt, wie gekreuzigt, und ist mit Stricken an die Bettpfosten gefesselt, sie trägt nur ein ärmelloses T-Shirt, das ihren Oberkörper bedeckt, ich sehe die blauen Flecken an ihren Armen und Beinen. Sie ist allein, der Kerl ist morgens weggefahren, wie jeden Tag, um in irgendeinem Büro oder in einer Bank unauffällig seiner Arbeit nachzugehen, aber sie weiß, dass er am Nachmittag zurückkommen wird. Sie hat Durst, sie hat Hunger, aber das kann sie aushalten, doch dann muss sie pinkeln, ich sehe, wie sie sich verkrampft und abwechselnd die Beine bewegt, wie ein kleines Mädchen, das von einem Fuß auf den anderen tritt, wenn der Drang zu groß wird, ich sehe, wie sie das Gesicht verzieht, wie sie sich auf die Lippe beißt und wie ihr am Schluss nichts anderes übrig bleibt, als den Unterkörper zur Seite zu schieben, bis über den Bettrand hinaus, und auf den Boden zu pinkeln, mehr Bewegungsfreiheit hat sie nicht.

Wenn er kommt, wird er alle möglichen Delikatessen mitbringen, und Wein, das tut er jeden Tag. Er wird sie losbinden, er wird ihr höhnisch und mit boshaftem Vergnügen zuschauen, wie sie über das Essen herfällt und gierig ein Glas Wein nach dem anderen in sich hineinstürzt, bis sie betrunken ist und die Besinnung verliert und er mit ihr machen kann, was er will. Marie, flüstere ich entsetzt, kannst du mich hören? Sie schaut mich an, sehr ernst und mit der Zuneigung, nach der ich mich immer gesehnt habe, und sagt: Omi hatte recht, Anne, wer morgens lacht und mittags singt … Ihre Stimme erstirbt, das Bild vor meinen Augen wird blasser und blasser, bis es verschwunden ist, als wäre es nie da gewesen.

Und ich lag allein in ihrem Zimmer, auf dem hässlichen,

lilafarbenen Überwurf, den sie von ihrem Weihnachtsgeld gekauft hatte, und die nassen Jeans klebten an meinen Oberschenkeln. Ich sollte aufstehen, eine trockene Hose anziehen und etwas tun, lesen oder lernen, die Küche aufräumen oder auch das Bad putzen, irgendetwas, nur nicht an die Decke starren wie der letzte Idiot, aber ich rührte mich nicht, ich lag da wie ein Stück Holz. *Die Zeit heilt alle Wunder, wenn du sie gut verschnürst.*

Marie hatte oft so auf dem Bett gelegen und an die Decke gestarrt, früher, bevor sie sich die Haare abschneiden ließ und alles anders geworden war. Was ist denn los mit dir, warum liegst du stundenlang herum, hatte ich sie einmal gefragt, und sie hatte gesagt, ich halte es nicht mehr aus, irgendwann bringe ich mich um.

Obwohl sie das schon mehr als einmal gesagt hatte, erschrak ich, doch jede Drohung, die zu oft wiederholt wird, nutzt sich ab, das Messer wird stumpf. Früher hatte ich noch versucht, sie zu trösten, hatte auf sie eingeredet, ihr alles Mögliche versprochen, aber inzwischen hatte ich gelernt, mich gegen ihre seltsamen Ausbrüche zu schützen, deshalb lachte ich nur und sagte verächtlich, um ihr zu zeigen, was ich von ihrer Großmäuligkeit hielt, hör doch auf mit dem Blödsinn, das tust du ja doch nicht.

Und warum nicht?

Weil du dich nicht traust, sagte ich, immer nur Sprüche und nichts dahinter.

Leck mich am Arsch, hatte sie gesagt, sich aufgerichtet, den CD-Player auf ihrem Nachttisch so laut wie möglich gestellt, sich wieder aufs Bett zurückfallen lassen, ihren idiotischen Plüschhasen an sich gedrückt und die Augen geschlossen, und ich hatte die Tür hinter mir zugeknallt und war wütend die Treppe hinuntergerannt, so hatte sie mich schon allzu oft abgefertigt.

Ich starrte die Decke an, graue Ringe tanzten vor meinen Augen. Ich wollte nicht an Marie denken, aber ich konnte nicht anders, seit sie verschwunden war, musste ich ununterbrochen an sie denken. Sie hätte nicht weggehen dürfen, dachte ich, sie hat das empfindliche Gleichgewicht gestört, das uns, egal ob es uns gefällt oder nicht, am Leben erhält, seit sie weg ist, hängen wir in der Luft und drohen abzustürzen.

Wir waren Schwestern und voneinander abhängig, das wurde mir auf einmal klar, und mir fiel ein Tag ein, es war mindestens zwei, drei Jahre her, an dem unsere Eltern in der Küche gestritten hatten, sehr laut, sehr böse, während Marie und ich im Wohnzimmer saßen und uns ein altes Micky-Maus-Video anschauten. Ich hielt mir die Ohren zu, konnte aber nicht verhindern, dass mir die Tränen in die Augen traten, Streit war mir unerträglich, er machte mich krank.

Nicht weinen, Anne, sagte Marie zu mir und fuhr mir über den Kopf, nicht weinen. Sie streiten sich, na und, lass sie doch streiten, hör nicht hin, es geht dich nichts an. Stell dir vor, dass sie quaken. Donald und Daisy streiten sich, quak, quak, Donald schlägt mit der Faust auf den Tisch, die Cola-Flasche fällt um, das Cola tropft auf den Boden, quak, quak, Onkel Dagobert kommt herein, eine Schachtel Cornflakes in der Hand, er lässt die Schachtel fallen, die Cornflakes kullern über den Fußboden wie goldene Taler, Onkel Dagobert rutscht auf ein paar aufgeweichten Cola-Cornflakes aus und fällt auf die Nase, quak, quak, und im nächsten Heft kommt die Fortsetzung, quak, Punkt.

In der Küche war es ruhiger geworden, aber sie stritten noch immer und meine Augen brannten. Reg dich doch nicht auf, sagte Marie, kümmere dich einfach nicht darum, du brauchst dir bloß vorzustellen, dass du nicht ihre Tochter bist, und schon geht es dich nichts an.

Und wessen Tochter soll ich sein?

Ganz einfach, sagte Marie, denk dir jemanden aus, ich habe tolle Mütter, sag ich dir. Gestern habe ich zum Beispiel eine in der Straßenbahn gesehen, sie hatte einen quittengelben Pullover an und eine knallrote Hose, eine echt scharfe Frau. Ich wette, sie ist zu ihrem Liebhaber gefahren und hat ganz vergessen, dass ich, ihr armes kleines Mädchen, hungrig und frierend zu Hause auf sie gewartet habe.

Und was bringt es dir, hungrig und frierend auf eine Mutter zu warten, die dich vergisst und zu ihrem Liebhaber fährt?, fragte ich.

Ich kann weinen, sagte Marie, ich habe einen Grund zum Weinen.

Und wo bleibe ich in deiner Geschichte, fragte ich, wo bin ich?

Dich habe ich weggedacht, sagte Marie, ich war ein Einzelkind, und dann habe ich auch die Frau in dem gelben Pullover weggedacht, ich habe die Straßenbahn weggedacht und die Autos und die Häuser und alle Whiskeyflaschen der Welt.

Und was ist übrig geblieben?

Ich, hatte Marie gesagt, ich, ich, ich.

Das war, bevor sie sich die Haare abschneiden und knallrot färben ließ. *Bind nur die Stelle gut ab, bis du es gar nicht mehr spürst.*

Da stand ich auf und ging hinunter, kratzte mein letztes

Geld zusammen, nahm noch etwas aus der Haushaltskasse und fuhr, weil es immer noch regnete, mit dem Bus nach Pasing zum Friseur. Der Salon war neu und sah bunter und modischer aus als unser alter in Allach, ich war oft genug daran vorbeigegangen, er warb damit, dass man jederzeit ohne Termin kommen könne. Trotzdem musste ich ein bisschen warten, höchstens eine Viertelstunde, sagte man mir. Ich setzte mich an einen Tisch mit Zeitschriften und blätterte darin herum, ohne etwas zu lesen und ohne überhaupt wahrzunehmen, was auf den Fotos zu sehen war, dazu war ich viel zu aufgeregt, zu erschrocken über das, was ich meinen Mut nannte, wenigstens damals tat ich das, heute würde ich sagen, es war eine verrückte Idee.

Bitte, sagte eine junge, stark geschminkte Frau, die höchstens drei Jahre älter war als ich, vermutlich war sie so alt wie Marie, sie war sehr schmal, trug eine halblange, grüne Leinenhose und ein grünes T-Shirt mit Spaghettiträgern und bauchfrei, sodass man ihr Bauchnabelpiercing sah. Ich setzte mich auf den Stuhl, auf den sie deutete, mein Gesicht im Spiegel sah blass und starr aus und wurde noch starrer, als sie hinter mich trat, mit beiden Händen meine Haare mehrmals anhob und sie wieder auf die Schultern zurückfallen ließ.

Du hast schönes Haar, sagte sie, wie möchtest du es denn haben? Ihre Stimme war ein bisschen zu hoch, zu schrill, zu gekünstelt.

Fünf Zentimeter kurz und knallrot, sagte ich.

Sie lachte und ihre Stimme klang auf einmal normaler, hast du dir das auch gut überlegt?, fragte sie, ich meine, du wirst hinterher ganz anders aussehen.

Das ist genau das, was ich will, sagte ich, und sie hielt mir eine Farbtabelle mit vielen roten Quadraten hin. Welche Farbe möchtest du?

Ich hatte nicht geahnt, dass es so viele verschiedene Rottöne für Haare gab, aber ich wusste noch genau, wie Maries Haare ausgesehen hatten, wenn sie frisch gefärbt vom Friseur zurückgekommen war, ich deutete auf ein Quadrat und sagte, dieses Rot möchte ich haben, genau das.

Fangen wir mit der Farbe an, sagte die Friseurin, dann kann ich mich zwischendrin noch um meine andere Kundin kümmern. Sie zog dünne, durchsichtige Plastikhandschuhe über ihre Hände mit den smaragdgrün lackierten Fingernägeln und machte sich daran, die Farbe zu mischen, und ich starrte in den Spiegel und nahm Abschied von meinem Gesicht und meinen schulterlangen braunen Haaren, die nicht ganz glatt waren und nicht ganz lockig. So hatte ich immer ausgesehen, seit fünfzehn Jahren war mir dieser Anblick vertraut, bis zum Überdruss, ich hatte nie wirklich gern in den Spiegel geschaut, es war mir nicht wichtig gewesen, wie ich aussah, vielleicht weil es auch für andere nicht wichtig gewesen war, schließlich war nicht ich die Schöne, sondern Marie, schon immer war das so. Sie war die Schöne, ich die Gescheite.

Doch nun betrachtete ich mich neugierig. Es war die ernsthafte, brave Anne, die mir entgegenblickte, ich fand mich nicht hässlich, so war es nicht, meine Lippen waren ein bisschen zu voll und meine Nase vielleicht zu ausgeprägt, aber meine Augen waren groß und auffallend dunkel, wie Maries Augen, es waren die Augen unseres Vaters, die wir geerbt hatten, und er hatte sie von seiner Mutter, der Bodenmais-Oma, er war der einzige ihrer drei Söhne, der diese Augen geerbt hatte, die beiden anderen waren blauäugig.

Die Friseurin machte sich an mir zu schaffen, und fast hätte ich alles rückgängig gemacht, als das Blondiermittel auf meiner Kopfhaut anfing zu brennen, aber ich zuckte nur zusammen und ließ alles über mich ergehen, und als sie mir danach die Farbe auf den Kopf schmierte, dachte ich, das scheint mein großes Talent zu sein, alles über mich ergehen zu lassen. Zwanzig Minuten lang saß ich mit der grauroten Pampe auf den Haaren da, starrte meine Hände an und hob nur manchmal den Kopf, um einen Blick auf die Pampe zu werfen, die langsam dunkler wurde. Blauer Nagellack, dachte ich, ich muss mir noch blauen Nagellack besorgen.

Und dann wusch sie die Pampe von meinem Kopf, meine Haare waren rot, aber nicht knallrot. Die richtige Farbe siehst du erst, wenn die Haare trocken sind, sagte die Grüne, jetzt fange ich an zu schneiden, und noch einmal fragte sie, bist du ganz sicher? Was ab ist, ist ab.

Ich nickte und sah, wie sie eine lange Strähne ergriff, den Ansatz langsam durch die Finger gleiten ließ und sie abschnitt, bevor sie die nächste Strähne nahm. In dicken, langen Büscheln fielen meine Haare auf den Boden, zwar röter als früher, aber eindeutig meine Haare. Ich starrte hinunter und sah, wie sie immer mehr wurden, allmählich war der ganze Boden bedeckt, und ich hatte plötzlich Angst, sie würde mir eine Glatze schneiden, so viele Haare waren es, und mein Kopf fühlte sich unnatürlich leicht an.

Ich schloss die Augen, ich wollte es nicht sehen, und außerdem war es sowieso zu spät, um es mir anders zu überlegen. Schnipp, schnapp, machte die Schere, und ich dachte, was ist bloß in mich gefahren, schnipp, schnapp, du brauchst dir bloß eine andere Anne auszudenken, sagte die Marie in meinem Kopf, schnipp, schnapp, und schon ist es passiert. Ich spürte, wie die Friseurin eine Strähne nach der anderen anhob, schnipp, schnapp, und am Schluss mit beiden Händen über meinen Kopf fuhr, und noch immer machte ich die Augen nicht auf, auch nicht, als sie mit dem Föhn meine Haare trocknete oder das, was von ihnen übrig war, falls etwas übrig war.

Jetzt kannst du die Augen aufmachen, sagte sie.

Ich machte die Augen auf, und aus dem Spiegel schaute mir Marie entgegen, Marie mit knallroten Haaren. Unwillkürlich fing ich an zu lachen, hallo, Marie, sagte ich, und Marie lachte auch und sagte, es ist sehr schön geworden, doch dann hörte ich, dass es die Friseurin war, die mit mir sprach, sieht doch toll aus, findest du nicht? Und jetzt noch ein bisschen Gel.

Ganz benommen bezahlte ich und gab ihr zwei Euro Trinkgeld, Marie hätte das bestimmt getan, ich eigentlich nicht, ich war sparsamer als sie, aber nun war alles anders. Unterwegs zum Bus ging ich noch zum Drogeriemarkt und kaufte blauen Nagellack und Nagellackentferner, dann fuhr ich nach Hause.

Unsere Mutter war schon da. Als ich die Haustür hinter mir zumachte, schoss sie aus der Küche. Ich sah, wie sich Erstaunen und die Freude auf ihrem Gesicht ausbreiteten, sie streckte mir die Hände entgegen und rief, da bist du ja endlich, und dann verschwanden das Erstaunen und die Freude ebenso schnell, wie sie gekommen waren, es war, als hätte jemand in ihrem Inneren das Licht ausgeknipst. Oh Gott, was hast du bloß gemacht, rief sie und fing an zu schimpfen, wie sie vor zwei Jahren mit Marie geschimpft hatte, und wie

Marie damals reagierte auch ich nicht darauf, und als sie zu jammern begann, wie schade, deine schönen Haare, zuckte auch ich nur mit den Schultern und sagte, über Geschmack lässt sich nicht streiten. Nur unser Vater sagte nicht, wie er damals gesagt hatte, ich finde es gar nicht so schlecht, soll sie sich doch die Haare färben, wenn sie will, sie muss sich selbst gefallen, nicht uns. Warum hätte er das auch sagen sollen, er hatte mich nie unterstützt.

Als unsere Eltern im Wohnzimmer vor dem Fernseher saßen, schlich ich mich, den Nagellack in der Hand, die Treppe hinauf in Maries Zimmer und schloss leise die Tür, bevor ich das Licht anknipste. Doch erst als ich mir die Fingernägel und die Fußnägel blau lackiert hatte, machte ich ihren Kleiderschrank auf und betrachtete mich in dem großen Spiegel auf der Innenseite der Tür.

Warum wunderst du dich eigentlich, sagte die Marie aus dem Spiegel, wir haben uns doch immer ähnlich gesehen.

Ja, stimmt, sagte ich, als wir klein waren, haben wir immer die gleichen Sachen anhaben müssen.

Wir waren eben Schwestern, und jeder sollte das sehen, sagte Marie und lächelte, und ich merkte, wie sich auch meine Mundwinkel nach oben zogen.

Unsere Sachen waren nicht immer gleich, korrigierte ich mich, du hast neue bekommen und ich habe deine alten geerbt, aber das ist nicht weiter aufgefallen, weil unsere Mutter immer Rosa für ihre Töchter wollte.

Was für reizende Mädchen, rief Marie kichernd, die sehen ja soooo süß aus.

Rosafarbene T-Shirts, rosafarbene Pullover, rosafarbene Socken und sogar rosafarbene Unterhosen.

Und einmal hatten wir sogar rosa Gummistiefel, sagte Marie.

Und ich sagte, und immer die gleichen Frisuren.

Wir lachten beide, aber es war kein fröhliches Lachen, weder bei ihr, Marie, noch bei mir, Anne. Wo ihr euch doch so ähnlich seht, sagte ich im Tonfall unserer Mutter, und Marie fügte hinzu, wäre nicht der Größenunterschied, könnte man euch für Zwillinge halten.

Auf einmal bekam sie diesen trotzigen, herausfordernden Ausdruck, und ich spürte, wie sich meine Gesichtsmuskeln verzogen, ich konnte es auch, ich konnte aussehen wie sie. Sie starrte mich an, ich starrte zurück. Bis ich anfing, mich zu wehren, sagte sie, bis ich mir die Fingernägel und die Fußnägel blau lackiert habe, bis ich mir die Haare abschneiden und rot färben ließ, da war es endgültig vorbei mit der Ähnlichkeit.

Ich habe immer gewusst, dass diese Ähnlichkeit eine Täuschung war, sagte ich, eine Lüge, etwas, was unsere Mutter sich vorgemacht hat, was sich sogar Omi vorgemacht hat, obwohl sie es eigentlich besser wissen musste. Wenn jemand den Unterschied zwischen uns beiden kannte, dann war es Omi, meinst du nicht?

Ja, sagte Marie, ja, das stimmt, und dann fragte sie, warum haben sie uns das angetan?

Ja, fragte auch ich, warum haben sie uns das angetan?, und plötzlich wusste ich nicht mehr, wer von uns beiden Marie war und wer Anne, die im Spiegel oder die davor.

Als ich merkte, dass mir die Tränen in die Augen stiegen, schlug ich schnell die Schranktür zu, auch sie sollte mich nicht weinen sehen, noch nicht mal die Marie im Spiegel.

Zwölf

Manche Erinnerungen sind so sperrig, dass sie noch nicht einmal in den eigenen Kopf passen. Man muss sie zurechtstutzen und ihre Kanten glätten, um sie unterzubringen und irgendwie hantierbar zu machen. Und wenn man sich schon dazu aufrafft, von ihnen zu sprechen, ist man unwillkürlich bemüht, sie so zu erzählen, dass man nicht als der oder die Dumme dasteht.

Man könnte zum Beispiel anführen, dass eine Fünfzehnjährige keine Erfahrung mit der Nacht hat, mit einer mondlosen Dunkelheit, in der noch nicht einmal eine Straßenlaterne ein bisschen Licht verströmt, denn hätte es eine Laterne gegeben, wäre sie vielleicht in den Lichtkreis getreten, hätte die Gefahr erkannt und wäre weggelaufen.

Oder man könnte sagen, dass eine Fünfzehnjährige zu naiv ist, zu unerfahren, und fast zwangsläufig zum Opfer wird, schuldlos und nicht aus Dummheit, denn wer kann von so einer schon erwarten, dass sie eine Gefahr, in der sie noch nie war, richtig einschätzt, das ist doch einfach zu viel verlangt, könnte man sagen.

Oder man könnte die Ansicht vertreten, dass man, wie vor Gericht, nicht schuldfähig oder nur vermindert schuldfähig ist, wenn einem Hormone wie Drogen die Adern überschwemmen und man den vernünftigen Umgang mit ihnen noch nicht gelernt hat, obwohl ich zugeben muss, dass ich das bis heute noch nicht kann, ich halte derartige Empfindungen lieber gut verschnürt hinter Schloss und Riegel, zu meiner eigenen Sicherheit, das ist es, was mir Torsten immer vorgeworfen hat, aber er war es auch nicht wert, dass ich ihm zuliebe auch nur einen Bruchteil meiner Vorsicht aufgegeben hätte, er bestimmt nicht.

Man könnte also wirklich viele Gründe dafür anführen, dass man Erinnerungen glättet und schönt oder sie lieber gar nicht erst anschaut.

Für mich ist solch eine sperrige Erinnerung die an die Pasinger Clique, von der diese grauhaarige, mütterlich aussehende Kommissarin bei einem ihrer Besuche erzählt hatte, und am liebsten würde ich das Ganze so darstellen, als hätte ich die Leute von Anfang an durchschaut und wäre eher zufällig in den Schlamassel geraten, wie es jedem passieren kann. Pech gehabt, Anne, nimm's nicht so schwer, that's life, wenn dir jemand einen Stein in den Weg legt, brauchst du dich doch nicht zu wundern, dass du stolperst.

Ich hatte sie gefunden, die Clique, es hatte ein paar Tage gedauert, in denen ich durch Pasing gestreunt war, nicht nur mit Maries kurzen roten Haaren, sondern auch angezogen wie sie, mit ihrer roten Jacke über einer schwarzen Jeans und einem schwarzen Top. Es waren Ferien, ich hatte genug Zeit, denn ich hatte es abgelehnt, allein nach Bodenmais zu fahren, und meine Mutter hatte sofort nachgegeben, es war fast, als würde ich nur durch die Kraft meiner knallroten Haare ihren Widerstand lähmen, und mein Vater kümmerte sich sowieso um nichts, er fuhr morgens nach dem Frühstück los, kam zu einem schnellen Mittagessen nach Hause und machte sich dann wieder auf den Weg, bis abends. Und ich? Ich vernachlässigte den Haushalt, ich vernachlässigte den Garten und reagierte nicht, wenn meine Mutter mir Vorhaltungen machte. Mein neues Aussehen veränderte mich, Rothaarige sind nicht gefügig, Rothaarige lassen sich nicht herumkommandieren.

Ich streunte tagsüber durch Pasing, ich lief durch alle Anlagen, schaute mich im Bahnhof und um die Baustellen herum um, im Einkaufszentrum und in den verschiedenen Schnellimbissen, vor den Schulen und im Stadtpark, und hielt Ausschau nach Jugendlichen, von denen es hier erstaunlich viele gab, offenbar fuhren längst nicht alle ins Ausland, wie ich nach den Erzählungen meiner Mitschüler eigentlich angenommen hatte. Wenn ich irgendwo ein paar zusammen rumhängen sah, ging ich dicht an ihnen vorbei und starrte in ihre Gesichter, in der Hoffnung, so etwas wie Erkennen zu entdecken oder gar angesprochen zu werden, aber alle schauten gleichgültig an mir vorbei, und wenn mal einer etwas zu mir sagte, war es nur eine dumme, plumpe Anmache.

Am fünften Tag, ich hatte gerade den Steg zum Stadtpark überquert und näherte mich der Bowlingbahn, geschah dann das, was ich mir erhofft hatte, jemand schlang von hinten die Arme um mich und rief, he, Marie, wo hast du denn die ganze Zeit gesteckt?

Ich drehte mich um, ich schaute den Jungen an und er schaute mich an. Du bist nicht Marie, sagte er verblüfft, und ich sagte, nein, ich bin Anne.

Der Junge war Marco.

Es waren vier, Pete, Django, Peggy und Marco, der unangefochtene Boss der Gruppe, und außerdem gehörte noch Rambo dazu, Djangos Hund. Ich wusste sofort, dass sie die Richtigen waren, und wunderte mich, dass ich nicht gleich auf sie gekommen war. Ich hatte sie schon öfter vor unserer

Schule rumhängen sehen, provozierend und laut, und ebenso oft hatte ich gehört, wie unser cholerischer Hausmeister geschimpft hatte, eine verdammte Saubande ist das, wenn ich die erwische, können sie was erleben, zerschmeißen Flaschen und lassen Bierdosen und ihren Müll hier vor der Schule herumliegen und ich muss dann die Scherben zusammenkehren und den Mist wegräumen.

Ich blieb den ganzen Nachmittag mit ihnen zusammen, sie schienen es vollkommen normal zu finden, dass ich das tat, sie fragten auch nicht weiter nach Marie, sie wussten ja von der Befragung durch die Polizei, dass sie abgehauen war, sie erkundigten sich lediglich, ob sie wieder nach Hause gekommen sei, und als ich den Kopf schüttelte, ließen sie es dabei bewenden. Wir saßen im Stadtpark auf Bänken, tranken Cola und Bier, das mir anfangs nicht schmeckte, aßen Chips, die Django aus seinem Rucksack zog, und hörten Musik aus Peggys MP3-Player, eine harte, rhythmische Musik, die mir früher nicht gefallen hatte und mir auf einmal ganz natürlich vorkam, ausgerechnet in der freien Natur, unter den Bäumen im Stadtpark, ausgerechnet zusammen mit Vogelgezwitscher, dem Lärm spielender Kinder und dem fernen Kläffen von Hunden, bei dem Rambo, Djangos Hund, die Ohren spitzte und manchmal kurz und gelangweilt antwortete.

Ab und zu sagte jemand etwas, aber nichts war besonders spannend, trotzdem war ich fasziniert von ihnen, sie waren ganz anders als die Leute, die ich kannte. Wie soll ich sie beschreiben? Aussteiger, hatte die Kommissarin gesagt, und ich hatte Ausgestoßene gedacht, beides stimmte und stimmte irgendwie auch nicht. Sie waren keine Obdachlosen, wenigstens sahen sie nicht so aus, aber ich habe nie erfahren, wo sie zu Hause waren, wo sie nachts schliefen, wenn das Wetter schlecht war und sie nicht einfach im Stadtpark bleiben konnten, ich habe auch nie erfahren, woher sie das Geld für Cola, Bier und Zigaretten hatten und wer Rambos Hundemarke bezahlt hatte. Ich habe sie ebenso wenig danach gefragt, wie sie mich nach irgendetwas gefragt haben, es war Sommer, wir waren zusammen, mehr brauchten wir nicht zu wissen, weder sie noch ich. Ich dachte nicht viel nach, eigentlich überhaupt nicht, vielleicht war es die einzige Zeit in meinem Leben, in der ich nicht nachdachte, ich ließ mich einfach treiben, so wie sie sich treiben ließen.

Pete war nicht viel größer als ich, schmal, drahtig und mit so pechschwarzen Haaren, dass ich mich unwillkürlich fragte, ob sie gefärbt waren, vor allem, weil sie nicht zu seinen blaugrünen Augen passten, eine Farbe, wie ich sie noch bei keinem Menschen gesehen hatte. Er war nicht unansehnlich, auf eine gewisse Weise war er sogar attraktiv, aber er hatte etwas Wieselhaftes an sich, etwas, das zur Vorsicht mahnte, pass auf, Anne, komm ihm nicht zu nahe, sonst könntest du dir die Finger verbrennen.

Im Gegensatz zu ihm war Django zwar groß, aber etwas dicklich, mit strähnigen, schulterlangen Haaren, ein Typ, der nicht viel redete, dafür umso mehr lachte, auch wenn es eigentlich nichts zu lachen gab, er lachte über jede Bemerkung, fing schon an zu lachen, wenn einer der anderen bloß den Mund aufmachte, und ähnlich freundlich war auch Rambo, sein Hund, eine salz- und pfefferfarbene Terriermischung mit einer schwarzen Schnauze und hübschen schwarzen Augen.

Peggy, das einzige Mädchen der Gruppe, kam mir ein bisschen unterbelichtet vor, sie war es vermutlich auch, und sie wirkte, obwohl sie stark geschminkt war, vollkommen farblos, sie war der lebende Beweis dafür, dass auch schwarzer Kajal, ein dunkelroter Lippenstift und angeklebte Wimpern ein Gesicht nicht zwangsläufig ausdrucksvoller machen, starke Farbkontraste sind offenbar nicht alles. Ich nehme an, dass ich, wären die anderen nicht gewesen, nie auch nur ein Wort mit ihr gesprochen hätte, sie war einfach nicht mein Typ.

Und Marco? Er war schön, man kann es nicht anders sagen, er war braunhaarig, braunäugig und braunhäutig, jemand, der überall die Blicke auf sich gezogen haben würde, egal wo er war. Er hatte etwas Geheimnisvolles an sich, ich musste immer wieder verstohlen zu ihm hinschauen, zu diesem hochmütigen Gesicht mit den schmalen braunen Augen, der geraden Nase und den geschwungenen Lippen, um die ihn jedes Mädchen beneidet hätte, ebenso wie um seine langen Wimpern, die garantiert nicht angeklebt waren. Er hatte einen flaumigen Dreitagebart, der ihn zugleich herausfordernd männlich und ungeheuer verletzlich aussehen ließ und mich an die frisch geschlüpften, gelbflaumigen Küken erinnerte, die mir die Bodenmais-Oma immer in die offenen Hände gesetzt hatte, ich meinte wieder das klopfende Leben unter dem Flaum zu spüren, und in mir stieg die Rührung auf, die ich jedes Mal bei einem neugeschlüpften oder neugeborenen Tier empfunden hatte, bei jedem Kalb, bei jedem Ferkel, auch bei den kleinen Katzen, die noch blind waren, als die Bodenmais-Oma sie uns hinten in der Scheune gezeigt hatte.

Manchmal trafen sich unsere Blicke, meine und Marcos, dann wandte ich schnell das Gesicht zur Seite, konnte aber nicht verhindern, dass mir das Blut verräterisch in den Kopf schoss, was er bestimmt bemerkte, und nicht nur er.

Einmal, als Peggy und ich ins Gebüsch gingen, weil wir pinkeln mussten, sagte sie plötzlich, ohne dass ich sie danach gefragt hatte, Marie war Marcos Freundin, sie waren ganz verrückt nach einander, keine Ahnung, warum es dann aufgehört hat, wer von beiden nicht mehr wollte.

Ihre Stimme klang verschwörerisch, als hätte sie mir ein Geheimnis verraten, doch ich hörte auch Neid und Eifersucht heraus. Kein Wunder, dachte ich, denn dass sie in Marco verliebt war, merkte man an der Art, wie sie ihn ansah, an ihrer hohen, weichen Stimme, wenn sie ihm bei allem, was er sagte, beipflichtete, ja, das stimmt, Marco, du hast ja so recht, Marco, das finde ich auch, Marco. Aber darauf fiel er offenbar nicht rein, er behandelte sie mit fast verletzender Gleichgültigkeit, ähnlich wie er Djangos Hund behandelte. Ich konnte es mir auch nicht anders vorstellen, wenn er tatsächlich mit Marie zusammen gewesen war, konnte ihn ein so dummes Huhn doch wirklich nicht reizen.

Als es dunkel wurde, verabschiedete ich mich mit einem kurzen *Bye* von ihnen, ohne dass wir uns für den nächsten Tag verabredet hatten, trotzdem wusste ich, dass wir uns wieder treffen würden und dass sie das ebenfalls wussten. Und so war es auch. Ich hing fast zwei Wochen mit ihnen herum, von morgens bis abends, wir hielten uns mal da, mal dort auf, aber meistens im Stadtpark.

Wenn ich spätabends nach Hause kam, ließ ich das Gezeter unserer Mutter gleichgültig über mich ergehen, es war, als wäre ich in Maries Körper geschlüpft, als hätte ich jetzt nicht nur rote Haare wie sie, sondern wäre auch ebenso trotzig und provozierend, und mit diesem Verhalten entwaffnete ich unsere Mutter ebenso, wie sie es getan hatte.

Später, wenn ich dann im Bett lag, kam Marie zu mir, und ich erzählte ihr, was wir tagsüber gemacht hatten, auch wenn es nicht viel zu erzählen gab, genau genommen ging es nur um Marco.

Manchmal, wenn er sich unbeobachtet glaubt, wird sein Gesicht ernst und nachdenklich, sagte ich, dann sieht er so aus, dass es einem ans Herz greift, doch wenn ihn dann einer anspricht, bekommt er sofort wieder dieses hochmütige Gesicht.

Ja, er kann sich gut verstellen, sagte Marie, du solltest dich vor ihm in Acht nehmen.

Ich wurde wütend, widersprach, er wehrt sich gegen die Welt, behauptete ich, in ihm steckt etwas, ein verborgener Schatz, den er nicht zeigen will. Marie, hast du gesehen, was in ihm steckt?

Ein andermal sagte ich, er ist schön, hat er dich auch an Onkel Hans erinnert? Nein? Vielleicht hast du recht, er ist jünger und sieht auch viel besser aus, abgesehen davon hat er keine blauen Augen und zurückgeblieben ist er auch nicht, ich glaube sogar, er ist sehr klug, ich verstehe nicht, warum er nur so rumhängt, warum er nichts aus seinem Leben macht, vielleicht braucht er ja Hilfe. Hast du ihm nicht helfen können?

Wie hätte ich ihm helfen können, sagte Marie, ich konnte mir ja selbst nicht helfen, aber das sagte sie natürlich nicht, und als ich morgens aufwachte, dachte ich, was war das bloß für ein seltsamer Traum.

Es passierte wirklich sehr wenig in jenen Tagen, in diesen ersten Wochen der Sommerferien, kaum etwas, was sich zu erzählen lohnen würde, das Wetter war wunderbar, jeden Tag schien die Sonne von einem blauen Himmel, und die Bauern fingen schon an zu jammern, es sei höchste Zeit, dass diese Hitzeperiode zu Ende gehe, sonst müsse man mit Ernteeinbußen rechnen.

Wir genossen unsere Tage auf eine seltsam träge Art, eigentlich hätten wir uns langweilen müssen, weil so wenig geschah, aber wir taten es nicht, wir hockten oder lagen in der Sonne, und wenn es uns zu heiß wurde, gingen wir in den Schatten, wir tranken Cola und Bier, an das ich mich inzwischen gewöhnt hatte, auch wenn es mir nicht wirklich schmeckte, wir rauchten, das heißt, die anderen rauchten, wir hörten Musik, und manchmal machte jemand eine mehr oder weniger witzige Bemerkung, um uns zum Lachen zu bringen, aber meist war es nur Django, der lachte. Ich hatte mich mit Rambo angefreundet, dem kleinen, nicht mehr ganz jungen Hund, und er dankte mir meine Zuneigung, indem er immer begeistert an mir hochsprang, wenn ich kam, und mir lange und hingebungsvoll die Hände leckte, und wenn er eine Möglichkeit dazu sah, auch das Gesicht.

Es geschah wirklich kaum etwas, bis auf das eine, was meinem Ausflug in diese andere, seltsam faszinierende Welt ein gewaltsames Ende setzte. Übrigens habe ich seither auch kein Bier mehr angerührt und meistens lasse ich auch die Finger von Wein.

Es fing damit an, dass wir eines Nachmittags nichts mehr zu trinken hatten. Ich sagte, schauen wir doch mal, was wir zusammenkriegen, und fischte drei Eurostücke aus meiner Hosentasche.

Lass nur, sagte Pete, griff nach Peggys Umhängetasche und lief den Weg hinauf, und wir schauten ihm träge hinterher, bis er um die Biegung verschwunden war. Als er zurückkam, packte er grinsend mehrere Bierdosen und eine Flasche Wodka aus, verteilte die Bierdosen und hielt Marco den Wodka hin, hier, sagte er, mit einem schönen Gruß von Herrn und Frau Tengelmann, du sollst es dir schmecken lassen und auf ihr Wohl trinken.

Django lachte und Marco stieß einen anerkennenden Pfiff aus, nicht schlecht, Herr Specht, sagte er, schraubte den Verschluss ab, nahm einen Schluck und ließ die Flasche herumgehen. Nein, sagte ich, als Pete sie mir hinhielt. Ich war mir nicht sicher, ob ich das, was passiert war, richtig verstanden hatte, vermutlich wollte ich es nicht verstehen, aber man sah mir wohl an, dass mir die Situation, gelinde gesagt, unbehaglich war, denn plötzlich stand Marco vor mir, legte die Arme um mich und zog mich an sich, zum ersten Mal, und ich war so überrascht, dass ich mich nicht wehren konnte. Ich hätte es auch nicht getan, selbst wenn ich es gekonnt hätte, ich wurde innerlich ganz weich bei seiner Umarmung. Sein Körper war hart und fest, und er roch nach Sonne und ein bisschen nach Schweiß und Zigarettenrauch.

Da ist doch nichts dabei, sagte er leise neben meinem Ohr, ich spürte seinen warmen Atem an meinem Hals und roch den Wodkageruch aus seinem Mund. Da ist doch nichts dabei, sagte er noch einmal eindringlich und lockend, die haben genug Geld, mehr, als sie brauchen, sie sind die Ausbeuter und wir die Opfer, wir sorgen nur für ein bisschen ausgleichende Gerechtigkeit.

Ich antwortete nicht, aber nicht deshalb, weil ich nichts zu sagen gehabt hätte, ich war überwältigt von einem neuen Gefühl, für das ich keine Worte fand, auch wenn ich, zumindest theoretisch, ahnte, was es war, schließlich hatte ich genug Liebesgeschichten gelesen, aber so hatte ich es mir nicht vorgestellt, woher hätte ich es auch wissen sollen, ich war fünfzehn und vollkommen unerfahren, die zwei, drei Jungen aus der Schule, die mal versucht hatten, sich an mich ranzumachen, hatten mich einfach nicht interessiert. Ich wurde von diesen neuen Gefühlen mitgerissen, ich fragte mich auch nicht, ob das, was ich empfand, Liebe war, es war mir egal, ich wollte nur, dass es nie aufhörte.

An diesem Abend fuhr ich nicht nach Hause, als es dunkel wurde, ich konnte mich nicht von ihnen trennen, ich konnte mich nicht von ihm trennen, meine Empfindungen waren zu heftig, sie ließen sich nicht zur Seite drängen und auf morgen verschieben. Wir saßen nebeneinander auf einer Lichtung, zusammen mit Pete, Django und Peggy, aber ich hörte und sah nichts außer Marco, ich spürte nur ihn, der meine Hand hielt und ab und zu mit dem Finger über meinen Puls strich, da, wo die Haut besonders dünn und empfindlich ist, und dann war es jedes Mal, als würde tief in mir etwas explodieren und jeden Nerv und jeden Muskel vibrieren lassen.

Inzwischen hatte sich die Nacht über den Stadtpark gesenkt, eine dunkle, mondlose Nacht, es war noch immer angenehm warm, eine jener lauen Sommernächte, die zu schade sind, um sie zu verschlafen, zumindest denkt man das, wenn man fünfzehn ist und so naiv, dass man sich für stark und unverletzlich hält. Wir hatten uns ausgestreckt und schauten hinauf in den Himmel, zwischen den Baumwipfeln blitzten Sterne, die gegen die Dunkelheit nicht viel ausrichteten. Peggy hatte die Musik leiser gestellt, die Verkehrsgeräusche der fernen Straßen mischten sich mit dem Rauschen der Bäume über uns, und einmal heulte weit weg eine Polizeisirene, sonst war kaum etwas zu hören, der Stadtpark schien, abgesehen von uns, menschenleer zu sein.

Irgendwann standen Pete, Django und Peggy auf, sie nahmen ihre Jacken und verschwanden hinter den Büschen, Rambo leckte noch kurz über meine Hand, dann lief er seinem Herrchen hinterher. Ich wollte ebenfalls aufstehen, um ihnen zu folgen, aber Marco hielt mich zurück. Und dann ging alles sehr schnell.

Man kann nicht sagen, dass er mich vergewaltigt hätte, ich habe mich später genau informiert, ich habe es nicht gewollt, zumindest nicht so, das stimmt und das muss er gemerkt haben, doch ich habe mich nicht gewehrt, ich habe nicht gegen ihn gekämpft, was ich hätte tun müssen, aber nicht tun konnte, ich war wie gelähmt vor Schreck und Entsetzen, und laut um Hilfe geschrien habe ich auch nicht, dafür war meine Scham zu groß. Es war schlimm genug, dass mir das passierte, es durfte niemand mitbekommen, auf keinen Fall, dann wäre ich vor Scham und Schande gestorben. Niemand sollte je erfahren, was mir angetan wurde, deshalb ließ ich alles mit geschlossenen Augen über mich ergehen, die Schmerzen, die Gewalt, so war ich nun mal, kämpfen war nicht meine Stärke, ich wollte nur, dass es so schnell wie möglich vorbei war, ich wollte sein Keuchen nicht mehr hören, seinen Atem nicht mehr riechen, seinen Körper nicht mehr spüren, weder in mir noch auf mir. Erst als er endlich schwer atmend von mir rollte, machte ich die Augen auf.

Und da sah ich sie stehen, alle drei, kaum einen Meter von mir entfernt standen sie da und schauten feixend auf mich herab, ihre Gesichter waren helle Flecken gegen die Schatten zwischen den Bäumen, und was ich in ihnen sah, war eine Mischung aus Schadenfreude und Gier, kein Mitleid, kein Erbarmen. Sie standen da und starrten mich an. Ich starb nicht, zumindest nach außen starb ich nicht, aber innerlich fühlte ich mich leer und tot. Ich weinte auch nicht, diesen Gefallen tat ich ihnen nicht. Ich hatte keine Ahnung, wie lange sie schon da gestanden hatten und warum, war das alles vielleicht nur geschehen, um mich zu beschämen, um meine Schande sichtbar zu machen?

Rambo kam schwanzwedelnd auf mich zu und leckte mir das Gesicht, die anderen rührten sich nicht, auch der Mann neben mir rührte sich nicht. Ich schob Rambo von mir, zog meine Unterhose und die Jeans an und stand auf, und es gelang mir, mich trotz meiner weichen Knie auf den Beinen zu halten, ich griff nach meiner Tasche und nach Maries Jacke und lief los, ohne mich noch einmal umzudrehen, weder nach den dreien, die immer noch feixend dastanden, noch nach dem anderen, der noch auf dem Boden lag, neben der Stelle mit dem zerdrückten Gras, wo es passiert war.

Um diese Nachtzeit gab es keine öffentlichen Verkehrsmittel mehr und ich hatte nur noch drei Euro, das reichte nicht für ein Taxi, ich musste also den ganzen langen Weg zu Fuß zurücklegen, trotz meiner Schmerzen, trotz der Übelkeit, die mich nicht losließ, auch nicht, als ich mich ein paarmal übergeben hatte und nur noch bittere Galle aus mir herausbrach. Ich lief weiter, mechanisch, ohne nachzudenken, ich wollte nur in mein Bett und die Decke über mich ziehen, ich wollte sterben.

Als ich endlich zu Hause ankam, schlich ich mich ins Bad und reinigte mich notdürftig, ich wusch das Blut aus meiner

Unterhose und schob sie ganz tief unten in den Korb mit der schmutzigen Wäsche, ich wusch auch meine Jeans und hängte sie unten, in meinem Zimmer, über den Stuhl, und während der ganzen Zeit dachte ich an Omi, die einmal gesagt hatte, das Leben einer Frau besteht nur aus Schmerzen, Blut und Tränen. Erst als ich im Bett lag, spürte ich, wie Wut in mir aufstieg, eine heiße, kochende Wut, die mich ganz ausfüllte. Nein, Omi, sagte ich, für mich gilt das nicht, ich will das nicht, auch wenn ich jetzt weiß, was du mit Schmerzen, Blut und Tränen gemeint hast, aber nicht mit mir, nein, ich werde dafür sorgen, Omi, dass mein Leben nicht nur aus Schmerzen, Blut und Tränen besteht.

Ich weiß nicht, ob ich in der kurzen Zeit, die die Nacht noch dauerte, überhaupt geschlafen habe, ich glaube es nicht, denn irgendwann kam Marie und sagte, er gehört mir, er hat immer mir gehört, es geschieht dir ganz recht, dass es dir jetzt so beschissen geht, hörst du, du bist selber schuld.

Und auch gegen sie wehrte ich mich nicht, ebenso wenig, wie ich mich gegen ihn gewehrt hatte. Obwohl ich schon damals wusste, dass es mir nicht recht geschehen war, ich war dumm und naiv gewesen, aber das rechtfertigte noch lange nicht das, was passiert war, was er mir angetan hatte, es rechtfertigte auch nicht das Verhalten der drei anderen. Ich konnte es mir nicht erklären, jeder Ansatz einer Erklärung wurde von einer Welle von Wut und Entsetzen weggespült.

Erst Tage später fiel mir ein, dass es Gefahren gab, an die ich vorher gar nicht gedacht hatte: Ich könnte schwanger sein, ich könnte mich mit Aids infiziert haben, vielleicht auch beides.

Ein paar Tage lang quälte ich mich mit meinen Ängsten

herum, ein paar Tage lang dachte ich, wenn das passiert ist, werde ich sterben, muss ich sterben. Und dann beschloss ich, zu Doktor Kugler zu gehen. Ärzte unterliegen der Schweigepflicht, dachte ich, vermutlich gilt das auch bei Minderjährigen. Natürlich wusste ich noch, wie wütend ich vor zwei Jahren auf ihn gewesen war, an Maries sechzehntem Geburtstag, aber das spielte jetzt keine Rolle mehr, er war der einzige Arzt, den ich kannte, er war meine Hoffnung, es gab sonst keinen Menschen, an den ich mich hätte wenden können.

Dreizehn

Nichts weist einen so unübersehbar darauf hin, dass jemand fehlt, egal ob vorübergehend oder für immer, wie ein leerer Stuhl, ein leeres Bett oder ein leerer Platz auf der Rückbank eines Autos. Dieser Platz, auf dem immer zwei Personen gesessen haben, fühlt sich ganz anders an, wenn auf einmal nur eine darauf sitzt. So ging es mir, nun eine Art Einzelkind, als wir nach Bodenmais fuhren, ich wusste noch nicht, was ich mit diesem Platz anfangen sollte, wie so viel Raum von einem einzigen Menschen ausgefüllt werden konnte.

Die Bodenmais-Oma war gestorben, drei Wochen nach einem Schlaganfall. Man muss mit dem Schlimmsten rechnen, hatte Onkel Karl gesagt, als er uns anrief, um Bescheid zu sagen, dass sie ins Krankenhaus eingeliefert worden war, bewusstlos und in schlechtem Zustand, ich denke, du solltest gleich herkommen, Josef, der Arzt hat gesagt, man muss mit dem Schlimmsten rechnen. Mein Vater hatte aufgelegt, und ich hatte gedacht, wie ähnlich er der Bodenmais-Oma auf einmal sieht. Was soll ich machen?, hatte er gesagt, hilflos wie ein kleines Kind. Aber da hatte meine Mutter schon den karierten Koffer geholt und seinen Schlafanzug, etwas Unterwäsche, Waschzeug und zwei Hemden zum Wechseln eingepackt. Er fuhr sofort los, und als er ein paar Tage später zurückkam, sagte er bedrückt und verwirrt, sie ist nicht ansprechbar, sie liegt da wie tot mit all den Schläuchen. Ihr Zustand ist jetzt stabil, sagen sie im Krankenhaus, aber niemand kann wissen, ob sie je wieder so sein wird, wie sie war, ob sie je wieder reden können wird.

Und nun war es also doch passiert, das Schlimmste, mit dem man hatte rechnen müssen.

Wir saßen im Auto, nur wir drei, meine Mutter, mein Vater und ich. Da war Marie schon fast ein Jahr weg, und aus meinen Haaren, die ich noch immer so kurz trug wie sie, war die rote Farbe längst herausgewachsen. Ich dachte nicht mehr oft an Marco und die anderen, und wenn ich sie in Pasing zufällig einmal sah, wechselte ich auf die andere Straßenseite oder tat, als würde ich sie nicht erkennen, als wäre das alles nie passiert. Rambo war nicht mehr bei ihnen, vielleicht war er inzwischen gestorben, aber ich erkundigte mich nicht, wo er abgeblieben war, ich vermied jeden Blickkontakt mit ihnen. Das war allerdings nicht schwer, auch sie taten, als würden sie mich nicht kennen, als hätte es diese zwei Wochen im letzten Sommer nie gegeben. Für mich war das Schlimmste vorbei, ich war nicht schwanger geworden, ich hatte mich nicht mit Aids infiziert und Doktor Kugler hatte mich nicht an meine Eltern verraten, auf die ärztliche Schweigepflicht konnte man sich zum Glück verlassen.

Ich hatte die Geschichte abgehakt, so gut es eben ging, und versuchte, sie zu vergessen, aus, vorbei, basta, nie wieder würde mir so etwas passieren, da war ich ganz sicher, ich hatte Glück gehabt, würde mein Glück aber nicht noch einmal auf die Probe stellen. An Marie dachte ich allerdings sehr oft, auch wenn ich allen Gesprächen über sie auswich. Wenn meine Mutter oder mein Vater sich laut fragten, was Marie jetzt wohl macht, verließ ich das Zimmer, und wenn einer sagte, dies oder jenes sollten wir nicht tun, das würde Marie nicht mögen, sagte ich, ich muss noch lernen, und ging in mein Zimmer. Marie, immer nur Marie, es hörte einfach nicht auf. Doch für mich war unsere Mutter in Gedanken längst zu *meiner* Mutter geworden und unser Vater zu *meinem* Vater, auch wenn sie das nicht wussten und ich es nicht laut zu sagen wagte.

Wir waren unterwegs zum Bayrischen Wald, zur Beerdigung. Meine Mutter fuhr, mein Vater saß zusammengesunken auf dem Beifahrersitz, mit versteinertem Gesicht, und sagte kein Wort. Es war unsere erste längere Autofahrt seit Maries Verschwinden, unsere erste gemeinsame Fahrt, und ich dachte daran, wie es auf unseren früheren Fahrten gewesen war. Wenn Marie gute Laune hatte, war es wirklich lustig gewesen, wir hatten Kinderspiele gespielt, ich sehe was, was du nicht siehst, oder wir hatten versucht, die Namen der Städte auf den Nummernschildern der Autos zu erraten, da war ich immer besser gewesen als sie, oder wir dachten uns, je nach der Buchstabenkombination, mögliche Vor- und Nachnamen der Besitzer aus, und da war Marie besser gewesen als ich. Aber wenn sie schlechte Laune hatte, maulte sie während der ganzen Fahrt, mach dich nicht so dick, zieh deine Beine ein, hör endlich auf, mich mit dem Ellenbogen zu stoßen, schnauf nicht so laut, hör auf zu schmatzen, guck mich nicht so an, und dann war ich froh, wenn wir endlich in Bodenmais ankamen.

Lisbeth hätte sie nicht zu Hause behalten können, hörte ich meine Mutter plötzlich sagen, und dann fügte sie hinzu, es war eine Erlösung, und ihr Ton war so, dass man nicht wissen konnte, ob sie meinte, es war eine Erlösung für Tante Lisbeth oder eine Erlösung für die Bodenmais-Oma. Mein Vater gab ihr keine Antwort, ich auch nicht, und weil wir beide nichts sagten, wurde sie wieder still. Auch damals, als Omi gestorben war, hatte sie gesagt, es war eine Erlösung, und auch damals hatte ich sie nicht gefragt, wer ihrer Meinung nach erlöst worden war, sie selbst, wir alle oder Omi, ihre Mutter.

Jetzt, auf der Fahrt, konnte ich nur denken, Omi war siebenundsechzig, als sie starb, die Bodenmais-Oma ist siebenundachtzig geworden, wenn Omi noch am Leben wäre, wäre sie noch immer nicht siebenundachtzig. Alles hatte mit Omis Tod angefangen, in den Jahren davor hatten wir, so dachte ich, ein friedliches Leben geführt, da war nichts Besonderes passiert, zumindest konnte ich mich an nichts Besonderes erinnern. Bis zu Omis Tod war unser Leben ruhig verlaufen, das Gartenjahr teilte sich in Frühling, Sommer, Herbst und Winter und bestimmte dadurch unseren Speiseplan. Und unser Jahr, Maries und meines, teilte sich in Schule und Ferien, in Wochentage und schulfreie Wochenenden und natürlich Zeugnisse vor Fasching und vor den großen Ferien, Omis Jahr wurde durch die kirchlichen Feiertage bestimmt, durch die Zeiten, in denen besondere Gebete gesprochen wurden, besondere Andachten stattfanden. Alles war ruhig und gleichmäßig verlaufen, langweilig, hatte Marie immer gesagt, zum Sterben langweilig.

Doch nach Omis Tod war fast jedes Jahr etwas Schlimmes passiert, 2001 bekam Marie Meningitis, 2002 wurde mein Vater, der damals noch unser Vater gewesen war, arbeitslos, 2003 unternahm Marie einen Selbstmordversuch, der sich zwar als nicht ernst gemeint herausstellte, aber laut Doktor Kugler als Hilferuf gewertet werden musste, keine zwei Jahre danach verschwand sie, bald darauf passierte die Geschichte mit Marco, und nun, wieder ein Jahr später, stand uns die Beerdigung in Bodenmais bevor.

Es war, als hätte mit Omis Tod unser Leben seine feste Form verloren, als würde es nach allen Seiten wuchern wie eine bösartige Geschwulst, als wäre die Zukunft, die vorher so offen vor uns zu liegen schien, von giftigen Nebelschwaden verdeckt, und ich fragte mich, ob das nun so weitergehen würde, mein ganzes Leben lang, und hatte Angst vor dem, was noch passieren könnte. Vielleicht war es nicht direkt Angst, was ich empfand, aber ich fühlte mich verunsichert, so wie ich mich durch Maries Abwesenheit verunsichert fühlte, die Welt um mich schien in unzusammenhängende Einzelteile zu zerfallen, in Puzzlestücke, die nicht mehr richtig zusammenpassten, weil jemand die Rundungen kantig geschnitten hatte.

Plötzlich tat es mir leid, dass ich mich geweigert hatte, allein nach Bodenmais zu fahren, jetzt war es zu spät, die Oma war tot. All die Jahre hatten wir, Marie und ich, mindestens zwei-, dreimal im Jahr vierzehn Tage Ferien in Bodenmais verbracht, manchmal auch drei Wochen. Das war, aufs ganze Jahr gesehen, natürlich nicht sehr viel, war aber durch die Regelmäßigkeit, mit der wir hinfuhren, zu einem wichtigen Teil unseres Lebens geworden, wie mir nun erst, auf der Fahrt zur Beerdigung, richtig klar wurde. Wir waren immer gern hingefahren, Bodenmais bedeutete uns mehr als eine willkommene Abwechslung, und das lag vor allem an ihr, an der Bodenmais-Oma. Sie, die Mutter unseres Vaters, war die für uns zuständige Person gewesen, obwohl auch die anderen dazugehörten, der Opa, Onkel Karl und Tante Lisbeth und ihr Sohn Peter, der allerdings keine besondere Rolle gespielt hatte, er war wesentlich älter als wir und selten zu Hause, und natürlich Onkel Hans, der jüngere Bruder Onkel Karls und unseres Vater, der ein bisschen zurückgeblieben war, aber wirklich verantwortlich für uns war nur sie, die Oma. Bedeutete das, dass ich jetzt nicht mehr nach Bodenmais fahren konnte? Hatte ich mit ihrem Tod nicht nur meine Oma verloren, sondern auch so etwas wie meine zweite Heimat? Bestand mein Leben nur aus Verlusten? Gehörten Verluste vielleicht zum Leben dazu und jeder, also auch ich, hatte sich damit abzufinden?

Ich lehnte mich in die Ecke, zog meine Füße, die diesmal in schwarzen Stiefeletten steckten, wie es sich für eine Beerdigung gehörte, auf die Bank, legte die Arme um die Knie und dachte, während draußen die Landschaft an mir vorbeiflog, an die Bodenmais-Oma, die ich nie wiedersehen würde. Und ich muss zugeben, dass sich eine gehörige Portion Selbstmitleid in meine Trauer mischte.

Dabei hatten wir, Marie und ich, uns wirklich auf Bodenmais gefreut. Ich hatte die Bodenmais-Oma immer sehr gern gehabt, obwohl ich mich nicht an viele besonders innige oder zärtliche Situationen erinnerte, auch nicht an lange Gespräche, sie war keine Frau vieler Worte, sie hatte mir manchmal über die Haare gestreichelt, sie hatte mich manchmal an sich gedrückt, sie hatte mir oft eine Süßigkeit zugesteckt und mir immer wieder etwas Neues zum Anziehen gekauft, und einmal hatte sie mir ein Kaleidoskop geschenkt, das ihr beim Aufräumen in die Hände gefallen war, aber sie hatte ihre Zuneigung hauptsächlich durch Essen gezeigt. Sie kochte, wenn wir da waren, nicht nur Maries Lieblingsgerichte, sondern auch meine, und gerührt und ein wenig sehnsüchtig dachte ich an die Erdbeertörtchen, den Pudding mit Sahnetupfern, die gebackenen Knödel, die Zuckererbsen, an das Apfelmus mit Walnüssen, an die Weihnachtsplätzchen, die bei ihr immer viel besser geschmeckt hatten als Omis Plätzchen bei uns zu Hause, was ich, um Omi nicht zu kränken, allerdings nie laut gesagt hatte.

Schon als kleine Kinder durften wir der Bodenmais-Oma bei den Hühnern helfen, sie setzte uns Küken in die ausgestreckten Hände, damit wir sie vorsichtig mit einem Finger streicheln konnten, sie zeigte uns die kleinen Katzen, die in der Scheune auf die Welt gekommen waren, die neugeborenen Ferkel und einmal einen Igel, den sie über den Winter gebracht hatte. Sie führte uns zu den Kälbchen und zeigte uns, dass sie anfingen, an unseren Fingern zu saugen, wenn wir ihnen die Hand vors Maul hielten. Sie hob uns hoch, damit wir die frisch geschlüpften Vögel in einem Nest sehen konnten, und sie erzählte uns, was unser Vater und seine Brüder alles angestellt hatten, als sie noch klein gewesen waren.

Ich wunderte mich, wie viele Einzelheiten mir auf einmal zu ihr einfielen, ganz im Gegensatz zum Bodenmais-Opa, mit dem ich keine besonderen Erinnerungen verband. Ich wusste, wie er mit aufgestützten Ellenbogen am Tisch saß, wie er die Gabel oder den Löffel hielt, dass er schlürfte, wenn er Suppe aß, und sich immer laut und gründlich die Füße auf dem Gitter vor der Tür abtrat, bevor er ins Haus kam, und dass er nach Kuhstall, Heu und Kautabak roch. Er war immer da gewesen, das schon, aber mir fiel nichts Besonderes ein, was er getan oder gesagt hätte. Wir haben Pech, hatte Marie einmal gesagt, wirklich schade, dass unser einziger Großvater ein Stoffel ist, und ich fragte mich jetzt, ob die Männer unserer Familie einfach nur wortkarg und verschlossen waren oder ob ihr Gefühlsleben ebenso zurückgeblieben war wie der Verstand von Onkel Hans. War mein Vater so geworden, wie er war, weil er seinen eigenen Vater nie anders erlebt hatte?

Der Bodenmais-Opa, sehr fremd in einem dunklen Anzug, einem weißen Hemd und mit einer schwarzen Krawatte, bemerkte meine dem Anlass angemessenen schwarzen Stiefeletten gar nicht, als wir Stunden vor der Beerdigung das Wohnzimmer betraten, er bemerkte überhaupt nichts, er schaute niemanden an, er saß wie versteinert am Tisch und starrte vor sich hin, als würde er uns nicht sehen, als hätte er mit seiner Frau auch sein Augenlicht verloren. Das ist der Schock, sagte Tante Lisbeth, sie sind immerhin über sechzig Jahre lang verheiratet gewesen. Sie seufzte und fügte hinzu, er ist in der letzten Zeit sehr alt geworden und oft durcheinander, es ist wirklich ein Kreuz mit ihm, und manchmal weiß ich nicht, ob er überhaupt noch versteht, was man zu ihm sagt.

Ich fand es peinlich, sie sprach über ihn, als wäre er nicht im Raum, sie machte sich noch nicht einmal die Mühe zu flüstern, als wäre es ihr egal, ob er sie hörte oder nicht. Ich schaute zu Opa hinüber, aber er reagierte nicht auf das, was Tante Lisbeth sagte, er achtete auch nicht auf uns, er starrte stur weiter auf die Tischdecke, sein Gesicht zeigte keinerlei Regung, er blinzelte noch nicht einmal.

Tante Lisbeth schob ihm eine Kaffeetasse hin, hier, Vater, trink was, der Arzt hat gesagt, du musst mehr trinken, hörst du? Sie sprach laut und langsam, wie man vielleicht zu einem Kind spricht, und als er keine Anstalten machte zu trinken, nahm sie ihm die rechte Hand vom Schoß und legte seine Finger um die Tasse, hier, Vater, trink. Seine Hand zitterte, als er die Tasse anhob, und etwas Kaffee schwappte auf seine Anzughose. Tante Lisbeth seufzte wieder, sie holte einen feuchten Lappen aus der Küche und machte sich an seiner Hose zu schaffen, und auch das ließ er regungslos über sich ergehen.

Mein Vater setzte sich auf den freien Stuhl neben ihn, nahm seine Hand und redete leise auf ihn ein, und meine Mutter begleitete Tante Lisbeth in die Küche, um Peter, meinem Cousin, und seiner Frau Lena zu helfen, die belegte Brote für den Leichenschmaus vorbereiteten. Ich folgte ihnen, und als Tante Lisbeth mich sah, holte sie ein Glas mit eingelegten Gurken aus der Speisekammer und forderte mich auf, sie in Scheiben zu schneiden, um die Schinkenbrote zu garnieren, doch ich wollte mir nach der langen Autofahrt erst noch ein bisschen die Beine vertreten, nur ein paar Minuten, ich bin gleich wieder da und helfe, versprochen.

Mein Weg führte mich zum Hühnerstall, dann zu den Schweinen, und dabei wurde ich den Gedanken nicht los, dass ich eigentlich auf der Suche nach unserer verlorenen Kindheit war, nach Maries und meiner, und fast wären mir jetzt vor lauter Wehmut und Sentimentalität die Tränen gekommen, auf die ich bei der Nachricht von Omas Tod vergeblich gewartet hatte.

Im Kuhstall traf ich Onkel Hans, der, wie unsere Mutter es einmal ausgedrückt hatte, zum festen Mobiliar des Hofs gehörte und auch ein testamentarisch verbrieftes Wohnrecht hatte, und mit einem mitleidigen Kopfschütteln hatte sie hinzugefügt, wo sollte er sonst auch hingehen, der arme Kerl, ich kann mir nicht vorstellen, dass er allein zurechtkäme, hier auf dem Hof geht es ihm doch gut.

Uns, Marie und mir, hatte es nie etwas ausgemacht, dass

er zurückgeblieben war, es war auch gar nicht so auffällig, zumindest fiel es uns nicht auf, wir kannten ihn nicht anders, und wir mochten ihn, weil er immer zu Späßen aufgelegt war und viel mehr lachte als der eher mürrische Onkel Karl und auch mehr als unser Vater. Er spielte mit uns Fangen und Verstecken, als wäre er selbst noch ein Kind, er setzte uns auf das Pferd, das erst vor ein paar Jahren an Altersschwäche eingegangen war, er brachte uns das Melken bei, und er hob uns oben auf den Wagen, wenn das Heu eingefahren wurde. Und er war ein schöner Mann, schöner als seine Brüder, er sah mit seinen braunen Locken, dem sonnengebräunten Gesicht und den auffallend blauen Augen viel jünger aus als sie, dem Aussehen nach hätte er eher ihr Sohn sein können als ihr Bruder.

Onkel Hans stand im Futtergang und hielt Corinna auf dem Arm, Peters und Lenas kleine Tochter, ein hübsches, blondes Dingelchen, sie musste fünf Jahre alt sein, denn ich erinnerte mich daran, dass wir zu ihrer Taufe nach Deggendorf eingeladen waren und ich nur widerwillig mitgefahren war, weil ihre Taufe ausgerechnet auf Omis ersten Todestag gefallen war.

Im Kuhstall war es dämmrig, deshalb dauerte es ein wenig, bis ich erkannte, welches Spiel sie spielten. Onkel Hans hielt Corinna auf dem einen Arm, mit der anderen Hand kitzelte er sie am Bauch und die Kleine kicherte laut. Im Kuhstall hing der vertraute warme Geruch nach Milch und Mist, den ich immer gemocht hatte, eine Kuh muhte lang und melancholisch, eine andere antwortete ihr, und ich spürte, wie mir das Blut in den Kopf schoss, weil mir plötzlich eine Szene einfiel, an die ich schon seit Jahren nicht mehr gedacht hatte.

Onkel Hans hatte im Wohnzimmer auf dem Sofa gesessen und Marie auf dem Schoß gehalten, er kitzelte sie, sie lachte und kicherte, er wiegte sie wie eine Puppe und sie kicherte noch lauter. Er hatte einen Pickel am Hals, einen ekligen Eiterpickel, nur wenn er sich über Marie beugte und seine Haare nach vorn fielen, verschwand der Pickel. Onkel Hans ist der liebste Mann von der ganzen Welt, jubelte Marie, und unser Vater, der am Tisch saß, ein Bier trank und die Zeitung las, lachte irgendwie breit und sagte mit einem seltsamen, beunruhigenden Unterton, du fängst ja früh an, Marie, und zu Onkel Hans sagte er barsch, er solle das gefälligst lassen, für solche Spielchen sei Marie nun wirklich zu groß. Und ich hatte gedacht, aber ich wäre noch nicht zu groß, warum hat Onkel Hans nicht mich auf den Schoß genommen und gekitzelt, ich hätte mich doch auch gefreut, ich hätte doch auch gekichert und gelacht.

Und noch etwas fiel mir ein, als ich ihn mit Corinna da stehen und lachen sah, die Buche, die Buche mit dem dicken Bauch.

Wir entdeckten sie, als wir mit Onkel Hans Reisig sammelten, nicht in dem Wäldchen hinter dem Kartoffelacker, das ich in- und auswendig kannte, sondern in einem Wald weiter oben, auf der Bergkuppe. Ich weiß nicht mehr, wie alt ich damals war, bestimmt nicht sehr viel älter als Corinna jetzt, vielleicht sechs oder sieben. Wir halfen Onkel Hans mit dem Leiterwagen, Marie zog mit ihm zusammen die Deichsel, ich schob von hinten, und immer wieder blieben wir stehen, suchten abgefallene, trockene Zweige und luden sie auf den Wagen, und manchmal zog Onkel Hans mit einem Eisenhaken, der oben an einer Bohnenstange befestigt war, trockene

Zweige direkt von einem Ast herunter, dabei mussten wir uns immer hinter Baumstämmen verstecken, damit wir nicht getroffen wurden. Und dann, am Rand einer Lichtung, stand er plötzlich vor uns, ein schwangerer Baum, eine Buche mit einem Bauch wie ein riesiger, grauschwarzer Blumenkohl. Marie und ich liefen hinüber und berührten den runzligen, warzigen Baumbauch, der nicht schwammartig weich war, wie ich erwartet hatte, sondern hart wie richtiges Holz.

Da ist der schwarze Mann drin, sagte Onkel Hans, der uns mit dem Leiterwagen gefolgt war, er packte meine Hand und drückte sie so fest gegen die riesige, warzige Wölbung, dass meine Handfläche brannte und ich anfing zu weinen. Da ist der schwarze Mann drin, sagte er noch einmal mit dieser tiefen, unheimlichen Stimme, und wenn du nicht brav bist, kommt er heraus und holt dich.

Marie stand daneben und kicherte und sagte, ja, er kommt heraus und holt dich und frisst dich zum Frühstück, kleine Mädchen schmecken ihm nämlich besonders gut, viel besser als Cornflakes, und dann lachten sie beide ganz laut.

Ich riss mich los, die Bäume über mir rauschten, und als ich den Kopf hob, bewegten sie sich im Kreis, und der Wind blies dunkle, drohende Wolken über den Himmel und stülpte sie über die Baumwipfel, die sich unter der Last immer tiefer über die Lichtung senkten. Sie fallen um, die Bäume fallen um, schrie ich entsetzt und schlug die Hände vors Gesicht.

Bäume fallen nicht einfach um, sagte Onkel Hans und seine Stimme klang jetzt wieder normal, und Marie sagte verächtlich, stell dich nicht so an, du Heulsuse, schau doch nur, wie dick die Stämme sind, die wirft so leicht nichts um, nicht so ein bisschen Wind.

Ich nahm vorsichtig die Hände vom Gesicht. Marie stand da, an den dicken Bauch der Buche gelehnt, und betrachtete mich von oben herab, und neben ihr stand Onkel Hans, eine Hand auf ihrer Schulter, und beide lachten wie über einen Witz, den ich nicht verstand.

Ich drehte ihnen den Rücken zu und betrachtete die Baumstämme, die von außen wirklich gesund und kräftig aussahen, mit einer glatten Rinde, die alten Wunden und Astlöcher waren nur noch wulstig verheilte Narben. Aber wer konnte schon wissen, was sich hinter dieser glatten Rinde verbarg? Käfer, Würmer und Maden konnten die Stämme von innen ausgehöhlt haben, mürbe und morsch konnten die Bäume innerlich geworden sein, und auf einmal wurden die Stämme vor meinen Augen durchsichtig, ich sah eklige Insekten in ihrem Rindengefängnis herumwimmeln und nach einer Öffnung suchen, um hervorzubrechen und über mich herzufallen, ich meinte das Kribbeln schon auf der Haut zu spüren, fühlte, wie sie an meinen Armen und Beinen nach oben krochen. Ich fing an zu schreien und rannte den Hang hinunter und hörte erst auf zu schreien, als ich von Weitem den Hof und die Streuwiesen mit den Apfelbäumen erkannte.

Oma schälte Kartoffeln, als ich weinend in die Küche stürzte, sie ließ das Messer auf den Tisch fallen und breitete die Arme aus, ich drückte mich so fest an ihren dicken, weichen Bauch, dass ich fast keine Luft mehr bekam, und sie streichelte mir über die Haare und fragte, was passiert sei, und als sie merkte, dass ich kein Wort herausbrachte, nahm sie mich einfach auf den Schoß und wiegte mich wie ein kleines Kind, bis ich mich langsam beruhigte. Ich saß am Tisch und trank heißen Kakao mit Honig, als Onkel Hans und Marie mit dem vollen Leiterwagen zurückkamen.

Was war denn los, fragte Oma, das Kind ist ja ganz durcheinander.

Ach, die ist doch bloß hysterisch, sagte Marie verächtlich, bekomme ich auch einen Kakao?

Abends konnte ich lange nicht einschlafen, ich musste immer an den schwarzen Mann denken, ich hörte, wie er ans Fenster klopfte und leise meinen Namen rief, he, Anne, ich bin gekommen, um dich zu holen, flüsterte er in die Dunkelheit, los, komm endlich. Ich hörte ihn auch noch, wenn ich mir die Ohren zuhielt, und zitterte vor Angst, wagte aber nicht, Marie zu wecken, die neben mir in dem großen Bett lag und schlief. Irgendwann hielt ich es nicht mehr aus, vorsichtig stieg ich über sie hinweg und schlich zum Schlafzimmer unserer Großeltern, die ebenfalls fest schliefen, Oma wachte noch nicht einmal auf, als ich hinter ihr unter die Decke kroch und mich erleichtert und glücklich an ihren warmen Rücken schmiegte. Bei ihr war ich in Sicherheit, sie war stark, gegen sie konnte der schwarze Mann nichts ausrichten, er sollte nur kommen, da könnte er was erleben, sie würde ihm den Besen auf den Kopf hauen oder das Holzbrett, das sie immer zum Gemüseschneiden benutzte. Anders als Omi, die nach Kampfer und Franzbranntwein roch, roch die Bodenmais-Oma nach Kernseife und Zwiebeln und Kuhstall und sie war dick und weich und warm, ich schob den Arm von hinten um ihren dicken Bauch, drückte die Nase in ihre Achselhöhle und sog tief ihren Geruch ein, bis ich wieder ganz ruhig wurde.

Am nächsten Morgen wunderte sie sich zwar, dass ich in

ihrem Bett lag, aber sie stellte keine Fragen, auch nicht, als ich abends wieder bei ihr schlafen wollte. Während jener Ferien lag ich Nacht für Nacht bei ihr im Bett, gegen sie hatte der schwarze Mann keine Chance. So war sie gewesen, die Bodenmais-Oma, alles, was sie tat, war selbstverständlich, sie war so verlässlich wie der Kachelofen, der eine gleichmäßige Wärme ausstrahlte, und bis heute ist es so, dass ich, wenn ich das Wort behaglich höre oder lese, an die Bodenmais-Oma denken muss, und ich bin nachträglich dankbar dafür, dass ich eine solche Oma gehabt hatte. Vielleicht wäre alles anders gekommen, wenn wir statt in Allach in Bodenmais gelebt hätten.

Im Jahr darauf war ich älter und größer geworden, und als wir in den Sommerferien kamen, hörten wir, dass die Buche zwei Wochen zuvor vom Blitz getroffen worden war, die mit dem dicken Bauch, sagte die Oma. Wir waren neugierig, wollten sehen, was in dem Bauch drin gewesen war, und Tante Lisbeth bot an, uns den Baum zu zeigen.

Wir liefen sofort los. Die Geschwulst war glatt durchgehauen, in zwei Teile gespalten wie ein Holzstück auf dem Hackklotz, mit schwarz verfärbten Schnittflächen. Der eine Teil des Baums, der mit der Krone, hing noch halb in den Nachbarbäumen, der andere ragte spitz zulaufend in die Luft wie ein riesiger, angekohlter Holzsplitter, wie ein warnend erhobener Zeigefinger aus Holz mit einem schwarzen Fingernagel. Wir liefen über die Lichtung und berührten misstrauisch den gespaltenen Bauch, der aus Holz war, nur aus Holz, das allerdings keine regelmäßigen Jahresringe aufwies wie ein durchgesägter Stamm, sondern ein unordentliches, kleinförmiges Muster, er sah eher aus wie ein durchgeschnittener Baumpilz. Tante Lisbeth packte uns an den Händen und zog uns von der Buche weg, nicht so nah hingehen, sagte sie erschrocken, niemand kann wissen, wann der Wipfel abstürzt, da könnte Gott weiß was passieren.

Du hast mich angelogen, sagte ich zu Hause zu Onkel Hans, im Buchenbauch war kein schwarzer Mann.

Er wischte meine Erleichterung mit einer Handbewegung fort und sagte, was willst du, das erzählt man kleinen Kindern, mir hat man das auch erzählt, du hast das doch nicht wirklich geglaubt, oder?

Nein, natürlich nicht, den schwarzen Mann gab es nicht, spätestens in jenem Sommer hatte ihn der Blitz erschlagen. Und während der Herbstferien, die wir wieder in Bodenmais verbrachten, stürzte der Baumwipfel beim ersten Sturm zu Boden. Seine Blätter waren schon lange vorher braun und verschrumpelt gewesen, während die Blätter der anderen Bäume gerade erst begonnen hatten, sich zu verfärben. Im Jahr darauf war dann der ganze Baum verschwunden, nur ein abgesägter, noch nicht nachgedunkelter Stumpf zeigte die Stelle, wo er einmal gestanden hatte, nun war der schwarze Mann endgültig tot, ich brauchte keine Angst mehr vor ihm zu haben.

Die Buche ist weg, sagte ich beim Abendessen.

Welche Buche, fragte die Bodenmais-Oma, sie schaute erstaunt zu mir herüber, ihre Gabel mit dem aufgespießten Fleischbrocken hielt auf dem Weg zum Mund inne, ein Tropfen Soße rann hinunter und fiel neben ihrem Teller auf die Wachstuchdecke.

Die mit dem Bauch, sagte ich.

Ach die, sagte die Bodenmais-Oma und schob das Fleisch

in den Mund. Die wird jetzt irgendwo in einem Kamin brennen, die Leute sind scharf auf Buchenholz, Buchenscheite brennen länger als anderes Holz.

Doppelt so lang wie Fichte, sagte Onkel Karl.

Später erinnerte Marie mich noch manchmal an die Buche, weißt du noch, wie du Angst vorm schwarzen Mann gehabt hast? Das war echt komisch, du hast immer alles geglaubt, jeder hat dir den größten Mist erzählen können und du hast es geglaubt, du dummes Schaf.

Ja, du hattest recht, Marie, dachte ich, ich war ein dummes Schaf, zumindest war ich es früher, doch inzwischen bin ich älter geworden, älter und misstrauischer, aber vielleicht ist das eine ja bloß eine natürliche Folge des anderen.

Ich sah Onkel Hans an, ich sah Corinna an. Komm, Corinna, sagte ich und streckte die Hand aus, komm, wir gehen zu deiner Mama.

Die Kleine schüttelte den Kopf, und Onkel Hans machte keine Anstalten, sie abzusetzen, aber ich ließ mich nicht beirren, ich schaute ihm direkt in die Augen und sagte mit einer Stimme, die so hart war wie manchmal die Stimme meiner Mutter, lass sie runter, Onkel Hans, und du, Corinna, komm zu mir.

Er zuckte mit den Schultern und stellte die Kleine auf den Boden, sie griff folgsam nach meiner Hand und ließ sich aus dem Kuhstall über den gepflasterten Hof zur Küche führen. Ich wusste, dass Onkel Hans uns hinterherschaute, drehte mich aber nicht mehr um.

Wo warst du?, fragte meine Mutter.

Draußen, ein bisschen frische Luft schnappen, und da habe ich Corinna im Kuhstall gefunden.

Allein?, fragte Lena.

Nein, mit Onkel Hans.

Wir haben Kitzeln gespielt, verkündete Corinna.

Lena warf mir einen Blick zu, ernst und forschend, und sagte zu ihrer Tochter, geh, wasch dir die Hände, und zu mir gewandt, kannst du ihr bitte helfen, Anne?

Später zog sie mich zur Seite und fragte besorgt, war da was?

Ich beruhigte sie, nein, es war nichts, und ich will auch nicht den Teufel an die Wand malen, trotzdem habe ich ein seltsames Gefühl, an deiner Stelle würde ich sie nicht längere Zeit mit ihm allein lassen.

Danke, sagte sie und umarmte mich, zum ersten Mal tat sie das, und wir waren uns plötzlich ganz nah. Ich freute mich darüber, eine neue Frau in der Familie, eine, die mich offenbar mochte und mich nicht nur als unbedeutendes Anhängsel betrachtete. Auch auf dem Friedhof standen wir nebeneinander, sie und ich, und zwischen uns hopste Corinna, die eine Hand hatte sie in die ihrer Mutter geschoben, die andere in meine, ihre Finger waren klebrig von den Bonbons, die Lena ihr gegeben hatte, um sie für die Zeit der Zeremonie ruhig zu halten. Peter hatte den Arm um Tante Lisbeth gelegt, seine Mutter, die sich, wie es sich gehörte, immer wieder mit einem weißen Stofftaschentuch die Tränen abwischte.

An die Beerdigung erinnere ich mich nicht mehr, nur dass sehr viele Trauergäste da waren, halb Bodenmais musste sich versammelt haben, und der Priester sprach von einem reichen, erfüllten und langen Leben. Und wieder dachte ich, die Bodenmais-Oma ist siebenundachtzig Jahre alt geworden, Omi nur siebenundsechzig, vielleicht fehlten ihr die zwanzig

Jahre für ein reiches, erfülltes und langes Leben. Aber wer konnte schon wissen, welche Rolle die Anzahl der Jahre für ein erfülltes Leben spielten, wäre Omi wirklich weniger traurig gewesen, wenn sie zwanzig Jahre länger gelebt hätte?

Der Bodenmais-Opa stand zwischen Onkel Karl und meinem Vater, die ihn stützten, und als der Sarg in die Grube gesenkt wurde, war Onkel Hans der einzige Mann, der laut und hemmungslos weinte, und mir fiel auf, dass er nicht mehr so schön aussah wie früher.

Vierzehn

Ich gehöre bestimmt nicht zu den Leuten, die anderen leicht ihr Herz ausschütten, das habe ich noch nie getan, und dass ich Ricki von Marie erzählt habe, war eine Ausnahme, die Reaktion auf ihre Zugewandtheit, die ich möglicherweise zu persönlich genommen habe. Aber ich habe es nun mal getan, ich bin unvorsichtig gewesen, es ist also kein Wunder, dass mich die Folgen meiner Redseligkeit einholen.

Wir stehen in der Küche und bereiten das Abendessen vor, Risotto mit Champignons und Putenstreifen, Jakob hat ein Date mit einer Neuen, die er erst vor ein paar Tagen kennengelernt hat, er macht jedenfalls noch ein ziemliches Geheimnis um sie, und Kevin bereitet sich auf eine Klausur vor, deshalb haben wir, Ricki und ich, das Kochen übernommen. Plötzlich sagt sie, mir geht deine Schwester nicht aus dem Kopf, ich muss ständig an sie denken.

Ich könnte natürlich sagen, na prima, willkommen im Club, aber ich tue es nicht, ich zucke nur mit den Schultern und stelle die Pfanne auf den Herd.

Es ist doch nicht normal, dass ein Mensch einfach verschwindet, fährt sie fort, ich versuche, mir vorzustellen, was es damals für dich bedeutet hat, ich meine, was es mit dir gemacht hat, verstehst du, so etwas geht doch nicht einfach an einem vorüber. Ich würde gern noch weitere Geschichten von der Anne hören, die du damals warst.

Es gibt keine Geschichten von der Anne, die ich damals war, sage ich erschrocken, Marie hat immer dazugehört, wir hätten Zwillinge sein können, mindestens, vielleicht sogar eine einzige Annemarie.

Gut, dann eben Geschichten von Annemarie, sagt Ricki und wirft mir einen Blick zu, der mich verunsichert und wehrlos macht. Das ist doch nur ihre notorische Empathie, denke ich und frage, warum willst du das wissen?

Vor mir tauchen die neugierigen, sensationslüsternen Gesichter der Nachbarn auf, als sie langsam begriffen, was bei uns passiert war, ich sehe wieder, wie Frauen die Köpfe zusammensteckten und verlegen auseinanderfuhren, wenn sie mich sahen, ich höre das Getuschel im Supermarkt, als man Monate später eine Frauenleiche an der Isar gefunden hatte, ein Mordopfer, wie es hieß, bis sich herausstellte, dass die Leiche nicht Marie war, und außerdem hatte es sich auch nicht um Mord gehandelt, sondern um Selbstmord.

Warum willst du das eigentlich wissen?, frage ich noch einmal.

Weil ich dich mag, sagt Ricki einfach.

Ich schaue sie an und einen Moment lang packt mich das alte Misstrauen, und in meinem Kopf meine ich Maries Stimme zu hören, lass dich nicht einwickeln, Anne, was ist, wenn sie dich nur aushorchen will, um bei Gelegenheit etwas gegen dich in der Hand zu haben? Hast du vergessen, dass man vorsichtig sein muss? Du bist ein Schaf, Anne, du glaubst noch immer alles, was man dir sagt, wie willst du wissen, wohin das alles führt?

Ricki lächelt, ich sehe ihre Grübchen und sage unhörbar, halt's Maul, Marie, und laut sage ich, nach dem Essen? Bei dir?

Gern, sagt Ricki.

Ich lasse mir nicht anmerken, wie durcheinander ich bin, ich brate die Zwiebeln in Butter, bevor ich die Putenschnitzel in Streifen schneide und die Champignons viertele. Ricki rührt inzwischen den Risotto, und in der Küche verbreitet sich ein verlockender Duft. Auf was habe ich mich da eingelassen, denke ich, ich habe keine Ahnung, was ich ihr erzählen soll, ich weiß doch selbst nicht, was Maries Verschwinden mit mir gemacht hat, ob es viel oder wenig war und was davon tatsächlich mit Marie zu tun hatte oder was sowieso passiert wäre, weil ich eben so war, wie ich war. Zum Beispiel hätte ich, wenn sie nicht abgehauen wäre, Marco nie kennengelernt, trotzdem war es nicht ihre Schuld, dass ich in die Falle getappt bin, sie hat mich nicht geschubst, sie hat mich nicht dazu verführt, ich bin ganz allein in den Hundehaufen getreten, was heißt da getreten, ich bin mit Karacho hineingesprungen.

Nach dem Essen räume ich noch das Geschirr in die Spüle und dusche, bevor ich zu Ricki gehe. Sie in ihrem Zimmer zu besuchen, hat etwas Offizielles, es ist etwas ganz anderes, als wenn wir nach dem Essen am Küchentisch sitzen bleiben und reden oder im Wohnzimmer fernsehen oder mal ein Glas Wein zusammen trinken, wir achten gegenseitig unsere Privatsphäre, das heißt unsere Zimmer, und vermutlich ist das sogar entscheidend für ein harmonisches Zusammenleben.

Auch für Ricki scheint es etwas Besonderes zu sein, sie hat sich auf meinen Besuch vorbereitet, auf dem Tisch stehen Tassen und eine Teekanne, daneben liegt eine angebrochene Pralinenschachtel, und aus ihrem iPod kommt Musik, eine

Sängerin, die auf Deutsch singt, sie hat ein Faible für deutsche Songs.

Annett Louisan?, frage ich, die Stimme ist unverkennbar.

Sie nickt, habe ich mir runtergeladen, aber es kommen noch andere. Magst du Tee?

Ja, gern.

Ricki hat das Deckenlicht ausgemacht, nur drei Kerzen brennen, einfache Teelichter, trotzdem sehe ich die vielen kleinen Gegenstände, die sie überall herumstehen hat, auf der Fensterbank, in den Regalen vor der Büchern, hinten auf ihrem Schreibtisch, auch wenn ich die einzelnen Figuren in dem schummrigen Licht nicht wirklich erkennen kann, weiß ich doch, dass sie da sind, weil ich sie schon oft betrachtet habe, all diese unnützen kleinen Dinge, die Ricki mit zärtlicher Ironie »meine Nippes« nennt und an denen sie hängt. Das ist eine Marotte von mir, hat sie gesagt, ich brauche das Zeug, um mich an alte Freunde zu erinnern, an besondere Ereignisse, an Reisen, an Feten, an alles, was ich erlebt habe, natürlich sind viele Sachen kitschig, aber sie bringen Struktur in mein Leben und in meine Erinnerungen.

Ich weiß noch, wie ich damals, nach meinem Einzug, ihre Sammlung von Püppchen und Figürchen bestaunt hatte, von einer russischen Babuschka, einem Gipsmops, einer kitschigen amerikanischen Freiheitsstatue und einer Porzellantänzerin bis hin zu einer Schneekugel mit der Dresdener Frauenkirche. Ich hatte mich gefühlt wie ein Kind, das zum ersten Mal in einem Spielwarenladen steht und die Wunder bestaunt, so etwas hatte ich noch nie gesehen, bei uns zu Hause gab es nichts Überflüssiges, Staubfänger, hätte meine Mutter gesagt, wozu soll so etwas gut sein, das braucht doch kein Mensch. Stimmt, brauchen tut man es nicht, aber es ist hübsch.

Ricki sitzt auf dem Sofa, in ihrem moosgrünen Pullover, und hat, wie sie es oft tut, ein Bein unter den Körper gezogen, im Kerzenlicht wirkt ihr Gesicht weicher und kindlicher und ihre Haare sprühen Funken. Ich setze mich ihr gegenüber in den Sessel und nehme, um Zeit zu gewinnen, eine Praline aus der Schachtel und stecke sie in den Mund, ich gieße mir Tee ein, rutsche auf meinem Sessel hin und her, als würde ich eine bequeme Sitzposition suchen, während ich eigentlich am liebsten aufgestanden und weggelaufen wäre.

Ich bin ein vorsichtiger Mensch, bin es immer gewesen, ich weiß, dass man nicht vorsichtig genug sein kann. Schon in der Schule habe ich die Mädchen verachtet, die so vertraulich miteinander tuschelten, als wären sie unzertrennlich, ein Herz und eine Seele, und zwei, drei Wochen später standen sie dann oft einander gegenüber, als wollte eine der anderen die Augen auskratzen, und ich hatte innerlich gefeixt und gedacht, selber schuld, wären sie eben ein bisschen vorsichtiger gewesen.

Ricki lächelt ihr Grübchenlächeln, als ich eine zweite Praline nehme, die aber, genau wie die erste, viel zu schnell in meinem Mund zerschmilzt, schneller, als mir lieb sein kann.

Aus dem iPod kommt ein Lied, das ich nur allzu gut kenne, ich höre eine Weile zu.

Und ich kämpf mich durch die Nacht
Bin unter Träumen wieder aufgewacht
Ich krieg dich nich' aus meinem Kopf
und dabei muss ich doch.

Ricki hat mich beobachtet, *Silbermond,* sagt sie, steht auf und stellt das Gerät leiser und ich verfluche mich innerlich, los, Anne, sag doch was, sonst hält sie dich noch für eine dumme Gans, also sag endlich was.

Aber was? Was kann ich sagen, was darf ich sagen, man sagt so schnell etwas Falsches, Wörter lassen sich nicht zurücknehmen, Wörter sollen helfen, nicht schaden, sie sollen leicht wie Seifenblasen durch die Luft fliegen, sie sollen die Menschen erfreuen und so leise zerplatzen, dass sie den Ohren nicht wehtun.

Nach ihrem Verschwinden hatte ich ständig meine Schwester im Kopf, fange ich zögernd an, kannst du dir vorstellen, wie das ist? Sie hat sich überall eingemischt, sie hat zu allem und jedem ihre Kommentare abgegeben, und besonders freundlich waren die nicht, doch wenn sie mal ein paar Tage lang nichts gesagt hat, wurde ich unruhig und fragte mich, ob ihr etwas passiert war. Aber sie blieb nie lange weg und dann ging es wieder von vorn los. Wenn meine Mutter mir zum Beispiel Vorhaltungen machte, weil ich ihren Mantel nicht aus der Reinigung geholt hatte, lachte Marie höhnisch und sagte, da siehst du's, immer nur Geschimpfe und Gemecker, das hält doch kein Mensch aus, du bist selber schuld, wenn du es dir gefallen lässt. Bei solchen Worten hatte ich immer das Gefühl, meine Mutter verteidigen zu müssen, und sagte deshalb, sie hat doch recht, sie arbeitet schließlich den ganzen Tag, und ich habe wirklich vergessen, ihren Mantel abzuholen. Und warum hat sie ihn nach der Arbeit nicht selbst abgeholt?, fragte Marie, als hätte ich mich das nicht auch schon gefragt, sag ich doch, du bist ein Schaf und lässt dir alles gefallen.

Das warf sie mir auch vor, wenn ich mich vor der Kasse im Supermarkt abdrängen ließ oder wenn mich eine Nachbarin bat, ganz schnell etwas für sie einzukaufen oder ihr einen Sack Kartoffeln aus dem Garten in den Keller zu tragen, tu mir den Gefallen, Anne, ich hab's mit dem Rücken, oder wenn unser Vater mich zur Tankstelle schickte, um eine Schachtel Zigaretten zu holen.

Bevor Marie sich in meinem Kopf einnistete, war mir gar nicht aufgefallen, wie oft jemand etwas von mir verlangte, vermutlich hatte sie recht und ich war wirklich ein Schaf, doch dann, mit ihr, habe ich mich langsam verändert, nicht dass ich streitsüchtig wurde, das nun wirklich nicht, aber ich widersprach ab und zu und wehrte mich häufiger als früher, rückblickend könnte man sagen, ich hätte von ihrem Verschwinden profitiert, aber auch da weiß man natürlich nicht, ob ich mich nicht sowieso verändert hätte, einfach weil ich älter wurde.

Es ist schon auffallend, wie sehr du alles rationalisierst, sagt Ricki.

Fast hätte ich laut gelacht. Das hat Marie auch mal zu mir gesagt, sage ich, da hat unsere Großmutter noch gelebt, aber sie war schon nach unten gezogen, in unser früheres Zimmer, soweit ich mich erinnere, ging es um ein Fernsehprogramm, darum haben sie oft gestritten. Omi wollte unbedingt eine Sendung mit Volksmusik sehen und Marie etwas anderes, was, habe ich vergessen, aber Omi hat die Fernbedienung festgehalten und nicht mehr hergegeben, obwohl Marie einen Wutanfall bekommen und sie angeschrien hat. Ich habe später versucht, sie zu beruhigen, und habe gesagt, Omi hat nie etwas anderes gesehen, nie etwas anderes gehört, und sie ist alt und du bist jung, du kannst später noch alles sehen, was du willst, warum verzichtest du nicht einfach? Du kannst doch viel leichter nachgeben als sie. Da hat sie mich verächtlich angeschaut und gesagt, du bist kalt wie ein Frosch, du versuchst immer, alles zu erklären und jedes Problem zu rationalisieren, das stinkt mir, verstehst du, es stinkt mir noch mehr als Omis Halsstarrigkeit.

Ich habe mir diese Szene vermutlich deshalb gemerkt, weil ich nicht wusste, was rationalisieren heißt, ich musste das Wort erst nachschlagen, und dann war ich gekränkt und verstand nicht, warum sie mir meine Vernunft vorwarf. Ich selbst hielt mich einfach für pragmatisch, obwohl ich auch dieses Wort damals noch nicht kannte.

Ihr hättet keine Zwillinge sein können, sagt Ricki, auf keinen Fall, und erst recht keine Annemarie.

Nein, stimme ich zu, wir waren höchstens zwei Kopien von ein und demselben Bild, die eine Kopie in leuchtenden Farben, die andere in langweiligen Grautönen. Nein, bei uns war alles ordentlich verteilt, sie war die interessante Schöne, ich die langweilige Gescheite, ich war neidisch, ich habe ihr ihre Position übel genommen, aber heute bin ich mir nicht mehr sicher, ob sie nicht auch neidisch war. Da gab es nämlich noch eine andere Szene, die mir neulich erst wieder eingefallen ist. Ich muss damals noch ziemlich klein gewesen sein, vielleicht sieben oder acht, jedenfalls war es zu einer Zeit, in der Marie sich noch nicht draußen herumgetrieben hat und wir beide viel zusammen unternommen haben. Es ging um Danziger Goldwasser, unsere Omi bekam zum Geburtstag und zu Weihnachten immer eine Flasche Danziger Goldwasser, weißt du, was das ist?

Ricki lacht, ja, klar, meine alte Patentante trinkt das Zeug auch gern, ich hab's sogar mal probiert, das ist ein Likör, in dem kleine Goldplättchen schwimmen, eigentlich liegen sie auf dem Boden, aber wenn man die Flasche schüttelt, schweben sie in der Flüssigkeit herum wie winzige Goldfische in einem runden Aquarium, als Kind fand ich das faszinierend.

Ich lache auch, irgendwie froh darüber, dass wir eine Erinnerung teilen, auch wenn sie noch so unbedeutend ist. Stimmt, sage ich, wir, Marie und ich, waren auch fasziniert davon, und wir wollten unbedingt wissen, wie das Gold schmeckt, wir stellten uns Gott weiß was vor, eine paradiesische Delikatesse, auf jeden Fall etwas ganz unerhört Köstliches. Einmal, als unsere Omi zum Arzt gegangen war, trugen wir ihre Flasche in die Küche und kippten etwas von dem Zeug in eine Schüssel, Marie versuchte, die Goldplättchen herauszufischen, aber das war ebenso schwer, wie mit bloßen Händen Fische in einem Bach zu fangen. Sie wusste nicht mehr weiter und wollte schon aufgeben, aber ich hatte eine Idee, ich goss das Goldwasser durch ein Teesieb in eine andere Schale, und die Goldplättchen blieben im Sieb, sodass wir sie probieren konnten. Leider waren sie sehr enttäuschend, sie schmeckten nämlich nach nichts. Und als ich dann mit einem Trichter das Goldwasser in die Flasche zurückgoss, damit niemand merkte, was wir getan hatten, betrachtete Marie mich mit einem Blick, mit dem man früher auf dem Jahrmarkt vermutlich ein Kalb mit zwei Köpfen betrachtet hat, und sagte, du bist und bleibst eine verdammte Klugscheißerin. Ich war gekränkt. Warum konnte sie mich niemals loben?

Ricki beugt sich vor, gießt mir Tee nach. Eine Weile sagen wir beide nichts, ich schaue in die Kerzen, während die letzten Töne eines Lieds verklingen, und einen Moment lang ist es so still, dass ich mir einbilde, die Flämmchen knistern zu hören, doch dann setzt eine neue Melodie ein, und Ricki fragt, was hast du eigentlich gedacht, was mit ihr passiert ist, als sie damals nicht mehr heimkam?

Ich erschrecke, vorsichtig, Anne, pass gut auf, was du jetzt sagst, halte dich an die Geschichten, das konntest du doch immer gut, Geschichten erfinden, Geschichten sind keine Ausreden, sie helfen einem nur, das Leben so hinzukriegen, dass man es ertragen kann. Ich nehme einen Schluck Tee, schiebe mir eine dritte Praline in den Mund und überlege, wie ich ihr dieses Hin und Her, in dem ich damals lebte, erklären könnte, ohne aus dem Regen in die Traufe zu geraten, ohne in eine neue Falle zu tappen.

Ich habe alles Mögliche gedacht, sage ich, jeden Tag etwas anderes, ich habe mir ständig Geschichten ausgedacht, was hätte ich sonst auch tun können. Eine Geschichte war zum Beispiel, dass sie sich mit Aids infiziert hat und sich so sehr schämt, dass sie lieber auf der Straße oder in irgendeinem Obdachlosenheim lebt, als es uns zu sagen. Oder dass sie einen Mann gefunden hat, viel älter als sie, aber sehr, sehr reich, und jetzt in einer tollen Wohnung lebt und sich alles kaufen kann, was sie will, du weißt schon, großartige Klamotten und so, und einen Roller wünscht sie sich jetzt bestimmt auch nicht mehr, habe ich gedacht, er bezahlt ihr den Führerschein und kauft ihr einen roten Sportwagen, vielleicht einen Porsche, das war wohl das Tollste, was ich mir vorstellen konnte. Dazu brauchte sie natürlich einen falschen Pass, sonst hätte die Polizei sie ja gefunden, aber wenn man genügend Geld hat, wird ein neuer Pass kein Problem sein, habe ich gedacht. Und dann habe ich mir stundenlang vorgestellt, wie ihre Wohnung eingerichtet ist und was für Sachen sie sich zum Anziehen kauft und welchen Schmuck, vermutlich war ich sogar neidisch auf diesen Luxus.

Und was haben deine Eltern gesagt?

Nichts, gar nichts, darüber wurde bei uns nicht gesprochen, sie haben immer so getan, als könnte Marie jeden Tag zurückkommen, wenigstens mir gegenüber haben sie so getan, als hätte Marie sich bloß entschlossen, woanders zu leben, als wäre sie nur in eine neue Wohnung gezogen oder würde irgendjemanden, den niemand kannte, besuchen. Ich habe mir sogar mal überlegt, dass mein Vater sie heimlich trifft und ihr Geld gibt, von irgendetwas musste sie ja leben, aber als ich ihn darauf ansprach, hat er so erschrocken reagiert, dass ich ihm geglaubt habe. Also habe ich mich wieder auf meine Geschichten verlegt, es blieb mir ja nichts anderes übrig.

Außerdem hatte ich ja noch die Schule, an die habe ich mich geklammert, in der Schule spielte Marie keine Rolle, da wusste keiner Bescheid, und in der Schule ließ Marie mich auch in Ruhe, sie hat die Schule gehasst, also konzentrierte ich mich aufs Lernen, da war es auch kein Wunder, dass ich immer besser wurde.

Ich glaube, damals habe ich gelernt, auszuweichen, Unangenehmes zu verdrängen, nur die Teile zu leben, auf die ich Zugriff hatte, alles andere wollte ich nicht sehen. Ich habe mich selbst reduziert, und manchmal denke ich, ich habe bis heute keinen Weg aus diesem Labyrinth gefunden, damals war es die Schule, heute ist es das Studium. Verstehst du, was ich damit sagen will? Ich bin die Ausnahme, ich bin der Esel, der nicht aufs Eis tanzen geht, egal wie wohl ihm ist. Ich lache, merke aber, wie falsch es sich anhört, und schlucke das Lachen hinunter wie Galle, die einem manchmal aufstößt. Mir ist mal ein Spruch eingefallen, sage ich, ein Spruch, den man als mein Lebensmotto bezeichnen könnte, willst du ihn hören?

Ricki nickt, und ich sage: Glaub ja nicht, dass die Welt so heiter ist, wie du es gern möchtest.

Ricki lacht nicht, sie schaut mich nur lange an, und nach einer Weile fragt sie vorsichtig, hast du nie daran gedacht, dass sie vielleicht tot sein könnte?

Wieder erschrecke ich, weil ich nicht weiß, wie sie das meint, aber da mischt sich Marie ein, stell dich nicht so an, das ist doch nur eine ganz normale Frage. Klar habe ich daran gedacht, sage ich, ich bin ja nicht dumm, aber meinen Eltern gegenüber habe ich das nie ausgesprochen, ich habe mir immer eingeredet, dass ich sie schonen wollte, aber die Wahrheit ist, dass ich feige war, verstehst du, ich habe lieber den Kopf eingezogen und getan, als ginge mich das alles nichts an, das war bequemer.

Ich hatte meine eigene Theorie und an der hielt ich fest, ein Mann, es musste ein Mann im Spiel sein. Irgendwie war ich sicher, dass Marie wegen eines Mannes abgehauen war, sie war viel zu faul, um sich allein durchschlagen zu wollen, dachte ich, und ehrgeizig war sie schon gar nicht, irgendwelche Ziele oder etwas, was man im weitesten Sinn als Lebensplan bezeichnen könnte, habe ich nie von ihr gehört, nie hat sie gesagt, später will ich das und das, wie man es in diesem Alter doch oft tut, ich glaube, sie lebte ohne Zukunft, als hätte sie gewusst, dass es für sie keine Zukunft geben würde.

Deshalb konnte es gar nicht anders sein, es musste einen Mann geben, der versprochen hatte, für sie zu sorgen, sonst wäre sie nicht abgehauen, solch ein Risiko wäre sie nicht eingegangen. Aber dieser Mann war vermutlich einer, den sie uns nicht vorführen konnte, weil sie sich für ihn schämte, oder einer, dem sie uns nicht vorführen konnte, weil sie sich für uns schämte, manchmal hielt ich die eine Möglichkeit für wahrscheinlicher, dann wieder die andere. Und dann dachte ich, wenn man keinen eigenen Plan hat und sich auf andere verlässt, ist man schnell verlassen und fällt nur allzu leicht auf die Nase, und Marie war nun mal leichtsinnig und unvorsichtig, da war, könnte man sagen, eine Katastrophe schon vorprogrammiert.

Auch dafür habe ich mir Geschichten ausgedacht, ziemlich kitschige, das lag wohl daran, dass ich nach ihrem Verschwinden alle Bücher las, die sie in ihrem Zimmer hatte, keine Ahnung, was ich mir davon versprochen habe, denn wirklich spannend waren sie nicht, fast nur Liebesromane und die meisten ziemlich kitschig, du weißt schon, ein Professor in eine Studentin, ein Arzt in eine Krankenschwester, ein Manager in seine junge Sekretärin, und wenn die beiden sich endlich gefunden haben, taucht eine frühere Rivalin auf und spinnt eine fürchterliche Intrige und fügt den Liebenden viel Leid zu, bis sich auf den letzten Seiten alles aufklärt, und wenn sie nicht gestorben sind, dann leben sie noch heute.

Solches Zeug liest jeder mal, sagt Ricki, und ich fahre fort: Eine der Geschichten, die ich mir damals ausdachte, ging so: Marie hatte sich verliebt, wahnsinnig verliebt, und ihr Freund, der Sohn eines Fabrikbesitzers, erwiderte ihre Liebe, wenn auch nicht ganz so wahnsinnig, aber sein Vater verlangte von ihm, eine reiche Erbin zu heiraten, deshalb musste er Marie vor seiner Familie verstecken. Trotzdem hätten sie ein glückliches Leben führen können, aber weil Marie nun mal so war, wie sie war, fand sie sich nicht mit der Situation ab und forderte immer mehr. Er war vielleicht nicht wirklich böse, aber sie trieb ihn so in die Enge, bis er sich nicht mehr anders zu helfen wusste, er brachte sie um und vergrub ihre Leiche im Wald, damit niemand sie finden konnte.

Ich schaue Ricki an, solche Geschichten könnte es doch geben, wenigstens theoretisch, oder etwa nicht?

Ricki lacht laut und höhnisch und ich zucke zusammen, doch dann merke ich, dass es Marie ist, die mich auslacht, natürlich ist es Marie, denn Ricki lächelt und sagt, na ja, vielleicht in Schundromanen, sonst eher nicht.

Ich wende mich ab, um meine Erleichterung zu verbergen, sie nimmt mir meine Geschichten ab, und eigentlich stimmen sie ja auch, alle, jede auf ihre Art, was tun Geschichten letztlich anderes, als einem zu helfen, den Kopf über Wasser zu halten.

Vergiss nicht, dass ich erst fünfzehn war, sage ich lahm, fünfzehn und noch sehr naiv.

Ricki legt über den Tisch hinweg ihre Hand auf meine. Gehört es nicht dazu, sehr naiv zu sein, wenn man fünfzehn ist?

Ich schüttle den Kopf. Aufpassen, Anne, sagt Marie, die Sache mit dem Esel und dem Eis ist noch lange nicht ausgestanden, sag jetzt bloß nicht, dass du naiv warst, dann fange ich so laut an zu lachen, dass sie mich ebenfalls hört, und dann kannst du sehen, wie du dich wieder rausredest. Hau ab, Marie, sage ich in Gedanken, hör endlich auf, dich in mein Leben einzumischen. Und als ich Rickis erstauntes Gesicht sehe, sage ich laut, ich glaube nicht, dass man mit fünfzehn zwangsläufig naiv ist, Marie war mit fünfzehn bestimmt nicht mehr naiv, wenn du sie gekannt hättest, würdest du sofort verstehen, was ich meine.

Vielleicht war sie anders, als du denkst, vielleicht hast du sie ja nicht richtig gekannt, sagt Ricki und zieht ihre Hand wieder zurück. Es klingt platt, ich weiß, aber manchmal kennt man die am wenigsten, mit denen man zusammenlebt, man hat ein bestimmtes Bild von ihnen und sieht sie nur noch durch eine gefärbte Brille, und irgendwann ist man an dieses Bild gewöhnt und merkt überhaupt nicht, dass es sich inzwischen geändert hat. Vielleicht hatte deine Schwester ganz andere Seiten, die dir verborgen geblieben sind.

Ich hebe die Schultern, lasse sie wieder fallen, ja, das mag sein, aber dann ist sie selber schuld, sie hätte mir diese anderen Seiten zeigen sollen, rechtzeitig, als es noch was genutzt hätte, und jetzt ist es zu spät.

Es wird still, und ich denke, was wäre, wenn man die Zeit zurückdrehen könnte? Danach sehne ich mich insgeheim, vielleicht noch mal sieben oder acht Jahre alt zu sein, jedenfalls noch keine fünfzehn.

Hatte Marie eigentlich etwas mit Drogen zu tun?, fragt Ricki.

Weiß ich nicht, sage ich, damit kenne ich mich nicht aus, aber darüber nachgedacht habe ich auch. Als die Kommissarin mit den grauen Haaren mich nach Drogen gefragt hat, habe ich das verneint, die Wahrheit ist aber, dass ich es nicht wusste. Es könnte sein, so launisch, wie sie war. Und jetzt, wo du das sagst, fällt mir ein, dass sie meistens langärmlige T-Shirts anhatte, und im Sommer, wenn es heiß war, trug sie oft eine dünne Jacke oder eine Bluse über dem Top. Aber ich weiß es einfach nicht, woher hätte ich es auch wissen sollen. In unserer Klasse gab es zwei Mädchen, die regelmäßig gekifft haben, das habe ich zufällig mal aufgeschnappt, doch es hat mich nicht besonders interessiert, weil mich die beiden Mädchen nicht interessiert haben. Ich zögere, bevor ich weiterspreche, aber wenn Marie drogenabhängig gewesen und durch einen goldenen Schuss gestorben wäre, hätte man doch ihre Leiche finden müssen, und weil das nicht passiert ist, habe ich diese Möglichkeit schließlich verworfen.

Hast du nie um sie getrauert, fragt Ricki, ich meine, hast du nie einfach nur um sie geweint?

Das hätte sie nicht fragen dürfen, das nicht, es geht niemanden etwas an, ob ich weine oder nicht, noch nicht einmal Ricki. Wie hätte ich trauern sollen, fahre ich sie an, wie kann man um jemanden trauern, der vielleicht tot ist, aber vielleicht auch nicht? Manchmal war ich wütend auf sie und manchmal traurig, aber kein Gefühl war richtig, verstehst du, kein Gefühl hatte Bestand, weil auch das Gegenteil möglich gewesen wäre, es war ein ständiges Hin und Her, ein Zickzack von Möglichkeiten, ein Zickzack von Gefühlen. Und eigentlich ist es bis heute so geblieben, obwohl ich mir jetzt wünsche, sie wäre tot, endgültig tot. Es ist sieben Jahre her und sie quält mich noch immer, es reicht, aus, basta. Aber ich kriege das Basta nicht hin.

Ja, sagt Ricki und nippt an ihrem Tee, ich glaube, ich verstehe, was du meinst. Ich war sechzehn, als mein Vater starb, aber er war sehr lange krank gewesen, von daher hatten wir genug Zeit, uns daran zu gewöhnen, dass er sterben würde. Trotzdem war das erste Jahr danach sehr schwer, meine Mutter hat dieses Basta, wie du es nennst, auch nicht hingekriegt, und wir, mein jüngerer Bruder und ich, mussten ziemlich schnell erwachsen werden. Ich habe damals viel um meinen Vater geweint, aber jetzt ist es vorbei. Inzwischen ist sein Tod zu einer traurigen Erinnerung geworden, die zu mir gehört, aber nichts mehr mit meinem Alltag zu tun hat.

Ich schaue sie an, keine Ahnung, wie man auf solch eine Mitteilung reagiert, was sie von mir erwartet, ich kann doch jetzt nicht »Es tut mir leid« sagen oder »Mein herzliches Beileid«. Neun Jahre nach seinem Tod?

Mach nicht so ein Gesicht, sagt Ricki und gießt sich Tee nach, ich habe dir das nicht erzählt, um dich traurig zu machen oder um Mitleid zu schinden, sondern nur, um klarzumachen, dass ich mir den Unterschied zwischen akzeptierter, anerkannter Trauer und deiner totalen Verunsicherung vorstellen kann, zwischen einem für alle nachvollziehbaren Verlust und dem Gefühl, schuldlos leiden zu müssen, ohne dass man einen offiziellen Grund dazu hat, vor allem in dem Alter, in dem du damals warst. In keiner Phase des Lebens ist man so verletzlich wie in den Jahren des Erwachsenwerdens, da ist jedes Leid wie das Ende der Welt und jede Kränkung einschneidend und bestimmend. Ich wollte dir nur zeigen, dass ich dich verstehe.

Ich weiß nicht, was ich darauf sagen soll, sie kann sich nicht wirklich vorstellen, wie es mir damals ging, Gott sei Dank kann sie das nicht, ich drehe mich zum iPod und lausche den Worten, die Judith Holofernes singt:

Endlich ein Grund zur Panik, endlich ein Grund – los, Panik!

Als ob man für Panik einen Grund brauchen würde, sage ich, manchmal habe ich das Gefühl, ständig nach einem Grund zu suchen, nicht panisch zu sein, vor allem, wenn es um meine Schwester geht.

Ricki steht auf. Wollen wir noch ein bisschen um die Häuser ziehen, damit wir auf andere Gedanken kommen? Wir könnten Kevin fragen, ob er Lust hat, uns zu begleiten, ihm würde es bestimmt auch guttun, noch ein bisschen frische Luft zu schnappen.

Der Bann ist gebrochen, ich bin wieder hier, im Jetzt, in Frankfurt. Und ich bin froh darüber. Ich bin weit gegangen und weiß nicht, ob es nicht vielleicht zu weit war. Aber Marie hat sich zum Glück zurückgezogen, denn wenn sie noch da wäre, würde sie jetzt wieder den Esel erwähnen, oder sie würde sagen, wo bleibt deine Vorsicht, Anne, du bist wirklich ein Schaf, warum gehst du ohne Not ein Risiko ein? Aber sie sagt es nicht.

Fünfzehn

Was macht man, wenn man etwas tun will, was man für richtig hält, und trotzdem immer wieder davor zurückschreckt? Wie stellt man es an, die eigene Drückebergerei zu überwinden? Nun, man schafft äußere Bedingungen, die einem das ewige Ausweichen unmöglich machen, man kündigt etwas laut an, um sich selbst den Rückweg abzuschneiden.

Ich will nach Hause fahren, ich will mir alles anschauen, als wäre es neu, vielleicht komme ich ja in der alten Umgebung, in der alles passiert ist, der hinterlistigen Erinnerung eher auf die Schliche als hier in Frankfurt. Es kann nicht alles so gewesen sein, wie ich es mir einbilde, ich kenne mich doch, ich mache mühelos aus einer Mücke einen Elefanten und aus einem Elefanten einen Luftballon, da könnte ich ein Korrektiv gut brauchen, deshalb, und nicht nur deshalb, bin ich auf die Idee mit Ricki gekommen. Ich bin gern mit ihr zusammen, sie hat eine Form von Klarheit und Durchsichtigkeit, die mir guttut, verdammt gut. Also habe ich sie gefragt, ob sie sich vorstellen könnte, am Wochenende mit mir zu meinen Eltern zu fahren.

Sie war überrascht, hat aber nach kurzem Überlegen Ja gesagt. Abends habe ich dann meine Mutter angerufen, um sie um ihre Zustimmung zu bitten, aber bitten war gar nicht nötig, sie sagte sofort Ja, natürlich kannst du deine Freundin mitbringen, klar, und ich dachte, sie freut sich, dass ich komme, sie freut sich so sehr, dass ihr alles recht ist. Danke, sagte ich, und sie fragte, eine Medizinstudentin, hast du gesagt? Ricarda, was für ein schöner Name, meinst du, sie würde gern einen Hasenbraten essen?

Die ewigen Hasen, natürlich, ich schnappte nach Luft, brachte es aber nicht übers Herz, sie zu enttäuschen. Bestimmt, Mama, mach ihn mit Schalotten und Rotkraut und mit *Knedlich*.

Sie lachte, ja, Omis *Knedlich,* ich glaube, wir haben noch ein paar *Haplich* Rotkraut im Garten. So fröhlich hatte sie sich schon lange nicht angehört, und als ich auflegte, wusste ich, dass ich auch diesmal widerspruchslos einen Hasenschenkel essen würde, ich würde mich auch diesmal zusammenreißen und kein Wort sagen.

Nun sitzen wir also im Zug, beide am Fenster, wir haben wunderbarerweise ein leeres Abteil gefunden, ich sitze mit dem Rücken zur Fahrtrichtung, den besseren Platz habe ich natürlich Ricki überlassen, die so gut gelaunt herumalbert, als wären wir zwei Schulmädchen auf einer Klassenfahrt, he, wir beide unterwegs, ist doch mal was anderes als immer nur unser alter Küchentisch. Sie holt zwei kleine Flaschen O-Saft aus ihrer Umhängetasche, klappt die Tischchen auf und legt dann für jede noch einen Schokoriegel und eine Packung Cracker dazu, hier, ein bisschen Reiseproviant, damit wir auf der Fahrt nicht verhungern. Und ich kämpfe gegen das vertraute, nicht beherrschbare Unbehagen an, das sich wie eine kleine Schlange durch meine Eingeweide windet und manchmal ruckartig den Kopf bewegt oder mit dem Schwanzende ausschlägt, um sich bemerkbar zu machen, auf was hast du dich da eingelassen, glaub ja nicht, dass die Welt so heiter ist, wie du es gern hättest, lass dich doch nicht von ihren Grübchen einfangen. Ich ignoriere das unangenehme Gefühl in meinem Inneren und bemühe mich, ein ebenso fröhliches Gesicht zu machen wie Ricki.

Sie reißt ihren Schokoriegel auf, beißt hinein und kaut, dann beugt sie sich vor, in ihrem rechten Mundwinkel klebt noch ein bisschen Schokolade und lässt sie noch schulmädchenhafter aussehen, erzähl mir ein bisschen von deinen Eltern, Anne, sagt sie, ich möchte wissen, worauf ich mich einstellen soll.

Da gibt es nicht viel zu erzählen, sage ich, und die Schlange in mir rollt sich, da es nicht um Marie geht, gemütlich zum Schlafen ein. Früher fand ich sie furchtbar, und heute denke ich, dass sie eigentlich gar nicht so schlimm sind, fange ich an, aber ich komme mit ihnen nicht klar und sie nicht mit mir. Meine Mutter hat mit siebzehn, nach der Realschule, eine Banklehre angefangen und es schließlich bis zur Filialleiterin gebracht, es ist, um die Wahrheit zu sagen, nur eine kleine Filiale, und kein Mensch weiß, warum sie nicht schon längst geschlossen wurde, auch meine Mutter weiß es nicht, aber sie hofft, dass sie noch bis zu ihrer Rente weiterbesteht, sie liebt ihre Arbeit nämlich. Sie ist es auch, die das Geld für die Familie verdient hat, vor allem, nachdem mein Vater seine Stelle bei BMW verloren hatte, da war ich zwölf. Er hat keine neue mehr gefunden, er ging schon auf die Sechzig zu und wurde bald frühverrentet, wie es so schön heißt. Ich habe relativ alte Eltern, meine Mutter war fünfunddreißig, als ich geboren wurde, und mein Vater achtundvierzig.

Er stammt von einem Bauernhof im Bayrischen Wald, den Hof hat sein älterer Bruder geerbt, mein Vater hat Autoschlosser gelernt. Nach seiner Verrentung ist sein bäuerliches Erbe durchgeschlagen, wie meine Mutter es nennt, für ihn war es vermutlich ein Glück, was hätte er sonst den ganzen Tag gemacht. Zwei Hasenställe hatte er schon vorher, dann hat er noch einen Hühnerstall in unseren Garten gebaut, den er aber bald wieder aufgeben musste, weil sich die Nachbarn über das Gegacker beschwert haben, vor allem über den Gockel, der schon in aller Früh anfing zu krähen. Also hat er den Hühnerstall wieder abgerissen und aus dem Holz weitere Hasenställe gebaut, Hasen sind absolut schweigsam und brauchen nicht viel Platz. Du willst wissen, worauf du dich einstellen sollst? Auf Hasenbraten.

Prima, sagt Ricki, esse ich gern, mich kann man mit gutem Essen immer bestechen.

Was ist mit deinen Eltern, frage ich, was für Berufe haben sie?

Mein Vater war Ingenieur, sagt sie, und meine Mutter bis zu ihrer Heirat Sachbearbeiterin bei der AOK, danach Hausfrau. Nach dem Tod meines Vaters hat sie in einer Boutique angefangen, im Verkauf, da arbeitet sie heute noch, aber richtig glücklich macht sie das nicht.

Wir werden still, weil in Würzburg zwei Leute ins Abteil kommen, ein älteres Paar, beide zu dick, beide in bräunlichen Daunenmänteln, er dunkler, sie heller, und als sie ihre Mäntel ausziehen, kommen zwei ähnliche Pullover zum Vorschein, beide bräunlich, bei ihm dunkler, bei ihr heller, zwei blasse Karikaturen ihrer selbst, verheiratete Langeweile, oder, wegen ihrer Ähnlichkeit, vielleicht auch Bruder Braun und Schwester Beige. Ich erschrecke, was bist du doch für eine arrogante Ziege, sage ich mir, was bildest du dir eigentlich ein, sie könnten ein Onkel und eine Tante von dir sein, die würden auch nicht anders aussehen.

Ricki und ich reißen gleichzeitig unsere Crackerpackungen auf und lächeln einander zu, und wieder habe ich das Gefühl, sie könnte Gedanken lesen, aber vielleicht sieht sie nur die wahren Gesichter hinter den Gesichtern, die wir alle aufsetzen, sobald wir mit anderen zusammen sind, denn das ist es, was wir gelernt haben, was uns das Leben beigebracht hat, ein anderes Gesicht aufzusetzen, nicht unbedingt, um unsere wahren Gefühle zu verbergen, sondern um nicht sofort als Wurm erkannt und von der nächsten Krähe gefressen zu werden.

Wir lehnen uns beide zurück und schauen aus dem Fenster, sie in die Richtung dessen, was sozusagen die Zukunft bringt, und ich passenderweise in die Richtung dessen, was zur Vergangenheit wird. Felder und Wiesen ziehen an uns vorbei, Braun in Braun mit graugrünen Tupfern, Wälder mit stumpfen, goldfarbenen, orangen und rostroten Flecken, ab und zu Dörfer mit Häusern, die sich gegen den Wind ducken, und alles unter einem tief hängenden, schiefergrauen Himmel. Die Cracker knirschen und krachen, wenn man hineinbeißt, Krümel fallen auf meine Jeans und ich wische sie weg, tu nicht so *miekeln,* schimpft Omi in meinem Kopf, und ich sage leise zu Ricki, ich hätte mir ein schöneres Wetter gewünscht. Ricki zuckt mit den Schultern, man kann nicht alles haben.

Wieder ein Wald, wieder rostrote, orange und goldene Flecken. Danziger Goldwasser zu Weihnachten und zum Geburtstag, dazu manchmal 4711 oder auch ein Fläschchen Tosca. Seltsam, dass ich diese Namen nicht vergessen habe, ich sehe sogar noch deutlich die Etiketten auf den Flaschen vor mir, dabei war ich doch noch ein Kind. Bin ich vielleicht ebenso besessen von meinen ersten Lebensjahren, wie Omi es von ihren war? Hat Allach für mich die gleiche Rolle gespielt wie Vierzighuben für sie? Vielleicht habe ich mir ja alles nach und nach passend zurechtgedacht wie ein orientalischer Märchenerzähler oder wie Omi sich ihr Paradies Vierzighuben zurechtgedacht hat. Mag sein, nur dass es für mich kein Paradies war. Oder doch? Vierzighuben, auf tschechisch Lány, gehört heute zu Svitavy, das einmal Zwittau hieß. Ich habe im Internet gesucht und ein paar Bilder gefunden, vom Redemptoristenkloster mit der Sankt-Joseph-Mühle. Es hat mich seltsam berührt, das anzuschauen, was meine Großmutter als Kind auch gesehen hat, denn vermutlich ist sie oft daran vorbeigegangen. Ich habe mir die Straßen angeschaut und das kleine Mädchen mit Schürze und straff geflochtenen Zöpfen vor mir gesehen, und ich habe mir gedacht, ohne die Vertreibung würde ich, wenn mich jemand fragte, wo ich herkomme, vermutlich sagen, aus Lány, woher denn sonst?

In Nürnberg steigt das farblose Paar zum Glück aus, nicht ohne uns freundlich, als wären wir alte Bekannte, noch eine gute Weiterfahrt gewünscht zu haben, und ich merke, wie ich rot werde, als ich ihren Gruß erwidere. Bis Augsburg sind wir ungestört, dann kommt eine Frau in unser Abteil, mit Reisetasche und einem kleinen Jungen, dem sie immer wieder dasselbe Bilderbuch vorliest, *Regen Regen Tröpfchen, es regnet auf mein Köpfchen,* und ich bin verdammt froh, dass wir sie nicht schon seit Würzburg ertragen müssen. In München steigen wir alle aus, Ricki mit ihrem Köfferchen, ich mit meinem

Rucksack, die Frau samt Reisetasche und Kind. Auf dem Bahnsteig sehen wir noch, wie ein dünner Mann mit Bart und Brille sie überschwänglich begrüßt und sich den begeistert in die Hände klatschenden Jungen auf die Schultern hebt, so gehen sie auf den Ausgang zu. Eine glückliche Familie, ist mein erster Gedanke, und der zweite, eine, die noch nicht ahnt, was ihr in Zukunft blühen wird.

Und dann sind wir in Allach und gehen die Straßen entlang, die ich schon so oft entlanggegangen bin, was heißt oft, mein ganzes Leben lang, bis ich mit neunzehn nach Frankfurt floh. Die Häuser und Gärten haben sich verändert, wann eigentlich, es kann nicht alles in den letzten drei Jahren passiert sein, auch wenn mir die Veränderungen früher kaum aufgefallen sind, vielleicht sehe ich meine alte Umgebung jetzt mit anderen Augen, weil Ricki neben mir geht. Viele Häuser haben Anbauten bekommen, Wintergärten, Garagen, oft auch einen Carport für den Zweitwagen, alles ist eine Sprosse höher auf der Leiter nach oben und mindestens eine oder zwei Gehaltsstufen teurer, es gibt schmiedeeiserne Zäune, manche Gärten sind zur Straße hin sogar mit Mauern abgeschlossen, Naturstein oder weiß verputzt, da und dort stehen herbstlich nackte Hollywoodschaukeln, ohne Polster, auch ab und zu kunstgewerbliche Artefakte, auf alt und verrostet getrimmt, und statt Tomaten, Salat und Johannisbeersträuchern sieht man Stauden, Büsche und Kübel mit Hortensien, die auch verblüht noch eine blasse Schönheit ausstrahlen, wie alte, auf impressionistische Manier hingetupfte Gesichter.

Alles sieht anders aus, auch meine Eltern, sie kommen mir nicht mehr so alt vor, wie ich sie in Erinnerung habe. Meine

Mutter wirkt in ihrem dunkelblauen Hosenanzug und der weißen Bluse auf eine biedere Art eleganter als früher, da hatte sie nur korrekt ausgesehen, und mein Vater, in einer braunen Cordhose und einer karamellfarbenen Strickjacke über einem hellen Hemd, scheint gewachsen zu sein, doch dann merke ich, dass er sich nur gerader hält als in den letzten Jahren. Haben sie sich wirklich verändert, oder liegt es an mir, an meinem Blick, weil Ricki neben mir steht?

Die Begrüßung verläuft seltsam distanziert, ein Händeschütteln, ein »Herzlich willkommen, Ricarda«, wie bei einer offiziellen Veranstaltung, zu der man nur gegangen ist, weil es sich so gehört, auch wenn man vielleicht lieber zu Hause auf dem Sofa geblieben wäre. Was habe ich denn erwartet, dass Ricki meine Mutter mit einem Kuss mitten auf den Mund begrüßt, wie sie es immer bei mir tut? Was für eine absurde Vorstellung, ich kann nur mit Mühe ein Grinsen unterdrücken.

Meine Mutter zeigt Ricki ihr Zimmer, meines, im Erdgeschoss, und ich stelle erstaunt fest, dass sie neue, farbige Bettwäsche angeschafft hat, mit breiten dunkelgrünen und hellgrünen Streifen, so etwas hatten wir früher nicht, da war unsere Bettwäsche weiß oder pastellfarben, und wenn schon nicht einfarbig, dann höchstens kleingemustert. Für dich habe ich das Bett in Maries Zimmer hergerichtet, sagt sie zu mir, dann schaut sie wieder Ricki an und sagt, das Bad ist leider oben, im ersten Stock.

Ich gehe hinauf. Maries Zimmer ist unverändert, und ich bilde mir fast ein, dass es noch immer nach Räucherstäbchen riecht, sogar ihr MP3-Player liegt noch auf dem Schreibtisch, den sie mir damals verweigert hatte und den ich später, nach ihrem Verschwinden, nicht mehr hatte haben wollen, ebenso wie ich einen Umzug in das größere und hellere Zimmer oben ablehnte, als meine Eltern es mir zwei Jahre nach ihrem Verschwinden vorschlugen. Selbst jetzt fühle ich mich hier wie ein Eindringling.

Während ich meinen Rucksack auspacke, geht die Tür auf, es ist meine Mutter, sie bleibt auf der Schwelle stehen und sagt, ohne mich anzuschauen, wir überlegen, ob wir sie nicht für tot erklären lassen sollen.

Die Schlange in meinem Bauch wacht auf und schlägt wild um sich, ich spüre, wie sie das Maul aufreißt, bereit zuzubeißen. Wir glauben nicht, dass sie noch am Leben ist, fährt meine Mutter fort und hebt nun den Kopf, ich wollte nur, dass du das weißt. Ich gehe jetzt runter und kümmere mich um den Kaffee.

Als sie die Zimmertür hinter sich zugemacht hat, stehe ich noch immer da, den Schlafanzug in der Hand, und zwinge mich dazu, langsam und tief zu atmen, bis sich die Schlange wieder beruhigt hat, erst dann lasse ich den Schlafanzug auf das Bett mit dem alten, hellblauen Bezug fallen und gehe zum Fenster.

Der Garten sieht aus, wie er so spät im Jahr immer ausgesehen hat, braun und ein bisschen traurig, die Beete bis auf ein paar Kohlköpfe und Lauchstangen und zwei, drei Reihen Feldsalat abgeerntet, die Blätter an den Johannisbeersträuchern sind entweder schon abgefallen oder grau vertrocknet. Drüben, bei den Stegmüllers, gibt es keine Gemüsebeete mehr, stattdessen einen Rasen, auf dem ein Holztisch und eine Bank stehen, vor einem neu angelegten Teich mit Wasserpflanzen, und in der Mitte steht ein großer, steinerner Frosch auf einer

Steinkugel. Ich frage mich, ob Otto Goldfische in den Teich gesetzt hat, das lässt sich von hier aus nicht erkennen, aber es würde gut zu ihm und zu Friedel passen. Vielleicht sollte ich an diesem Wochenende mal bei ihnen vorbeischauen. Ob Otto mich dann wieder in die Wange kneift und sagt, du warst mein dringendster Einsatz, Anne, darauf kannst du dir was einbilden? Nein, vermutlich nicht, das hat er schon lange nicht mehr getan.

Ich gehe hinunter. Meine Mutter hat den Kaffeetisch im Wohnzimmer gedeckt, der runde Tisch und die Stühle mit den gelben Bezügen sind neu, auch die dunkelblaue Couch, zwei Sessel und ein Glastisch, die auf einem maisgelben Teppich stehen, und die Wände zeigen nicht mehr das vertraute bräunliche Blümchenmuster, sondern sind weiß gestrichen, alles sieht hell und freundlich aus, ganz anders als früher, und ich wundere mich, dass ich, als meine Mutter am Telefon gesagt hatte, wir haben das Wohnzimmer renoviert und ein paar neue Sachen gekauft, automatisch davon ausgegangen bin, dass die Neuanschaffungen genauso aussehen würden wie die ausrangierten Möbel, nur eben neu und sauber und schrammenlos. Mein Blick sucht das Foto von Omi, Marie und mir, Gott sei Dank, es steht noch auf seinem alten Platz im Schrank.

Ricki sitzt auf der Couch vor dem Fenster, das Licht fällt von hinten auf ihre Haare, ihr Gesicht kann ich kaum erkennen, meine Mutter sitzt ihr gegenüber in einem Sessel. Anne, kannst du bitte in der Küche den Kuchen aufschneiden, sagt sie, als ich ins Zimmer komme, der Kaffee ist schon durchgelaufen.

Ich gehe in die Küche und mache die Tür hinter mir zu.

Da steht er, Omis Käsekuchen, den Marie und ich wegen des Teiggitters, mit dem er bedeckt war, den gefangenen Käsekuchen genannt haben, er sieht aus wie früher und riecht auch wie früher, Rührung steigt in mir auf, ich wusste gar nicht, dass meine Mutter das Rezept kennt, seit Omis Tod hat es bei uns keinen gefangenen Käsekuchen mehr gegeben, Marie mochte lieber Obstkuchen oder Marmorkuchen, und nach ihrem Verschwinden hat meine Mutter, soweit ich mich erinnere, nur noch selten Kuchen gebacken. Während ich ein Messer aus der Schublade hole und vorsichtig anfange zu schneiden, führen Ricki und meine Mutter im Wohnzimmer Smalltalk, jedenfalls nehme ich das an, doch als ich die runde Glasplatte mit dem geschnittenen Kuchen hinüberbringe und mitten auf den neuen Tisch stelle, höre ich verblüfft, dass sie in ein wirkliches Gespräch vertieft sind.

Vermutlich hat Ricki irgendetwas Lobendes über das Haus gesagt, irgendetwas, was meine Mutter herausgefordert hat, denn ich höre erstaunt, dass sie offenbar bereitwillig die Geschichte des Hauses erzählt, die ja zugleich eine Geschichte unserer Familie ist, und Ricki, die »Queen der Empathie«, hört aufmerksam zu. Bei uns ist es üblich, dass die Mädchen die Namen ihrer Großmütter bekommen, sagt meine Mutter gerade, ich heiße Emma nach der Mutter meiner Mutter, und meine Töchter habe ich Marie und Anne genannt, nach ihrer Großmutter Annemarie.

Aber warum haben Sie Ihre ältere Tochter dann nicht Anne genannt und die jüngere Marie, fragt Ricki, das wäre doch logischer gewesen.

Mir hat der Name Marie besser gefallen, antwortet meine Mutter, und ein zweites Kind war nicht geplant, aber als es dann gekommen ist, war meine Mutter überglücklich, dass wir es Anne genannt haben.

Der Kuchen, sage ich, und meine Mutter wirft mir einen Blick zu, als hätte ich sie dabei ertappt, wie sie einem Komplizen die Zahlenkombination des Banksafes verrät, einen zugleich flehenden und vorwurfsvollen Blick. Geh und ruf deinen Vater zum Kaffeetrinken, sagt sie, er ist bestimmt bei den Hasen.

Natürlich ist er bei den Hasen, wo denn sonst, doch als ich den Schuppen betrete, bleibe ich erstaunt stehen. Er hat sich in der Ecke, in der früher das Heu und das Körnerfutter für die Hasen gelagert waren, eine Art kleines Wohnzimmer eingerichtet, mit dem ausrangierten alten Sofa und dem Couchtisch, auf dem neben einem Aschenbecher und einer Schachtel Zigaretten eine Zeitung liegt, den Zementfußboden bedeckt unser alter Wohnzimmerteppich mit Persermuster, und an der Bretterwand mit dem kleinen Fenster steht die Stehlampe, die früher in Omis Zimmer gestanden hat, ich habe gar nicht gewusst, dass meine Eltern sie aufgehoben haben. Bizarr, denke ich, ein möblierter Hasenstall, es fehlen nur noch ein Kühlschrank und eine Kaffeemaschine.

Mein Vater weicht meinem fragenden Blick aus, zuckt verlegen mit den Schultern und sagt, vielleicht um einer ironischen Bemerkung zuvorzukommen, ich habe angefangen, Rassehasen zu züchten. Er deutet auf einen Stall in Augenhöhe, in dem zwei Hasen sitzen, und sagt stolz, das ist mein erstes Paar, Helle Großsilber.

Wieso Helle Großsilber, frage ich erstaunt, die zwei sind doch schwarz.

Er lacht, sie werden schwarz geboren und bekommen erst

nach sieben, acht Monaten eine bläulich-weiße Deckfarbe. Die beiden hier sind jetzt gerade mal drei Monate alt, aber ich habe ihre Eltern gesehen, wahre Prachtexemplare, die schon jede Menge Preise gewonnen haben, hoffentlich schaffen meine zwei das auch. Jedenfalls sind sie nicht zum Schlachten bestimmt.

Ich habe mich eigentlich nie für seine Hasen interessiert, ich fand sie eher langweilig und dumm, und außerdem war es mir lästig, wenn ich die Ställe ausmisten und frisches Stroh einstreuen musste, doch jetzt betrachte ich die beiden Hasen genauer. Sie sind tatsächlich ziemlich hübsch, aber ansonsten wie die anderen Hasen auch, sie mümmeln am Heu und bewegen die Ohren.

Ich bin verwirrt, er hat sich verändert, mein Vater, und ich frage mich, ob das erst in den Jahren passiert ist, seit ich in Frankfurt lebe und meine Eltern nur selten besucht habe, das kann doch nicht sein, habe ich so lange die Augen zugemacht? Ihm zuliebe, um ihm einen Gefallen zu tun, und auch, um meine Verlegenheit zu überspielen, frage ich, ob die beiden Geschwister sind.

Er schüttelt den Kopf, nein, aber sie sind beide vom selben Züchter, und ein bisschen unsicher fügt er hinzu, ich habe sie Romeo und Julia genannt.

Romeo und Julia. Ich weiß nicht, ob ich weinen oder lachen soll, da wird er im Alter noch romantisch, denke ich und kann mir gut vorstellen, was Marie alles einfallen würde. Wir haben uns immer über seine Hasen mokiert, sie waren uns peinlich, wer züchtete schon Hasen im Schuppen hinter dem Haus, die Väter unserer Mitschüler spielten Golf oder wenigstens Tennis. Ich hätte in der Schule nie erzählt, mein Vater züchtet Hasen, da hätte ich mich geniert. Wenn es Pferde oder Hunde gewesen wären, dann ja, aber Hasen? Komm, sage ich und greife nach seiner Hand, komm jetzt, der Kuchen steht schon auf dem Tisch.

Das Kaffeetrinken verläuft friedlich, meine Eltern erkundigen sich nach dem Studium, und Ricki erzählt, wie sehr sie sich darauf freut, im nächsten Jahr in einer Klinik anzufangen und nach dem vielen Lernen endlich auch die Praxis kennenzulernen, gibt aber zu, auch ein bisschen Angst davor zu haben.

Und ich erzähle von meinen Pilzen, von den Myzelien, die unter der Erde wachsen, und davon, wie unvorstellbar viel Leben in ein paar Kubikzentimetern Materie zu finden ist, sei es in unserem Darm, in unserem Blut oder auch im Waldboden unter jedem x-beliebigen Baum, wie viele Mikroorganismen in Abhängigkeit von anderen nicht nur selbst existieren, sondern ihrerseits weiteren Organismen die Existenz ermöglichen.

Das sieht man doch nur unter einem Mikroskop, sagt mein Vater, warum hast du dir denn nicht etwas Größeres ausgesucht, etwas Handfesteres?

Weil es genau das ist, was mich interessiert, sage ich, ich finde das verborgene Leben spannender als das sichtbare. Alles hängt mit allem zusammen, das ist eine Binsenwahrheit, ich möchte mir aus diesem »Alles«, das wir als Ganzes kaum erfassen können, ein paar Kubikzentimeter herausholen, ich möchte versuchen, das Unfassbare der Natur auf etwas zu reduzieren, was für meinen Verstand fassbar ist, es geht mir um die Beziehungen zwischen den Organismen, um parasitäre und symbiotische Beziehungen.

Und dann fällt mir auf, dass die Gesichter meiner Eltern schlaffer werden, meine Mutter kippt ein Löffelchen Zucker in ihren Kaffee und rührt zu lange, sie hört gar nicht mehr auf zu rühren. Ich habe mich offenbar wieder verrannt, denke ich, ich sollte das Thema wechseln, und Marie höhnt, du bist und bleibst eine Klugscheißerin, das habe ich doch schon immer gesagt. Ich zwinge mich zu einem entschuldigenden Lachen und sage möglichst beiläufig, na ja, so spannend ist das vermutlich nur für Biologen. Dann wende ich mich an Ricki, ich würde gern mit dir in die Stadt fahren, um dir ein paar Sehenswürdigkeiten zu zeigen, den Stachus und den Marienplatz und die Frauenkirche, was man Touristen halt so vorführt, nur ein bisschen rumlaufen, hast du Lust?

Ricki nickt, klar, ich war noch nie in München.

Ich halte das für keine gute Idee, sagt meine Mutter, bei diesem Wetter könnt ihr euch wer weiß was holen.

Lass sie doch, sagt mein Vater, sie sind doch keine kleinen Kinder mehr, und als wir unsere Mäntel anhaben und schon an der Haustür stehen, drückt er mir unauffällig einen Schein in die Hand und sagt leise, damit ihr notfalls ein Taxi nehmen könnt, falls es wirklich anfängt zu regnen.

Es verschlägt mir die Sprache, ich kann noch nicht mal Danke sagen, so verblüfft bin ich, mehr als ein Nicken bringe ich nicht zustande. Und erst als wir an der Bushaltestelle stehen, frage ich Ricki, ob sie als Kind mal ein Kaleidoskop gehabt hat.

Sechzehn

Realitäten können sich verändern, Bilder legen sich übereinander, Silhouetten verschwimmen, manche Konturen werden überdeutlich, andere verblassen, und Farben verändern sich, als würden sie von bunten Scheinwerfern angestrahlt. Oder sie setzen sich ständig zu neuen Mustern und Formen zusammen, wie bei dem Kaleidoskop, das mir die Bodenmais-Oma einmal geschenkt hat. Heute weiß ich natürlich, wie ein Kaleidoskop funktioniert. Es handelt sich um ein Rohr, an dessen einem Ende zwischen zwei Glasplatten kleine, farbige Objekte locker eingelegt sind. Hält man das andere Ende vor das Auge, sieht man symmetrische Muster, die sich in Farbe und Form verändern, wenn man das Rohr dreht. Vielleicht sollte jedes Kind mit einem Kaleidoskop aufwachsen, eine bessere Vorbereitung auf das Leben gibt es nicht. Nur ein bisschen drehen …

Wir kommen pünktlich zurück. Der Duft nach Hasenbraten empfängt uns bereits an der Haustür und im Wohnzimmer ist der neue Tisch gedeckt, mein Vater macht gerade eine Flasche Rotwein auf. Ricki hebt den Kopf und schnuppert wie ein Cockerspaniel, das riecht ja großartig, sagt sie und geht in die Küche, um, nicht nur aus Höflichkeit, meiner Mutter ihre Hilfe anzubieten.

Das Essen verläuft fröhlicher, als es hier je verlaufen ist, Ricki lobt den Hasenbraten, und meine Mutter sagt, was ist es doch für ein Vergnügen, für jemanden zu kochen, der gern isst, Sie brauchen meine Tochter ja nur anzuschauen, Ricarda, da wissen Sie, was ich meine.

Ricki lacht und sagt, ich habe schon immer gern gegessen und leider sieht man mir das auch an, von nichts kommt eben nichts.

Meine Mutter hat immer gesagt, der Wind bläst rote Backen, aber keine dicken Ärsche, sagt mein Vater, und meine Mutter wirft ihm einen erschrockenen Blick zu, aber als sie sieht, dass Ricki lacht, lacht sie auch.

Wie unbefangen sie ist, denke ich, unbefangen und schön, mit ihr scheint alles leichter und heiterer zu werden, es kann nicht nur an dem neuen Tisch und den weißen Wänden liegen, dass nichts mehr von den alten Spannungen zu spüren ist. Und als plötzlich Marie auftaucht und vorwurfsvoll sagt, reicht es dir denn nicht, dich in mein Leben einzumischen, musst du jetzt auch noch eine Fremde mitbringen, die das alles nichts angeht?, fällt es mir nicht schwer, sie mit einer unauffälligen Handbewegung zum Schweigen zu bringen.

Danach sitzen wir zusammen, Ricki und ich auf dem Sofa, meine Eltern in den Sesseln, und ich fühle mich zunehmend entspannter, umso mehr, als mein Vater offenbar gar nicht auf die Idee kommt, die Whiskeyflasche aus dem Schrank zu holen. Der Rotwein lockert die Zungen, aber vielleicht ist es auch Rickis notorische Empathie, der sich meine Eltern ebenso wenig entziehen können wie ich, sogar mein Vater macht manchmal den Mund auf.

Ricki betrachtet das Bild, das meine Mutter vor sie auf den Tisch gelegt hat, es ist das alte Foto von uns dreien, von Omi, Marie und mir, und ich frage mich, ob ihr außer dem Kropf und den rheumatisch verdickten Fingerknöcheln noch mehr auffällt, ob sie auch auf Fotos die Gesichter hinter den Gesichtern erkennt, ich halte es für möglich.

Ich habe unter ihr gelitten, sagt meine Mutter und streckt die Hand nach dem Foto aus, sie hat mir meine ganze Kindheit und Jugend verdorben, es war nicht leicht mit ihr, auch später nicht, aber was hätte ich tun können, sie hatte ja nur mich.

Es gibt mir einen Stich, so soll sie nicht über ihre Mutter sprechen, das will ich nicht, am liebsten würde ich aufspringen und ihr das Bild aus der Hand reißen. Warum? Keine Ahnung, vielleicht ist es ja mein privates Problem, dass ich noch immer an Omi hänge und einfach nicht loslassen kann, und dann fällt mir ein, dass ich auch früher manchmal das Gefühl hatte, sie verteidigen zu müssen, gegen Marie, gegen meinen Vater und vor allem gegen meine Mutter, und zum ersten Mal kommt mir der Gedanke, dass ich sie in Wirklichkeit vielleicht gegen mich selbst verteidigt habe.

Warum sagst du so etwas, so schlimm war sie doch gar nicht, protestiere ich schwach.

Meine Mutter schaut mich an, ich schaue meine Mutter an. Es ist wie ein Kampf, ein wortloser Kampf, und plötzlich wünschte ich mir, meine Haare wären wieder knallrot, dann würde ich mich stärker fühlen. Wir starren uns an und keine gibt nach. Es kommt mir vor wie eine Ewigkeit, auch wenn das Ganze höchstens ein paar Sekunden dauert.

Nein, sagte meine Mutter dann, so schlimm war sie nicht, sie war sogar ein guter Mensch, aber sie war unglücklich, das Leben konnte es ihr nicht recht machen, ich konnte es ihr nicht recht machen. Ich war als Kind Bettnässerin, bis zum Alter von acht oder neun Jahren, glaubst du, sie hat mich auch nur ein Mal getröstet, wenn ich aus lauter Verzweiflung, weil es mir wieder passiert war, geweint habe? Da hieß es immer, du hast schon wieder ins Bett *gesaicht,* man muss sich ja schämen, wenn man das Laken zum Trocknen raushängt. Sie hätte mich doch auch mal unterstützen können, ich konnte doch nichts dafür, ich habe es doch nicht mit Absicht getan.

Das wusste ich nicht, sage ich, und wieder schaut sie mich direkt an und sagt, du hast so viel nicht gewusst.

Mein Vater gießt ihr Wein nach und streicht ihr dabei unbeholfen über die Haare, sie lässt es sich nicht nur gefallen, sondern berührt sogar flüchtig seine Hand, dann spricht sie weiter, schnell, als hätte sie lange auf diese Gelegenheit gewartet, es ist, als wäre eine Tür in ihrem Inneren aufgegangen, die Tür zu einer geheimen Kinderwelt, die sie noch nie geöffnet hatte, zumindest mir gegenüber nicht, aber mein Vater sieht nicht überrascht aus.

Sie hatte schreckliche Angst vor den Nachbarn, fährt sie fort, sie hatte Angst vor allem und jedem, ständig hat sie mich gewarnt, die Welt ist böse, du musst dich vor ihr hüten, du darfst nichts Falsches sagen, du kannst dich auf niemanden verlassen, die Bayern hassen alle Flüchtlinge, sie nennen sie *Hurerflüchtlinge.* Ich selbst habe das nie gehört, zu mir hat es keiner gesagt, aber sie hat es immer behauptet. Und dieses ständige Gerede, wie es daheim war, in Vierzighuben, damit hat sie erreicht, dass ich hier genauso wenig zu Hause war wie sie, für ihr Gefühl war sie, denke ich, der unschuldige Sündenbock für die Verbrechen des ganzen deutschen Volkes, und wenn irgendjemand etwas über Konzentrationslager und das Leid sagte, das die Deutschen verursacht haben, fing sie immer sofort von der Vertreibung und von den Tschechen an, was die den Deutschen nach dem Krieg angetan haben, sie konnte Ursache und Wirkung nicht auseinanderhalten.

Man konnte nicht mit ihr diskutieren, sagt mein Vater, sie war so stur in ihren Ansichten.

Sie war borniert, sagt meine Mutter, auch wenn man so etwas nicht über die eigene Mutter sagen sollte, und sie hat mich in alles hineingezogen. Als ich klein war, sind Mönche aus dem Kapuzinerkloster von Zwittau durch Bayern gereist und haben ihre verstreuten Schäfchen besucht, und als einmal welche zu uns kamen und sich mit ihr in dieser seltsamen Sprache unterhalten haben, von der ich nicht alles verstand, wurde mir plötzlich klar, dass es dieses Paradies *Dahaam* wirklich gegeben haben musste, und da fing auch ich an, dem verlorenen Märchenland nachzutrauern, und war auf einmal so heimatlos wie sie. Und genauso traurig.

Märchenland ist abgebrannt, sage ich.

Meine Mutter nickt, ja, es ist abgebrannt, aber ich war bestimmt schon zwanzig, als mir das endlich klar wurde, und sie hat es, glaube ich, bis zuletzt nicht kapiert. Ich bin jedenfalls meine ganze Kindheit und Jugend hindurch das arme, blasse Flüchtlingskind geblieben, dafür hat sie gesorgt, sie hat nichts anderes zugelassen, sie hat mir ihr eigenes Unglück übergestülpt. Wenn du wüsstest, wie oft ich mir eine andere Mutter gewünscht habe.

Marie auch, denke ich und meine ihre Stimme zu hören, du brauchst dir bloß vorzustellen, dass du nicht ihre Tochter bist, und schon geht es dich nichts an, denk dir jemand aus, ich habe tolle Mütter, sag ich dir.

Warum hast du mir das nie erzählt, frage ich meine Mutter, ich habe nichts davon gewusst.

Sie stellt eine Gegenfrage: Hättest du es denn hören wollen? Du hattest doch nur Augen und Ohren für deine Omi, du hättest mir doch kein Wort geglaubt. Solange sie lebte, warst du noch zu klein, um es zu verstehen, und nach ihrem Tod hättest du doch nur gedacht, ich würde dich nachträglich gegen sie aufhetzen wollen, und hättest es mir erst recht übel genommen.

Wieder schauen wir uns an, aber diesmal ist es kein Kampf, ich habe das Gefühl, meine Mutter zum ersten Mal wirklich zu sehen. Habe ich immer nur an ihr vorbeigeschaut?

Sie hat es ja auch nicht böse gemeint, fährt sie fort, so war sie nun mal, aber sie hat mich erdrückt, sie hat mich klein und schwach gemacht mit ihren Warnungen vor der bösen Welt. Und mit ihrer Religion. Immer hat sie mit der Hölle gedroht und Gott sieht alles und kennt die geheimsten Gedanken, welches Kind kann solchen Ansprüchen genügen? Ich konnte es jedenfalls nicht. Sie hat es geschafft, dass ich immer Angst hatte, immer ein schlechtes Gewissen, ich kann mich wirklich nicht erinnern, dass sie mal mit mir gelacht hätte.

Wer morgens lacht und mittags singt, am Abend in die Hölle springt, sage ich.

Meine Mutter lacht, ich lache auch, und als wir uns erneut anschauen, sind wir, glaube ich, beide verblüfft, fast erschrocken über das verschwörerische Lachen, das uns auf einmal zu Komplizen macht.

Und die armen Seelen, sage ich, immer die armen Seelen, die haben ihr keine Ruhe gelassen.

Was bedeutet das, arme Seelen?, fragt Ricki.

Ach, Ricarda, sagt meine Mutter, Sie haben ja keine Ahnung, was für ein Glück Sie hatten, wenn Sie das nicht wissen. Die armen Seelen sind die Seelen von Verstorbenen, die einerseits in ihrem Leben zu viel gesündigt haben, um gleich in den Himmel zu kommen, andererseits aber auch nicht schlecht genug sind für die Hölle. Für sie muss man beten und Messen lesen lassen, besonders wenn es um die Seelen naher Verwandter geht. Für meine Mutter war das vor allem ihre früh verstorbene Schwester, sie hat nie aufgehört, für sie zu beten und an ihrem Todestag eine Messe lesen zu lassen. Als Buße für ihre Schwester nahm sie jeden Schmerz auf sich, und Schmerzen hatte sie genug, als ihr Rheuma immer schlimmer wurde. Einmal hat sie von ihrer Schwester geträumt und mir am nächsten Tag den Traum haarklein erzählt. Ihre Schwester saß vor einem riesigen Berg aus Salz, einem *Muglberg,* sie hatte einen kleinen Löffel in der Hand und klagte, siehst du, dieses ganze Salz muss ich essen. Danach war es mit dem Beten für die armen Seelen besonders schlimm. Das musstet ihr nicht mehr, Anne, das habe ich ihr verboten, davor wollte ich euch beschützen.

Aber vor ihren Geschichten hast du uns nicht beschützen können, sage ich, die haben wir auch noch abgekriegt.

Nein, davor konnte ich euch nicht beschützen, aber was hätte ich machen sollen, sie hatte doch nur mich.

Sie hatte nur ihre Tochter, denke ich, viele Jahre lang hatte sie sonst niemanden und später hatte sie zusätzlich noch uns, ihre Enkelinnen, das hat sie offenbar etwas sanfter gemacht, das und das Alter, aber glücklich war sie nie, sie hat die Angst vor dem Leben nie verloren, auch nicht die Angst vor dem Tod, *heilige Maria, Mutter Gottes, bitte für uns Sünder jetzt und in der Stunde unseres Todes. Amen.*

Eine Frau hat vom Leben nichts anderes zu erwarten als

Schmerzen, sage ich, davon war sie überzeugt, Schmerzen zu haben gehört zum Frausein, die Periode, Sexualität, Geburt, und bei ihr war es noch das Rheuma.

Vergiss nicht ihre *Balglich,* sagt meine Mutter, sie hatte solche Ballen an den großen Zehen, dass ihr immer die Füße wehtaten, egal welche *Schihlich* sie anhatte.

Sie hat alle Schmerzen akzeptiert, sage ich, sie hat sie willkommen geheißen als Buße für ihre Sünden und die Sünden der anderen.

Eine Weile schweigen wir, ich sehe Omi vor mir, wie sie den Rosenkranz durch ihre Finger gleiten lässt, die Finger mit den geschwollenen Knöcheln, die sich abzeichnen wie ein zweiter Rosenkranz, ein verinnerlichter, der ihr unter der Haut gewachsen ist, und auch meine Mutter starrt vor sich hin, als würde sie etwas sehen, von dem ich allerdings nicht weiß, was es ist.

Sie war nicht bigott, sagt meine Mutter, sie hat das alles wirklich geglaubt, und mein Vater sagt, sie war eine unglückliche Frau, manche Menschen sind einfach nicht zum Glück geboren.

Als wäre das eine Erklärung für alles.

Ricki hat das ebenfalls neue maisgelbe Sofakissen in den Arm genommen und streichelt es wie eine Katze, sie ist sehr still, so viel Wahrheit hat sie wohl nicht erwartet, ich allerdings auch nicht. Meine Mutter steht auf, geht in die Küche und kommt mit einer Schale Käsegebäck zurück. Hier, Ricarda, es tut mir wirklich leid, dass Sie sich das alles anhören mussten.

Ricki lächelt sie an, das ist in Ordnung, manche Dinge müssen einfach raus. Anne hat mir schon von ihrer Großmutter erzählt, aber ich glaube, ich kann jetzt erst verstehen, welche Rolle sie wirklich für sie gespielt hat.

Nicht nur für Anne, sagt meine Mutter, auch für Marie, vielleicht hat Marie ja ihr Unglück geerbt, so wie ich ihre Augenfarbe geerbt habe, es könnte doch sein, dass ihr Unglück einfach eine Generation übersprungen hat.

Wieso Unglück, protestiere ich, Marie war nicht unglücklich, ihr seid doch um sie herumgeschwirrt wie Bienen um den Honig, sie durfte alles, sie hat immer alles bekommen, was sie wollte.

So hast du es gesehen?, fragt meine Mutter erstaunt. Hast du nicht gemerkt, was eigentlich los war? Wir haben ihr doch immer nur nachgegeben, weil wir Angst vor ihr hatten, sie war schon als Kind schwierig und mit der Pubertät wurde es dann ganz schlimm. Wir hatten Angst vor ihren Reaktionen, ihren Ausbrüchen, wir haben alles getan, um sie bei Laune zu halten, weil wir gehofft haben, auf diese Art die schwierige Zeit zu überstehen, bis sie erwachsen ist, wir haben uns eingeredet, dass dann alles besser würde.

Das höre ich zum ersten Mal, sage ich, das habe ich nicht gewusst.

Du hast so vieles nicht gewusst, sagt meine Mutter noch einmal, im gleichen Ton wie vorhin, bedauernd und zugleich vorwurfsvoll, ich kann nicht entscheiden, welches der beiden Gefühle überwiegt, und Ricki sagt, vielleicht hast du es ja nur nicht wissen wollen.

Mein Vater streicht sich die dünnen Haare zurück. Sie war so schön, sagt er leise, sie war ein besonderes Kind, aber wir waren ihr nicht gewachsen, wir sind nicht mit ihr zurechtgekommen, was für Antworten sie gegeben hat oder wie sie nicht mehr mit einem geredet hat, als wäre man Gewürm. Du weißt doch, wie sie war.

Ja, ich weiß, wie sie war.

Meine Mutter wendet sich an Ricki. Sie hat mit sechzehn Tabletten geschluckt und unser Hausarzt wollte sie damals in die Psychiatrie einweisen lassen und ich war dagegen. Später, nach ihrem Verschwinden, hat er sich immer wieder die größten Vorwürfe gemacht, sagt er, weil er damals nicht darauf bestanden hat. Heute meint er, das hätte sie vielleicht gerettet.

Warum hast du mir nichts davon gesagt?, frage ich.

Ich habe es ein paarmal probiert, aber du wolltest es nicht hören, du wolltest nicht über sie sprechen. Wenn du hier warst, hast du immer irgendetwas für die Uni lesen müssen, und am Telefon ging es einfach nicht, da hast du auch gleich mit etwas anderem angefangen.

Doktor Kugler meint, sie war psychisch gefährdet, sagt mein Vater, und wir hätten sie in eine Klinik einweisen lassen sollen. Es gebe solche Grenzfälle, hat er gesagt. Halten Sie das für möglich, Ricarda?

Ja, sagt Ricki, er könnte recht haben. Manche Persönlichkeitsstörungen zeigen sich durch impulsive und instabile Beziehungen und plötzliche Stimmungswechsel, auch durch Depressionen und dissoziative Störungen. Für die Familien ist es sehr schwer, mit solchen Jugendlichen umzugehen. Ich hatte selbst eine Cousine, die an Persönlichkeitsstörungen litt, ich kenne das, ihre Eltern sind fast daran zerbrochen.

Und was ist aus Ihrer Cousine geworden?, fragt meine Mutter.

Ricki senkt den Blick, sie hat sich umgebracht, sagt sie leise, sie ist von einem Hochhaus gesprungen.

Es bleibt lange still, bis mein Vater das Schweigen unterbricht. Sie war immer wie ein Kind, sagt er, ein wildes, aufsässiges Kind, sie wollte einfach nicht erwachsen werden. Und vielleicht war sie ja auch krank und wir haben es nicht gemerkt, das macht es nicht besser und nicht leichter.

Wir schweigen, und ich denke darüber nach, was er gesagt hat, sie wollte einfach nicht erwachsen werden, und überlege, ob ich erwachsen geworden bin, irgendwie schon, glaube ich, aber ob das reicht? Vielleicht auch nur irgendwie.

Siebzehn

Es gibt Fragen, die sind so klar formuliert, dass man sie – eigentlich – mit einem einfachen Ja oder Nein beantworten könnte, wenn man sie sich stellen würde oder je gestellt hätte, aber das hat man nicht getan, das tut man nicht, diese Art Fragen will niemand hören und erst recht niemand beantworten, sie werden erst gehört und beantwortet, wenn man keine Wahl mehr hat, nämlich dann, wenn die richtige Zeit gekommen ist, denn es gibt eine Zeit für Fragen, so wie es eine Zeit für Antworten gibt.

Es war schon spät, als meine Mutter sagte, ich glaube, wir sollten jetzt schlafen gehen, morgen ist auch noch ein Tag, es war schon spät, als wir die Gläser in die Küche brachten und zusammen mit dem Geschirr vom Abendessen, vom Hasenbraten mit *Knedlich,* in die Spülmaschine räumten, es war schon spät, als meine Eltern die Treppe hinaufgingen und die Stufen knarrten, wie sie immer geknarrt hatten, all die Jahre hindurch, die ich in diesem Haus gelebt hatte, ein schwerer, tiefer, nachschwingender Ton unter den Tritten meines Vaters, ein vorsichtiges, zögerndes Knarren unter den Füßen meiner Mutter, ein hastiges, aggressives Stakkatoklappern, wenn Marie die Treppe hinauflief, und ein von unregelmäßigen Pausen unterbrochenes und von Stampfen übertöntes Knarren bei Omi.

Es war schon spät, als Ricki mir Gute Nacht sagte und mir wie üblich einen Kuss mitten auf den Mund gab, und es war schon spät, als ich schließlich Stufe um Stufe nahm, diesmal ohne den knarrenden Stellen auszuweichen, wie ich es früher getan hatte, und mich fragte, warum Marie, die diese Stellen schließlich auch gekannt haben musste, nie versucht hatte, sie zu umgehen, wenn sie mitten in der Nacht nach Hause gekommen war. Oft genug hatte sie mich mit ihren lauten Schritten die Treppe hinauf geweckt. Es war ihr egal gewesen, ob ich wach wurde oder nicht, und vermutlich war es ihr auch egal gewesen, ob meine Eltern, die damals noch unsere Eltern waren, ebenfalls wach wurden, und vielleicht war es ihr nicht nur egal gewesen, sondern sie hatte uns absichtlich provozieren wollen.

Und es ist noch später, als ich vor dem Kleiderschrank stehe, dem einzigen im ganzen Haus, bei dem auf der Innenseite der Tür ein Spiegel angebracht ist. Es ist nicht das erste Mal, dass ich hier stehe, natürlich nicht, ich kann mich sogar noch daran erinnern, wie wir, nach Omis Tod, den Schrank bei *Ikea* gekauft haben, weil wir nun zwei getrennte Zimmer hatten und auch zwei Kleiderschränke brauchten, den neuen natürlich für Marie, und wie unser Vater den großen Spiegel innen auf die Tür geklebt hatte, weil Marie behauptete, ohne einen solchen Spiegel nicht leben zu können, jeder Mensch brauche einen großen Spiegel, und ich weiß auch noch, dass ich damals dachte, soll sie ihn doch haben, von mir aus, ich brauche keinen Spiegel, aber der neue helle Schrank hätte mir auch gefallen. Jetzt ist das ursprünglich fast weiße Fichtenholz nachgedunkelt, es hat inzwischen die goldbraune Farbe von Waldhonig.

Langsam strecke ich die Hand aus, noch immer zögernd, auch wenn ich weiß, dass ich keine Wahl habe, jetzt bleibt mir nichts anderes mehr übrig, und meine Fingerspitzen zittern, als sie den Schlüssel berühren, der sich überraschend kühl anfühlt. Er hat sich im Schloss verhakt, ich muss ihn ein paarmal gewaltsam hin und her rütteln, bis er endlich nachgibt und sich umdrehen lässt, und dann geht die Tür auf. Der Geruch nach Räucherstäbchen, den ich mir vorhin wohl nur eingebildet habe, dringt jetzt deutlich in meine Nase, er hat sich in ihren Kleidern, die noch immer im Schrank hängen, festgesetzt und die Jahre überdauert. Ich atme noch einmal tief durch, bevor ich mit zwei Seitwärtsschritten vor der offenen Schranktür stehe und »Hallo, Marie« sage.

Da bist du ja endlich, sagt sie und blickt mir aus dem Spiegel entgegen, du hast mich ganz schön lange warten lassen.

Sie trägt noch immer die sandfarbene Leinenhose und das blau-weiß gestreifte T-Shirt mit den dreiviertellangen Ärmeln, das sie anhatte, als ich sie das letzte Mal sah, zumindest bilde ich mir das ein, vielleicht hatte sie ja auch etwas anderes an und ich habe mir die Leinenhose und das gestreifte T-Shirt nur deshalb gemerkt, weil sie damit besonders schön ausgesehen hat.

Wir stehen da und schauen uns an, schweigend, sie mich und ich sie, und dann stellt sie die Fragen, vor denen ich mich seit sieben Jahren gefürchtet habe, jetzt ist es so weit, nichts lässt sich auf ewig verdrängen, das habe ich gewusst und trotzdem habe ich die Schranktür aufgemacht. Nicht dass ich besonders mutig wäre, es geht nicht mehr um Mut oder um Feigheit, sondern nur noch um Wahrheit oder Lüge, auch wenn ich nicht sicher bin, wo die Grenze verläuft, Wahrheit und Lüge sind selten so eindeutig, wie wir das gern hätten, zwischen Weiß und Schwarz liegt die Grauzone, ein riesiges, sumpfiges Gebiet, in dem man sich nur allzu leicht verirrt und nicht mehr herausfindet.

Sie schaut mich an, ich schaue sie an. Sie ist ebenfalls älter geworden, nicht nur ich, obwohl ich bei mir die Veränderung nicht sehen kann, wer weiß schon, wie er in einem bestimmten Jahr ausgesehen hat, aber Maries Gesicht hat in diesen sieben Jahren das Trotzige, Herausfordernde verloren, sie sieht ernst und konzentriert aus. Ihre Augen sind so dunkel wie meine, die Augen unseres Vaters, die Augen der Bodenmais-Oma, und die rote Farbe ihrer Haare wird durch das Spiegelglas und den Schatten, den ich auf sie werfe, gedämpft, sodass sie fast wie meine aussehen.

Wie gut ich dieses Gesicht kenne, besser als jedes andere, noch nie habe ich ein Gesicht so gut gekannt und vielleicht werde ich auch kein anderes je so gut kennen, jede Linie ist mir vertraut, die vielleicht etwas zu vollen Lippen, die etwas zu ausgeprägte Nase, die langen Wimpern, das Muttermal an ihrem Hals, das eigentlich nur ein kleiner, dunkler Punkt unter ihrem linken Ohrläppchen ist, so klein, dass man ihn leicht übersieht. Ich kann dieses Gesicht jederzeit vor mir auftauchen lassen, mühelos, auch mit geschlossenen Augen, ich erkenne es in jeder Wolke am Himmel, in der Maserung einer Holztür, im flackernden Licht, das eine Kerze auf die Wand wirft, in der Fensterscheibe, wenn sie bei einbrechender Dämmerung langsam blind wird, im Schatten, der, wenn ich morgens am Mainufer laufe, vor mir auf den Weg fällt. Ich hätte dieses Gesicht auch damals vor mir sehen können, vor über sieben Jahren, an jenem Freitag, dem neunten September, als sie angerufen hat, aber damals habe ich nur ihre Stimme gehört, alles andere war nicht wichtig.

Es war am späten Vormittag, ich war allein zu Hause, unsere Mutter war bei der Arbeit, und unser Vater war, wie üblich, mit dem Auto unterwegs, er würde gegen eins zurückkommen und nach einem hastig hinuntergeschlungenen Mittagessen wieder losfahren, und dann würde ich allein sein, so wie jetzt, allein mit mir und meinen Sorgen, denn meine Tage hatte ich inzwischen bekommen, schwanger war ich also nicht, aber die Angst vor Aids ließ mich nicht los. Ich war gerade dabei, meine Hefte und Bücher für das nächste Schuljahr zu ordnen, das am kommenden Dienstag anfangen würde, als mich das laute, schrille Klingeln des Telefons aus meinem Lieblingstraum riss, dem Traum von einem ruhigen, weißen, absolut sauberen Labor, in dem an einem so heißen Spätsommertag wie diesem die Sonne durch das offene Fenster fallen und die Reagenzgläser und die blitzblank polierten Apparaturen zum Glänzen bringen würde, ein Traum, zu dem ich mich diesmal zwingen musste, weil er immer wieder von dem Gedanken an Aids verdüstert wurde.

Ich will mit Papa sprechen, sagte Marie ohne ein Wort der Begrüßung und ohne ihren Namen zu nennen, doch das war auch nicht nötig, ich hätte ihre Stimme immer erkannt, unter Tausenden oder gar Millionen hätte ich ihre Stimme herausgefunden. Ich will mit Papa sprechen, sagte sie, los, ruf ihn.

Er ist nicht da, sagte ich ziemlich verärgert, weil sie es nicht für nötig hielt, nach über zwei Monaten, in denen sie nichts hatte von sich hören lassen, auch nur Guten Tag zu sagen.

Wo ist er?, fragte sie, ich hörte ihr an, wie ungeduldig sie war, kurz vor einem Ausbruch.

Weiß ich nicht, sagte ich, obwohl ich natürlich hätte sagen können, er sucht dich, er tut seit Wochen nichts anderes, als dich zu suchen, aber diesen Gefallen wollte ich ihr nicht tun, diese Genugtuung gönnte ich ihr nicht, lieber hätte ich mir die Zunge abgebissen.

Hör zu, sagte Marie, ich bin in Garmisch, sag Papa, er soll mich holen, ich warte am Bahnhof auf ihn, ab fünf Uhr, richte ihm das aus.

Wieso bist du in Garmisch?, fragte ich erstaunt. Garmisch war wirklich der letzte Ort, an dem ich sie vermutet hätte, eher in Berlin, Paris oder London, oder in München, bei der Aidshilfe. Was hast du in Garmisch verloren, und warum soll er dich holen, warum kommst du nicht mit dem Zug zurück?

Sie unterbrach mich, das geht dich einen Dreck an, sag ihm einfach, dass er mich holen muss, sonst …

Was ist sonst, fragte ich, und sie sagte laut und hart, sonst wird was passieren.

Ich erschrak, die Drohung in ihrer Stimme war nicht zu überhören, sie machte mir Angst, und zugleich spürte ich, wie die alte Wut in mir aufstieg, es war nur Baldrian, und ich fragte, was meinst du damit, was wird passieren?

Sie zögerte, und ich fürchtete schon, sie hätte das Gespräch unterbrochen. Marie, rief ich, Marie, bist du noch da?

Ich bin noch da, sagte sie, und ihre Stimme klang fast, als würde sie ein Weinen unterdrücken. Er muss mich holen, unbedingt, sag ihm das, hörst du, ich warte ab fünf am Bahnhof von Garmisch, aber ich warte nicht ewig, hörst du, sag ihm das.

Marie, sagte ich, Marie, was ist los? Aber da hatte sie schon aufgelegt.

Es war wie immer, sie sagte etwas und ließ mich hilflos stehen, ohne mir eine Möglichkeit zur Verteidigung zu geben, zum Gegenangriff oder wenigstens zum Widerspruch. Ich sehe alles genau vor mir, ich sehe mich selbst, wie ich das Telefon hinknallte, wie ich wütend die Hände ballte, mit denen ich ihr am liebsten ins Gesicht geschlagen hätte, ich, die kleine, dumme Schwester, die man einfach stehen lassen konnte, der man nichts erklären musste, die man nach Belieben herumkommandieren konnte, weniger wert als eine x-beliebige Fremde, der man zumindest noch eine gewisse Höflichkeit entgegenzubringen hatte, und sei es auch nur ein »Guten Tag« oder »Auf Wiedersehen«. Es ging um sie, immer nur um sie, dass ein anderer ebenfalls Sorgen haben könnte, zum Beispiel ich, kam ihr nicht in den Sinn, es kam ihr nie in den Sinn. Dabei hätte ich, wäre sie nicht abgehauen, diesen Marco nie kennengelernt, ich hätte mir nicht nur den Stadtpark erspart, sondern auch diese Angst danach.

Was ich sonst noch gedacht habe, weiß ich nicht mehr, vermutlich nichts, vermutlich habe ich höchstens gedacht, so hat sie immer geredet, schon früher, das ist nur Geschwätz, bestimmt habe ich alles, was ich sonst noch hätte denken können, einfach zur Seite geschoben, der Tag war auch viel zu heiß, so einen sonnigen Septemberanfang hatten wir schon lange nicht mehr, das richtige Wetter, um schwimmen zu gehen, vielleicht eine der letzten Möglichkeiten in diesem Sommer, der langsam zu Ende ging, der Winter würde noch lange genug dauern. Ich packte meinen Badeanzug, ein Handtuch und etwas zu lesen in eine Tasche, machte die Haustür hinter mir zu, klemmte die Tasche auf den Gepäckträger meines alten Fahrrads, nicht Maries, und fuhr los.

Als ich am späten Nachmittag nach Hause kam, erschöpft, weil ich ein paarmal um den See geschwommen war und mir dabei immer wieder, wie ein Mantra, vorgesagt hatte, am Montag gehe ich zu Doktor Kugler, am Montag gehe ich zu Doktor Kugler, war unser Vater natürlich längst wieder weg, und abends, als er von seiner vergeblichen Suche zurückkehrte, war es sowieso schon zu spät, da war es schon nach sieben, jetzt hatte es keinen Sinn mehr, nach Garmisch zu fahren. Ich weiß auch noch, dass ich mich danach, als unsere Eltern im Wohnzimmer saßen, in Maries Zimmer schlich, die Kopfhörer aufsetzte und mir mit der Musik aus ihrem MP3-Player den Kopf volldröhnte. Am nächsten Morgen wusste ich nicht mehr, ob ich Maries Anruf vielleicht nur geträumt hatte, und es dauerte nicht lange, höchstens bis zum negativen Ergebnis meines Aidstests, da war ich überzeugt, ihn nur geträumt zu haben.

Warum hat Papa mich damals nicht geholt?, fragt Marie jetzt.

Ich zucke mit den Schultern, auch wenn ich weiß, dass mich das nicht vor der entscheidenden Frage retten wird. Wenn es so weit ist, gibt es keine Hilfe, da kann man sich auch nicht mehr wegducken.

Und da kommt sie schon, die Frage aller Fragen: Hast du es ihm überhaupt gesagt?

Was ist die Wahrheit, was eine Ausrede und was eine Lüge? Warum habe ich mir diese Frage in den vergangenen Jahren nicht selbst gestellt, kein einziges Mal? Warum bin ich ihr ausgewichen, bin mit abgewandtem Gesicht weggerannt, irgendwohin, wenn sie plötzlich, aus heiterem Himmel, aufzutauchen drohte? Aber ist das nicht ganz normal? Weicht man nicht automatisch Fragen aus, die man ohnehin nicht beantworten will? Ich senke den Kopf und schweige.

Also nein, sagt Marie, warum nicht?

Und weil ich nichts sage, fragt sie noch einmal, warum nicht, Anne, warum hast du es ihm nicht ausgerichtet?

Ich hebe den Kopf, wage aber nicht, sie direkt anzuschauen, ich konzentriere mich auf ihren Schreibtisch mit dem MP3-Player, der im Spiegel aber nicht zu erkennen ist, er ist nur ein dunkler Fleck. Ich weiß es nicht, sage ich leise, ich weiß es einfach nicht.

Sie schaut mir unverwandt ins Gesicht, ich fange an zu zittern, ich schwitze und wische mir die verräterischen Handflächen an der Hose ab, während ich vorsichtig sage, es war ein heißer Tag, vielleicht hat mir die Hitze den Verstand geraubt.

Sie lässt mich nicht aus den Augen, mir wird ganz seltsam unter diesem Blick. Vielleicht habe ich dir einfach nicht geglaubt, sage ich, vielleicht war ich sauer auf dich, es war ja nicht das erste Mal, dass du uns mit deinen Drohungen erpresst hast.

Sie betrachtet mich so ernst, so neugierig und kühl, als hätte sie mich noch nie gesehen, als wäre es ihr entfallen, dass ich ihre Schwester bin.

Irgendwo draußen bellt ein Hund, hört aber gleich wieder auf, es gibt nichts mehr außer ihr und mir. Vielleicht habe ich es auch einfach vergessen, sage ich, weil ich es nicht ernst genommen habe.

Vielleicht, sagt Marie, immer nur vielleicht, und in diesem Moment klingt ihre Stimme so höhnisch wie früher, was bist du doch für ein erbärmlicher Feigling, Anne, hör doch auf, dauernd auszuweichen. Könntest du beschwören, es nicht ernst genommen zu haben? Könntest du es beim Seelenheil unserer Omi beschwören?

Ich schüttle den Kopf, nein, das könnte ich nicht.

Siehst du, sagt sie triumphierend, ich hab's ja gewusst. Sie scheint nachzudenken, dann fragt sie, wolltest du dich an mir rächen?

Vielleicht, sage ich.

Wieder schweigt sie, bevor sie die nächste Frage stellt: Und wofür?

Das weiß ich nicht, sage ich und weiß es im Moment wirklich nicht, obwohl mir früher viele Gründe eingefallen wären, mehr als genug Gründe, aber sie scheinen jetzt keine Bedeutung mehr zu haben.

Stell dich nicht dümmer, als du bist, fährt sie mich an, plötzlich wieder so unbeherrscht, wie sie es so oft gewesen ist. Los, Anne, gib's doch endlich zu, du hast gewollt, dass ich sterbe.

Bist du gestorben?, frage ich. Warum hat man dich nicht gefunden? Wenn du gestorben wärst, hätte man dich doch finden müssen.

Sie hebt die Schultern, lässt sie wieder fallen, auf einmal ist ihr Zorn wie weggeblasen. Ihr habt mich nicht gefunden, weil ihr mich nicht gesucht habt, sagt sie.

Ich widerspreche, doch, wir haben dich überall gesucht, unser Vater ist wochenlang in der Stadt herumgefahren und hat nach dir gesucht.

Aber nicht am richtigen Ort, sagt sie, und als ich nicht antworte, fügt sie hinzu, ihr habt mich nicht am richtigen Ort gesucht, weil du es niemandem gesagt hast.

Ja, sage ich, aber trotzdem hätte man doch deine Leiche finden müssen, wenigstens das.

Sie zuckt noch nicht einmal zusammen, als ich das Wort

Leiche ausspreche, sie lacht nur auf, kurz und irgendwie stolz, als hätte sie etwas geschafft, was sonst kaum jemandem gelingt, und sagt: In den Bergen gibt es viele Felsspalten, an denen nie ein Wanderer vorbeikommt, und wer weiß, vielleicht wird sie ja noch gefunden, meine Leiche.

Wieder schauen wir uns lange an, wortlos, aber ohne Zorn, bis sie in einem endgültigen, abschließenden Ton sagt: Das war's also.

Ja, sage ich, ja, das war's also, es tut mir leid, wenn ich könnte, würde ich es ungeschehen machen.

Sie hebt die Hand, dreht die Innenfläche nach oben, eine Bewegung, die ich von ihr kenne, und sagt, lass nur, es ist ja auch egal, vorbei ist vorbei.

Es ist meine Schuld, sage ich, auch wenn ich es nicht wirklich so gemeint habe, ich konnte doch nicht wissen, dass es dir diesmal ernst war.

Schuld, sagt sie, was heißt schon Schuld, ich weiß ja auch nicht, was falsch gelaufen ist. Jetzt ist es vorbei, Anne, mach die Schranktür zu.

Ich gehorche, ziehe mich aus, lösche das Licht und lege mich ins Bett, in Maries Bett, und als ich tapsende Schritte auf dem Fußboden höre, schlage ich die hellblaue Zudecke zurück und rutsche zur Seite, um ihr Platz zu machen.

Sie streckt sich neben mir aus, unsere Körper berühren sich, Haut stößt an Haut, als wären wir beide nackt, dabei habe ich meinen blauen Schlafanzug an, den ich aus Frankfurt mitgebracht habe, und sie trägt die sandfarbene Leinenhose und das blau-weiß gestreifte T-Shirt. Wir rutschen näher zusammen, sie greift nach meiner Hand, ihre ist warm und trocken, meine verschwitzt, aber das scheint sie nicht zu stören.

Anne, sagt sie, und ich sage, Marie, und sie riecht nach Sonne und Erde, nach frischem Brot und Erdbeeren, so wie sie früher gerochen hatte, bevor sie sich mit den Räucherstäbchen einen neuen Geruch zulegte.

Ich habe dir das Schwimmen beigebracht, sagt sie leise, im Waldschwaigsee, weißt du noch?

Ja, sage ich, ja, natürlich weiß ich das noch, und du hast mir auch das Radfahren beigebracht, sonst hätten wir gar nicht zum Waldschwaigsee fahren können.

Marie kichert, Omi wollte es uns immer verbieten, sie hatte Angst, weil sie selbst nicht schwimmen konnte, Jesus, Maria, was da alles passieren könnte, da kann man ja nicht mehr stehen, vergesst ja nicht die Schwimmflügel, und was, wenn die ein Loch haben? Soll ich euch nicht lieber die Wanne in den Garten stellen, wie früher?

Aber wir sind trotzdem gefahren, sage ich.

Wie angenehm es doch ist, zu zweit unter einer Zudecke zu liegen, ich hatte es ganz vergessen, nein, ich hatte nur nie mehr daran gedacht, aber meine Haut erinnert sich, meine Haut erkennt die Schwester, zwei Kinder in einem Bett, das ist ein Bollwerk gegen die kalte Welt, ein Hort, ein Nest, auch Jungtiere brauchen zum Gedeihen die Wärme und den Geruch der anderen, sie sind auf die vertraute Nähe angewiesen, um zu wachsen.

Früher haben wir oft in einem Bett geschlafen, sage ich.

Ja, sagt Marie, das war schön, aber irgendwann haben wir damit aufgehört, da waren wir zu groß dafür. Weißt du noch, wie wir Kaufladen im Garten gespielt haben, mit der Holzkiste als Theke?

Und die Waage, sage ich, die hast du gebastelt, aus einer

Garnrolle aus Omis Nähkästchen, du hast einen Eislöffel darauf geklebt und auf die Enden Waagschalen, aus Alufolie zurechtgedrückt.

Sie lacht, ja, und in die eine Schale haben wir Salatblätter oder Johannisbeeren gelegt, zum Verkaufen, und in die andere unser Geld, runde, flache Kieselsteine, nach denen wir lange gesucht haben.

Johannisbeeren waren einfach, sage ich, aber Tomaten waren ein Problem, für die hat unser Geld nie gereicht, und bei Gänseblümchenköpfen haben wir nie genug zusammengekriegt, die waren auch für unsere kleinsten Geldstücke einfach zu leicht.

Wir schweigen, dann sagt Marie: Weißt du noch, wie Papa uns mal Stelzen gemacht hat, wie die, die er selbst als Kind hatte? Sie waren wirklich primitiv, aber wir haben viel Spaß gehabt.

Du hast Spaß gehabt, sage ich, weil du es besonders gut gekonnt hast, du hast immer alles besonders gut gekonnt, und du warst immer größer als ich, egal ob mit oder ohne Stelzen, einfach immer.

Marie streckt den Arm aus, schiebt ihn unter meinen Kopf, der nun in die Kuhle zwischen ihrer Schulter und ihrem Hals rutscht, und sagt, dafür konnte ich doch nichts, ich war einfach drei Jahre älter als du.

Ja, sage ich, so war das nun mal, aber ich war immer neidisch und eifersüchtig, schrecklich eifersüchtig.

Ein eifersüchtiger Neidhammel, sagt sie.

Wieder schweigen wir eine Weile, dann sage ich, wir haben aber auch schöne Zeiten erlebt, ich habe nie verstanden, warum sich das später geändert hat.

Ich auch nicht, sagt Marie, aber es war wirklich schön. Nur schade, dass so viele Erinnerungen jetzt nur noch in deinem Kopf existieren, es könnte so leicht passieren, dass sie vergessen werden.

Nein, sage ich, nie.

Marie legt ihre Hand auf meinen Mund, als wolle sie mich zum Schweigen bringen, und dann sagt sie: Versprich mir, die Erinnerungen zu hüten und zu bewahren, versprich mir, sie nie zu vergessen, nur weil sie dir peinlich oder unangenehm sind oder weil die Vergesslichkeit einfach zu dir gehört wie deine braunen Augen.

Ich werde sie nie vergessen, sage ich, versprochen ist versprochen und wird auch nicht gebrochen.

Man vergisst so viel, sagt Marie, und man vergisst sehr schnell, oder etwa nicht?

Du brauchst keine Angst zu haben, sage ich, ich habe dich nicht vergessen, ich habe sogar über dich geschrieben.

Weiß ich doch, sagt Marie, ich weiß alles, ich war dabei, hast du das nicht gemerkt? Sie zögert, bevor sie weiterspricht. Ich habe auch die Neue gesehen, die du mitgebracht hast, sie ist schön und sie ist rothaarig, gegen diese lebendige Konkurrenz komme ich auf Dauer nicht an.

Ich drücke mich fester an sie, rieche ihren Duft nach Sonne und Erde, nach frischem Brot und Erdbeeren. Sie heißt Ricki, sage ich, und sie ist keine Konkurrenz, du bist meine einzige Schwester, eine andere werde ich nie haben und ich werde dich nicht vergessen, nie, nie, nie.

Marie streicht mir über die Haare, über das Gesicht, legt mir den Finger auf den Mund und sagt, pst, still, es spielt keine Rolle mehr, jetzt ist alles egal, wir können es doch nicht mehr ändern. Und dann umarmen wir uns, und ich merke, wie ein Weinen in mir aufsteigt, ein Weinen, das lange, lange gewartet hat, viele Jahre lang, vielleicht schon seit meiner Geburt, ich weine, und Marie hält mich fest und streichelt mich und flüstert mir ins Ohr, morgen bin ich nicht mehr da.

Ich weiß, sage ich, ich weiß.

Und du wirst nicht wissen, ob du das alles nur geträumt hast oder nicht, denn so bist du nun mal.

Ja, sage ich, so wird es sein, so bin ich nun mal.

Zitatnachweis

Durch die Nacht von Silbermond (S. 153, 202)
Musik & Text: Stefanie Kloss, Johannes Stolle, Thomas Stolle, Andreas Jan Nowak

Die Zeit heilt alle Wunder von Wir sind Helden (S. 153, S. 155, S. 157)
Musik: Judith Holofernes, Jean-Michel Tourette, Pola Roy, Mark Tavassol
Text: Judith Holofernes
Verlage: Wintrup Musikverlag, Freudenhaus Musikverlag, Partitur Musikverlag

Endlich ein Grund zur Panik von Wir sind Helden (S. 214)
Musik: Judith Holofernes, Jean-Michel Tourette
Text: Judith Holofernes
Verlage: Wintrup Musikverlage, Freudenhaus Musikverlag

Mirjam Pressler

Malka Mai

Roman
Gulliver, 328 Seiten (78594)
Auch als E-Book erhältlich

Deutscher Bücherpreis 2002
LUCHS des Jahres von ZEIT/Radio Bremen
Katholischer Kinder- und Jugendbuchpreis

September 1943: Polen war von den Deutschen besetzt. Malka war sieben, als ihre Mutter sie auf der Flucht über die Karparten allein zurücklassen musste. Nur selten fanden solche Geschichten ein gutes Ende. Einmal zum Glück war es so.

»Ein Meisterwerk, das einen zentralen Platz im Schaffen dieser wunderbaren Schriftstellerin einnehmen wird.«
Badische Zeitung

»Diese Geschichte eines kleinen Mädchens und seiner Mutter geht an Herz und Nieren. Genau im Einzelnen und exemplarisch zugleich, öffnet dieses Buch Jugendlichen den Zugang zu unglaublichen Zuständen und haut noch einmal in die Kerbe des Vergessens. Großartig.« *BuchMarkt*

Mirjam Pressler

Ein Buch für Hanna

Roman
Gebunden mit Schutzumschlag,
352 Seiten (81079)
Gulliver (74329)
Auch als E-Book erhältlich

Hanna ist erst vierzehn, als sie Nazi-Deutschland verlassen muss: Damit beginnt ihre Odyssee, die sie zuerst nach Dänemark führt und dann, zusammen mit einer Gruppe jüdischer Mädchen, in das KZ Theresienstadt. Hanna hat Glück - das Glück zu überleben. Mirjam Pressler erzählt eine einmalige Geschichte, die zugleich traurig und hoffnungsvoll ist, die sich so oder so ähnlich zugetragen hat.

»Ergreifend poetisch und intensiv erzählt.« *WAZ*

»Mirjam Pressler entwickelt in dieser Geschichte eine erzählerische Intensität, die der Gefühlswelt der jugendlichen Hanna entspricht. Ein gelungener Balanceakt zwischen literarischer Distanziertheit und unvermittelter Sentimentalität.« *Süddeutsche Zeitung*

Uri Orlev

Ein Königreich für Eljuscha

Roman
Aus dem Hebräischen von Mirjam Pressler
Gebunden mit Schutzumschlag,
288 Seiten (81088)
Auch als E-Book erhältlich

Luchs des Monats Oktober 2011, Die Zeit/ Radio Bremen

Als Eljuscha 1941 mit seiner Familie in den Wirren des Krieges nach Dschambul fliehen muss, ahnt er noch nicht, dass die Steppe von Kasachstan zu seinem Kindheitsparadies wird. Ein bewegendes Buch, mit leichter Hand und viel Gefühl aus der Perspektive des Kindes erzählt. Uri Orlev, Autor des Bestsellers »Lauf, Junge, lauf«, setzt damit Eljuscha und dessen wunderbarer Mutter ein unvergessliches Denkmal.

»Orlevs neues Buch ist ein spätes, weises Kapitel in seinem Gesamtwerk, das immer um allgemeingültige Menschlichkeit ringt.« *Luchs des Monats, DIE ZEIT/Radio Bremen*

»Geschickt verbindet Orlev Weltgeschichte, Krieg und ein jüdisches Schicksal zu einem Jugendroman, der gleichsam nebenbei - ganz ohne Geschichtszahlen und Pathos - von der Vorgeschichte des Nahost-Konfliktes und den Reibungspunkten der Weltreligionen Judentum, Christentum und Islam erzählt.« *Süddeutsche Zeitung*

www.beltz.de BELTZ & Gelberg

Rafik Schami

Erzähler der Nacht

Gebunden, 276 Seiten (81090)

Rattenfänger-Literaturpreis der Stadt Hameln
Phantastik-Preis der Stadt Wetzlar

»Erzähler der Nacht«, einer der berühmtesten und schönsten Romane des großen Erzählers Rafik Schami:
Seltsam, Kutscher Salim, der beste Geschichtenerzähler von Damaskus, dessen Stimme jeden verzaubert, verstummt plötzlich. Nur sieben besondere Gaben können ihn erlösen. Seine Freunde, die ihn Abend für Abend besuchen, finden allmählich heraus, welche Gaben gemeint sein könnten – die schönsten, die es gibt: Geschichten.

»Es gibt Bücher mit einer seltsamen Anziehungskraft, man muss sie hüten wie einen Augapfel. Lässt man sie unbeaufsichtigt, sind sie fort, heimlich entwendet von einem kleinen oder großen Menschen.« *SWR*

»Eine wunderbare Hommage an die orientalische Tradition des Geschichtenerzählens.« *Brigitte*

www.beltz.de **BELTZ & Gelberg**